新　潮　文　庫

南　へ　舵　を

新・古着屋総兵衛　第四巻

佐伯泰英著

新　潮　社　版

9489

目次

南へ舵を

新・古着屋総兵衛 第四巻

第一章　主従再会

一

夏の盛り、大黒屋《だいこくや》総兵衛《そうべえ》と二人の従者、百蔵《ひゃくぞう》と天松《てんまつ》は、越中と加賀の国境、倶利伽羅《くりから》峠の緑一色の中に足を止め、額の汗を礪波《となみ》山から吹き上げる風になぶらせていた。

「総兵衛様、この峠は古戦場にございましてな、寿永《じゅえい》二年の五月と言いますから今からおよそ六百年以上も前のことでございますよ。平清盛の孫の維盛《これもり》が木曾義仲を討伐せんと大軍を率いて京を出立し、越前から加賀へと兵を進めてきたそうな。東からやってきた義仲の軍勢三万余騎、西からの平家の軍七万余騎がこの倶利伽羅峠で睨《にら》みあったのでございますよ」

「百蔵の父《とっ》つぁん、ちょいと大袈裟《おおげさ》ではありませんか。三万と七万を合わせれば十万の騎馬武者がこの山の中に睨みあったことになる。十万もの軍勢がどこにいたんでしょうね」

大黒屋の小僧の天松が茶々を入れた。

「天松、うるさいぞ。おまえには言ってねえ。総兵衛様に申し上げているだ」

「ふーん、それでどうなった」

それでも天松が掛け合った。

「義仲は源氏の氏神を祀《まつ》る埴生八幡宮《はにゅうはちまんぐう》に願文を奉納し、夜を待って三方から敵《たい》勢に一気に攻撃をしかけたそうな。この時よ、義仲は四、五百頭の牛の角に松明《まつ》を括《くく》りつけて平家の軍勢に突っ込ませた。この策が功を奏して、平家軍はわずか二千余騎になってちりぢりに京を目指して逃げ出したとか。この奇策を称して、『火牛《かぎゅう》の計』という」

「そりゃ、嘘《うそ》だ。だってさ、そんな何百頭もの牛の角に松明なんぞをつけて突っ込ませたら、山いっぱいになってさ、火事になるよ。だいいち平家の維盛様だって、ああ、敵方の攻撃だとすぐに察するよ。牛が突っ込んだからといって七万人が二千に急に減るものか」

「天松、物の本はそう伝えているんだ。ぐずぐず抜かさず話を聞け。おまえに説明はしてねえというたぞ」

「先はどうなった」

「天松、聞きたいか」

「だから尋ねているんですよ」

「倶利伽羅峠の戦いを制した田舎者の木曾義仲様がよ、京に上がって勝手に征《せい》夷大将軍《いたいしょうぐん》を名乗ってはみたが、相手にするものがいねえ。源義経の軍に京を追われて、哀れ、近江《おうみ》でおっ死《ち》んだんだよ。天下を夢見た木曾義仲の夢もわずかな間に消え果てたって話だ」

「ふーん、つまらねえ」

小僧の天松が担《かつ》ぎ商いの百蔵爺《じい》に言った。

総兵衛は旅の間、百蔵と天松の掛け合いにこの国の諸々《もろもろ》を教えられ、また気が滅入るとき、どれほど救われてきたか。

日光を立って三人だけの旅も終わりに近づいていた。

総兵衛は百蔵に道案内されて上州の機織《はたおり》や綿栽培の実情を見学し、また越後《えちご》路では古着がどのように流布《るふ》しているかあれこれとわが目で確かめてきた。一方で予定していた佐渡には船の都合でいけなくなった。

六代目総兵衛の故国は、豊かな国と思い描いてきたが、上野《こうずけ》、越後、越中と見るかぎり、多くの人々が貧しい暮らしに甘んじていた。そして、どこの土地の百姓衆もただ今の暮らしに不平不満を漏らすわけでもなく勤勉に夜明け前から日が暮れるまで働いていた。

小さな体で厭《いと》わず作業に従事する人々に総兵衛は感銘を受けた。記憶に鮮明に残るのは暖地原産の綿をこの地に根付かせようと、必死で苦労する百姓衆の絶え間ない努力だった。

異国からもたらされた綿は江戸時代以前、西国薩摩《さつま》、伊賀松坂、三河、土佐、肥前長崎、尾張白木で栽培され、江戸中期になると少しずつ下野《しもつけ》、越後へと広がっていった。だが、その栽培法では莫大《ばくだい》な労力の末、わずかな恵みしか得られないのだ。

綿は暖地が原産地だ。和国北部で栽培するというのが土台無理なことだった。だが、人々は不平をもらすこともなく黙々と困難な作業に挑んでいた。

その栽培法は、

「五月、麦の根もとに綿の土台を作り、土の中に稲束の腐らしたものをおき、八十八夜、前日より水に浸した綿の実を、藁灰《わらばい》を混ぜて手で播《ま》き、綿まびきを三度繰り返し、施肥を三回。水おきを随時こなし、先つみと称する摘心を行う。つぼみが出来るのを『蝶《ちょう》がつく』といい、その裂目をほどくちといい、全体を桃と呼んで、はつ穂を盆の八月に仏壇に供えた。収穫は、一番綿、二番綿に分けられ、品質が異なった。さらに彼岸のころに咲くものは、木どり綿と呼ばれ、木についたまま収穫されたものを三番綿とした。綿つみ作業は、前掛をかけてその袋に摘んだ綿を入れ、いっぱいになると竹籠《たけかご》に移された。綿籠がいっぱいになると家に運んで、綿木は納屋《なや》に仕舞われて乾燥させて、焚《た》きものにされた」

そうな。

なんとも際限なしのきつい作業の中でも、総兵衛は、三回の間引きに三回の施肥をするという作業の過酷なことに驚愕《きょうがく》した。

人糞肥《じんぷん》は悪臭が漂い、これを若い嫁がその家に馴染《なじ》むために強制させられるという労働に言葉を失ったものだ。また真夏の灌水《かんすい》作業は、毎日繰り返され、尽きることがない。

絶望的な作業のはてにわずかな利が得られるのだ。

貧しい在所の暮らしぶりに接して、総兵衛は古着商になにができるのか、考えさせられた。

異国に船を走らせ、豪奢《ごうしゃ》な調度、工芸品、薬、反物などを売買するだけでよいのか、若い総兵衛は懊悩《おうのう》していた。

「総兵衛様、そろそろ汗も引いただよ、出かけましょうかな」

百蔵が物想《ものおも》いに耽《ふけ》る総兵衛を促した。

「参ろうか」

「今宵《こよい》はどちらに泊まりますので」

天松は在所ばかりを巡る旅にいささか飽き飽きして総兵衛に訊《き》いた。

「さあて、どこに行こうかのう」

「総兵衛様、そろそろ私どもの行き先を教えて下され」

天松が重ねて願った。

「百蔵爺、この峠下はどこだったかな」

総兵衛が訊いた。

「北国街道と能登街道の分かれ道、津幡《つばた》にごぜえますよ。その先は加賀百万石の城下町金沢だ」

百蔵の言葉にも期待があった。

「津幡から海は見えるか」

「津幡から海な、能登街道が浜伝いに走っていますでな、そこまで行けば見えましょうな」

「まず海を見たいな」

「ふむ、北国街道ぞいに親知らずを始め、海は十分見てきましたがな。あれではだめかね」

「うむ、だめだな」

総兵衛がはっきりと頷《うなず》いた。

「ならば津幡で能登街道の浜に出てみるべえか」

百蔵が頷き、一行は倶利伽羅峠を下り始めた。

この日、総兵衛らは高岡城下から北国路を南下してきた。加賀の太守の参勤交代の道をだ。

「総兵衛様、金沢城下には大黒屋の関わりが深い呉服店の加賀御蔵屋《みくらや》さんのお店がございますよ」

「ほう、そうだったかな」

「そうだったかではございません。私どもは御蔵屋様を訪ねてイマサカ号と大黒丸に合流するのでございますね」

「おや、そのようなことができようか」

「総兵衛様、だって、うちの船は異国へ交易に出るのでございましょう。金沢で加賀御蔵屋様の積み荷を預かるのは六代目が開いた交易の手順と聞いております。金沢で私どもと合流し、さらに小浜《おばま》に下って京のじゅらく屋様の荷を積み、異国に向う」

「そのようなことが決まっておったか」

「だって、季節風が吹き始める前に二艘《そう》の船に荷を積み込んで出航させねば商いの勝機を逸しますよ。一年を待つことになりますよ」

「困ったな」

「困ったではございません。総兵衛様と私ども二人がイマサカ号に乗り組み、異国を目指せば御蔵屋さんもじゅらく屋さんも江戸の三井越後屋さんも大安心なされますよ」

「天松、われらは異国へは参らぬと前にも申したぞ」

「やはりだめか」

天松ががっくりと肩を落とし、背の荷を負い直した。

その後、三人は黙したままに津幡宿へと下っていった。宿場に着くと一行は能登街道へと向かい、宿外れから能登半島の西側を走る外浦街道に出た。

途中見かけた茶屋で火縄に火をつけてもらい、それを天松がくるくると手で回しながら海に向かった。夜旅に備えてか、と天松は考えていた。

高い崖《がけ》に出ると眼下に大海原が広がっていた。

西に傾いた陽射《ひざ》しが海面を黄金色に染め始めていた。

「総兵衛様、この海はいかがにございますな」

百蔵の問いに、崖の縁に立ってしばし海を眺めていた総兵衛が、

「あちらが金沢かな」

「いかにも金沢にございますよ」

「金沢には天然の入江、湊《みなと》はないと聞いたが真《まこと》か」

「金沢城下は海に面しておりません。ゆえに船は犀川《さいかわ》沖に停泊し、荷を川船へと積み替えるのです。ただし、能登街道を下れば打ってつけの入江はいくらもございますよ」

領いた総兵衛が天松に背の荷を下ろすように命じた。天松が江戸から負ってきた籠には総兵衛の三池典太《みいけでんた》や弩《ど》などの武器の他に雨具など諸々の旅の道具が入れられていた。

「天松、油紙に包んだ細長いものがあったな。それを出してくれ」

「なんでございますか。日光でも使っておりません」

「今に分かる」

とだけ答えた総兵衛が油紙を解くとがまの穂のようなかたちの物が十数本束

ねられていた。総兵衛は一本を抜くと残りを天松に渡し、その代わり火縄を受け取った。
がまの穂から一尺五寸（約四五センチ）余の細棒が伸びていた。
細棒を片手に持った総兵衛ががまの穂の下部に突き出たこより状のものに火を付けた。するとぱちぱちと弾《はじ》けたこよりに火が走り、がまの穂に点火されて総兵衛が細棒を放すと、
しゅるしゅる
と高みに向って飛び上がり、
ばーん
と大きな音を夕闇《ゆうやみ》迫る能登の海に響かせた。
「花火にございましたか」
「わが故郷のツロンでは祭礼の夜に町じゅうが競って夜空に上げる」
総兵衛はそういうとしばし時を置いて、二本目を上げた。すると遠くからその花火に応《こた》えるように二発の花火が鳴らされた。
「この近くに総兵衛様の知り合いがおられますか」

「さあて、そのような人はおらぬ。木霊《こだま》ではなかろうか」

総兵衛が天松に答えて、崖の間に延びた九十九折《つづらお》れの細道を下り始めた。天松も百蔵爺も従うしか術《すべ》はない。

「百蔵さん、父つぁんは承知か」

天松が百蔵に聞いた。

「承知とはなにか」

「花火の相手はだれか」

「知らねえな」

「おかしい」

天松が期待をこめて呟《つぶや》いた。

日本海に面した夕暮れの浜には人影もない。長い砂浜が能登路外浦街道に沿って伸びているばかりだ。北に向って今浜、羽咋《はくい》、富来《とぎ》、能登金剛、門前、輪島、白米《しらよね》千枚田、曾々木《そそぎ》、寺家《じけ》と浜が続いて内浦街道へ結ばれる。津幡から寺家までおよそ三十里（約一二〇キロ）もの距離が待っていた。

季節になればハマナスが群生する浜にも海にも、人や船の気配はない。

浜に下りた総兵衛は背後の山並みに目を転じた。

外浦街道と内浦街道の間には五里（約二〇キロ）から十二里半（約五〇キロ）の広がりの山並みがあって、山岳修験《しゅげん》の道場が点在していた。

総兵衛の視線が山から海に戻ってきた。

「総兵衛様、お国の海と山は能登路とは違うかね」

「百蔵爺《じい》、南北に細長く伸びる地形は似ておる。だが、海岸線にここまで山は迫ってはおらぬ。交趾《こうち》（現在のベトナム）の山は隣国との国境をなして、西側に延びておるでな。海と山並みの位置がちょうど反対になっておる」

ふーむ、と返事をした百蔵が、

「総兵衛様よ、能登路の浜の村から北国街道に出るのもなかなか大変だ。道は整うておらぬし、このように山が海際《うみぎわ》まで迫っておるでな。じゃが孤立して生きてきたわけではねえぞ。古《いにしえ》から能登は海に道を求めた国だ」

「海を利して交易をなした地か」

「へえ、中国の東北部に興《おこ》った渤海《ぼっかい》国の交易船がよ、奈良から平安時代にかけて能登沿岸に頻繁に姿を見せて、交易を求めていたそうな。この先の羽咋にある気多《けた》大社には、『汀《みぎわ》の正倉院』と呼ばれるほど大陸やら西域のものと思われる文物がたくさん残されておるだよ。この渤海使節の他に朝鮮半島とも能登の浜はつながりを持っていたそうな」

「ほう、北の海に突き出た能登が渤海とも朝鮮とも結ばれておったか。面白いことであるな」

「その代わり北国街道やら越前に出る街道とは不便なままでな。能登の人々は湊から湊につながる海の道を大事にして暮らしてきただよ」

「百蔵爺、古着も裂織《さきおり》も綿も海の道を通して能登に伝わったのだな」

「いかにもさようだ。それだけに陸の道は閉ざされておるだ。海の道も冬になると海が荒れ、吹雪が半島に吹きつけるだ。能登では半年はひっそりと息を潜めて暮らすしかねえ」

「おもしろい」

「おもしろいか。江戸が東の大海原に面した穏やかな土地なら、能登は北の日本海に面した険しい地形だよ。だからよ、北前船《きたまえぶね》は内浦海岸の七尾《ななお》の切れ込んだ波静かな浜に碇《いかり》を下ろすだよ」

百蔵爺は黄金色の西陽に照らされる砂浜に能登路の地図を杖《つえ》で描き、総兵衛に能登半島の地形と浜を教えた。

時が緩やかに過ぎていく。

「半島は静かなる越中の富山湾と加賀の金沢を分断して、海に突き出ておるのだな」

「いかにもさようだ」

「加賀は北国の雄、前田様が支配なさる百万石の城下町であったな。だが、湊に恵まれてはいないのだな」

「のっぺらぼうの海岸線ゆえ、船は犀川の河口沖に碇を下ろすしかねえだ。ために加賀の物産は海の道を使えねえだ。天然の入江がある富山湾や小浜湊とそこが違うだな」

総兵衛は考えていた。

加賀が日本海に面した国々の中で随一の百万石の城下町であることに違いはない。だが、加賀金沢の欠点は物流のための湊がないことだ。その湊の中継浜をこの能登路に設けられないか。さすれば金沢の工芸品や衣服を海路で大量に異国に運ぶことが可能になるのだ。

「総兵衛様、日が沈みますよ。今晩はこの浜で野宿ですか」

「それも風流でいいな、夜空の下で一夜を語り明かそうか」

「この界隈《かいわい》には飯屋どころか人家さえございませんよ。空《す》きっ腹を抱えて砂浜で寝るのですね」

「夏の盛りだ、それも一興」

花火が呼応し合ってから半刻《はんとき》（一時間）が過ぎようとしていた。

「総兵衛様、分かりました。崖下に寄って野宿の場所を見つけてきます」

荷の中に食べ物はなにもなかったなと天松が思ったとき、北の海に船影が見えた。それも和船ではない。帆を張った小船で海に沈む夕日と競争するようにこちらに近づいてきた。

「火縄を」

と総兵衛が天松に命じ、総兵衛が花火を一本手にすると導火線に火を付けた。

しゅるしゅるしゅるしゅる

と赤く濁り始めた空に向って再び花火が打ち上げられ、近づく帆船に力が加わったように総兵衛ら三人の主従が立つ浜に急接近してきた。

天松も見慣れた、船体の細い琉球《りゅうきゅう》型の小型快速帆船だ。

「総兵衛様！」

快速帆船から、江戸は富沢町《とみざわちょう》の古着商を束ねる実質的な惣代《そうだい》大黒屋の一番番頭信一郎の声が響いて、

「ああ、一番番頭さんだ」

天松の歓喜の声が洩《も》れた。

「総兵衛様、やっぱりイマサカ号、大黒丸と合流するんだ。日光を出たときから私どもはこの日を目指して旅をしてきたんだ。そうですね、総兵衛様」

天松の声は喜びに震えていた。

「おお、小僧さんの喜ぶこと喜ぶこと」

百蔵爺が呟《つぶや》いたがこちらも喜びに声が震えていた。

快速帆船は一旦《いったん》海に向って舳先《へさき》を向けた後、大きく反転して浜に舳先を向け直すと帆が下ろされ、両舷《りょうげん》から三本ずつ櫂《かい》が突き出され、波にも乗って総兵衛らが立つ砂地へと一気に乗り上げてきた。

船の舳先から信一郎が浜に飛び、

「道中いかがにございましたか」

「総兵衛がいかに無知であったか、知る旅になった」

「旅は人間の小ささを教えてくれます」

「後見、いかにもさようだ」

大黒屋十代目の総兵衛と一番番頭にして若い主《あるじ》の後見信一郎が久しぶりに手を握り合い、抱き合った。そのままの姿勢で二人だけに聞こえる会話が続けられた。

「総兵衛様、影様の始末、お見事にございました」

「江戸に差し障《さわ》りはないか」

「上様名代本郷康秀《みょうだいほんごうやすひで》様は神君家康公が祭神の日光東照宮霊廟《れいびょう》にかげまを連れて参内したという読売が何者かによって江戸に撒《ま》かれました。ために幕閣では本郷康秀は上様の名代に非《あら》ず、一旗本として日光を参詣《さんけい》する旅をなしただけのこと、その本郷が江戸に戻らぬのはおのれの所業を恥じてのことなどという噂《うわさ》が飛び交っておりますそうな」

「薩摩はいかに」

本郷康秀の背後に控えた将軍家斉《いえなり》の正室は島津重豪《しげひで》の娘寔子《ただこ》であり、本郷康秀に与《くみ》する勢力が潜んでいることが日光で判明していた。

「われらが深浦《ふかうら》の隠し湊を出たあとも何度か大番頭さんからの早飛脚を湊々で受け取りましたが、今のところ薩摩は固く沈黙を守っていますそうな」

と総兵衛の問いに答えた信一郎が、

「ささっ、帆船にお乗り下され」

と大声で願い、百蔵と天松に向い、

「総兵衛様の御供ご苦労でしたな」

と労《ねぎら》った。

波に足を入れた総兵衛がひらりと帆を下ろした小型快速帆船に飛び乗った。

すると櫂を波間に入れて船を止めていた漕《こ》ぎ手が、

「総兵衛様、お久しゅうございます」

と挨拶《あいさつ》した。

総兵衛が、

「出迎え、ごくろうじゃ。造作をかけたな」

と応じて天松、百蔵も船に乗り込み、最後に波の力を利用して船を沖へと押し出した信一郎が飛び乗った。六本の櫂が波を搔《か》いて沖に出ると、櫂から帆に代わり、快速帆船は今来た海の道を風に溶け込んだように帰り始めた。

二

能登路外浦街道沿いに海の道を北に上ると海岸線が一変する。津幡から富来までおよそ十五里（約六〇キロ）、荒れる外浦の海岸線に、波静かな入江があった。

快速小型帆船は海の道十五里の良風を利して夜の海を一刻（二時間）足らずで走り抜け、夜の入江に入っていった。

「総兵衛様、古から風待ち湊として知られた福浦《ふくら》の湊にございます」

「福浦とな。江戸湾口のわが船隠し、深浦とよう似た地名だな」

「私も最初そのことに感じ入り、調べてみるとなかなかの良湊と分かりました」

「ほう」

「総兵衛様、この地は古くから異国に開かれた地であったのです」

「そなたらの船を浜で待つ間に百蔵爺から渤海国と古より関わりがあったことを聞かされた」

「はい、いかにもさようでございましてな。渤海国の使節は二百年の間に三十回以上も日本海沿岸に渡来しておりましたそうな。宝亀《ほうき》三年（七七二）と申しますから千年以上も前に使節を乗せた船が能登に漂着して、この福浦の湊で休養したそうでございます。ふくらと音を発しますが大黒屋の船隠しの深浦によう似ております。われら、こたびの加賀入りにこの浜を金沢からの荷の積み替え湊に選びましてございます」

信一郎が総兵衛に告げた。

「金沢は天然の湊に恵まれてないことを百蔵から聞き知り、私もどこぞに荷の積み替え湊をと考えておったところだ。それにしてもここは金沢城下から二十里（約八〇キロ）ほど離れておる。いささか遠くはないか」

「総兵衛様、金沢が外湊を持っておらぬわけではございませぬ」

「なに、あるのか」

「ございます。総兵衛様、金沢城下が海から一里半（約六キロ）ほど内陸に入っておることをご存じですね。城下と海岸を結ぶのが犀川にございます」

「そのことは百蔵にも聞いた」

頷《うなず》いた信一郎が、

「犀川河口に宮腰《みやのこし》なる湊がございまして、金沢前田家の外湊の役割を果たしております。また北前船の中継湊としても重要な役割を果しております」

百蔵の知識はいささか後れていた。

「それは知らなかった。ならば異国船の船体のイマサカ号は別にして大黒丸はなぜ宮腰湊に入れぬか」

「一つは湊の水深が浅く、大黒丸が荷を満載した折り、船底が海底に着く恐れがございます。北前船はせいぜい千石、大黒丸は千石船の何倍も大きゅうございます。また私どもが宮腰湊を避けた理由がもう一つございます」

「なんだな」

「この湊は銭五《ぜにご》と異名を持つ藩御用商人銭屋五兵衛さんの本拠地にございまし

てな、呉服、古着、木材、海産物、米穀と問屋をお持ちになり、牛耳《ぎゅうじ》ってお いでです。われらが宮腰湊に入ることを嫌っておられるとか」

氏素性を大事にし、家格を大事にしたのが金沢の町人であった。その商いの相手は城下の武士に限られ、小規模なものだった。

百万石の加賀とはいえ藩財政の大半は江戸で使われ、城下で消費されるのはわずかであった。だが、こうした小規模の商人とは別に江戸、上方の大商人に匹敵する財力の主が現れた。

その一人が銭屋五兵衛だ。

「海の百万石」

と評され、銭屋五兵衛の先祖は海商、すなわち城下の武士相手の商売ではなく、金沢近郊の湊町、粟崎《あわがさき》、宮腰を本拠に北前船を利用して上方相手の取引で財をなしたのだ。

銭五と呼ばれた五兵衛は安永《あんえい》二年（一七七三）生まれ、十七歳で父に代わり海運業を引き継いだ。だが、父の代の海運業は天明の不況で零落したあとのことだった。寛政十年（一七九八）になり、古着、呉服商にかわり、金沢町人の道を歩き始めていた。

「銭屋五兵衛どのとて藩の威光には逆らえまい」

「銭五の背後には藩勝手方御用掛、藩財政を主導しておられる奥村栄実《ひでざね》様が控えておられ、銭五自身も金沢藩の御手船裁許、つまりは藩所有の商い船の管理を任されております。ためにわれらが金沢と新たに手を結ぶのを嫌われておるのでございます」

「ゆえに海上二十里も離れた福浦に船を入れたか」

総兵衛はようやく得心した。

イマサカ号の甲板に積み込まれ、能登半島まで運ばれてきた琉球型快速小型帆船は帆を下ろすと、いつの間にか櫂に替えられていた。

入江の奥に大きな船影が二艘《そう》並んで見えた。煌々《こうこう》とした灯りに照らされていた。

「総兵衛様、イマサカ号と大黒丸にございますぞ」

再び天松の興奮した声が響き、

「おうおう、小僧さんの興奮した様子はどうじゃ」

百蔵が応じて、櫂を漕ぐ朋親《ともちか》ら六人が笑った。

「加賀御蔵屋さんに積み替え湊を探してくれませぬかと前もって相談しておりました。異国船のイマサカ号の大きな船体が金沢に騒ぎを起こさぬように中継地を設けるのは大いに賛成との御蔵屋さんのお答えでございましてな、最前ご説明しましたようにわれらの眼で確かめ、この湊にイマサカ号を停泊させ、大黒丸のみを夜間に金沢犀川河口に派遣して、すでに金沢にて売り立てる品は下ろし、代わって金沢からの荷を積み込んでございます」

「早手回しのことじゃな、後見」

「金沢での荷下ろしは大商いの大砲だけが残っております。総兵衛様方がそろそろお見えになるころとお待ちしておりました。前田家の方々を明日にもお呼びして外海で大砲の試射をなし、最終的にどうするか決める手筈《てはず》でいかがにございますか」

「準備万端怠りないことよ」

総兵衛が信一郎の手配りに感嘆するうち、櫂で入江を進んでいく小型帆船がイマサカ号の簡易階段下に横付けされた。

大黒屋十代目の主《あるじ》にして鳶沢《とびさわ》一族の長が乗船する合図の喇叭《ラッパ》の響きが鳴り渡り、総兵衛らの耳にも上甲板を走り回る大勢の者の足音が伝わってきて、すぐに粛然とした静寂に落ちた。

総兵衛が簡易階段に飛ぶと身軽に上がっていき、荷を負った天松と百蔵が続いた。

総兵衛らには久しぶりのイマサカ号だった。総兵衛の若々しい姿が甲板に姿を見せると二艘の帆船に乗り組む総員百二十余人が整列し、出迎えていた。喇叭が一段高い操舵室《そうだしつ》から鳴り響き、

「大黒屋十代目にして鳶沢一族頭領総兵衛勝臣《かつおみ》様乗船！」

の声がかかった。すると主甲板に整列した一族が、

「お帰りなされ」

と声を和して挨拶し、主檣《メインマスト》のてっぺんに船主搭乗の印旗《しるしばた》が翻《ひるがえ》った。

居並ぶ一同は鳶沢、池城《いけぐすく》、今坂三族の出の者たちで一様に新しい作業用の船衣《ふねごろも》を着込んでいた。各々《おのおの》の体にぴったりとした筒袖《つつそで》の船上衣は丈夫な綿布で作

られ、狭い場所でも動き易《やす》いように仕立てられていた。また南の海に遠征しても光を吸収しないような白地で紺の横縞《よこじま》が何本も染められていた。その横縞は身分の上下や担当する部署で異なり、その者がどのような役目を担当するのかが見分けられた。

「後見、船衣はなかなかの工夫かな」

総兵衛の言葉に信一郎が満足げに微笑《ほほえ》み、

「戦衣《いくさごろも》、忍衣《しのびごろも》に三枚目の船衣が揃《そろ》いましてございます。これを作るのにイマサカ号の具円伴之助《ぐえんばんのすけ》船長以下の男衆《おとこし》や女衆《おなごし》の知恵を借り受け、南の海で働き易いように、また海に落ちた場合、すぐに見付けられるように色合いを選びましてございます」

「着た感じはどうか」

「操舵室をご覧下され」

信一郎が総兵衛に操舵室を注視するように促した。そこにはイマサカ号、大黒丸の二人の主船頭の具円伴之助、金武陣七《きんぶじんしち》、唐人卜師《ぼくし》の林梅香《はやしばいこう》ら幹部連が顔を揃えて、総兵衛を迎えていた。幹部連も色違いの縞模様の船衣を着て、もはやイマサカ号と大黒丸の乗組員の区別はなかった。

総兵衛が会釈《えしゃく》を返し、

「旅はいかがにございましたな」

と林老師が主に問うた。

「老師、可愛《かわい》い子には旅をさせよと申すがいかにもさようだ。知らぬことばかりでな、すべてが勉強であった」

「精悍《せいかん》なお顔に貴重な旅が刻まれております」

林老師に頷き返した総兵衛の眼が再び主甲板の面々に向けられた。

横隊に整列した端に総兵衛の実弟勝幸《かつゆき》が出迎えていた。

総兵衛は左端から信一郎に先導されて乗り組みの一人ひとりと顔を合わせて彼らの士気と体調を確かめながら閲兵した。最後に実弟の前に足を止めると、

「勝幸、故国に戻る船に乗り組み、奉公する覚悟が出来たか」

と問うた。

「兄者、未《いま》だ一人前の船人とは申せませぬが、全身全霊で事に臨みます」

と勝幸が返答した。

昼夜を問わず信一郎に従い、和語から仕来《しきた》りまで厳しい指導が行われ、それに耐えた弟の顔付きだった。なにより和語が上達していた。

「よう頑張ったのがそなたの面と言動に見ゆる。よいな、交趾への交易航海は兄の代理であると同時に半人前の水夫《かこ》であることを忘れるな」

「畏《かしこ》まりました」

と勝幸が頷き、三度喇叭が奏され、上甲板に料理の匂《にお》いが漂ってきた。

整列していた総員が給仕に早変わりして総兵衛との再会を喜ぶ宴《うたげ》の席が整えられた。

この夜、総兵衛と一族の者たちの再会を祝う宴は、日が変わる刻限に終わった。宴の後始末も全員で行い、すぐに片付けられ、主甲板の清掃が行われた。

その間にイマサカ号の後甲板最上階の総兵衛の居室に信一郎が呼ばれ、明日からの予定の談議に入った。

「加賀御蔵屋との商いは大砲の商いを残すのみじゃな」

と総兵衛が念を押した。

「いかにもほぼ終わり、総兵衛様と当代の御蔵屋の主、十一代目治右衛門《やえもん》様との対面を残すのみにございます」

「治右衛門様とは明日面会が叶《かな》うか」

「明後日の対面になります。御蔵屋には明日、総兵衛様到着を知らせるため金沢に早船を出します。明日は早朝よりイマサカ号に前田家重臣をお乗せして大砲の試射訓練の模様を見せる予定にございます。総兵衛様、異論はございませぬか」

「ない」

「明日のイマサカ号に予期せぬ乗船者がございます」

「だれか」

「最前勝手方御用掛奥村栄実様のことを話しましたな」

「いかにも藩財政を動かす人物と聞いた」

「奥村様の従者として宮腰湊を牛耳る銭五こと銭屋五兵衛がイマサカ号に乗り込んでくるそうです」

「どこで商いを始めようと反対勢力は必ず存在する。この際だ、銭五なる人物を見るによい機会ではないか。銭五が呉服商、古着商をしているというのならば、私どもと手を握ることも考えられる」

「いかにもさようです。同時にイマサカ号を見せることで後々よからぬ企《たくら》みをなすやもしれませぬ」

「その時はその時よ」

総兵衛の決断で銭五のイマサカ号乗船が決まった。

「後見、もはやそなたらが南の国に向けて交易に出る日が迫ってきた。そうのんびりともしておれまい」

「京の荷はすでに下ろすばかりに分けてございます。小浜は金沢と福浦ほど積み下ろし場所が離れてはおりませぬ。二艘の停泊した入江まで京からの預かり荷を積んだ千石船を入れて、一気に積み下ろしを行います。またじゅらく屋さんの栄左衛門様と大番頭さんが小浜まで出向いてくれるとのこと、二日から三日で積み下ろしと挨拶《あいさつ》は果たせましょう。その後、どこにも寄らず江戸に戻り、深浦の船隠しで三井越後屋さんの荷を積んで、南に向えば季節風の時期に十分間に合います」

「その前に九代目の一周忌法要が待っておる」

「いかにもさようでした」

「小浜の後のことじゃがな。航路をどうとるつもりか」

と総兵衛が信一郎に質《ただ》した。

「小浜から江戸へ向かう航路は、南廻り、あるいはわれらが往路に辿《たど》ってきた北前船が開発した北廻り航路の二つがございます。総兵衛様は、お考えがございますので」

と信一郎が尋ね返した。

「いささか思案することがなくもない。後見、明日のイマサカ号の前田家重臣を乗せての試走航海のあとに私の考えを述べたい」

「承知しました。久しぶりにイマサカ号の寝台でお休み下され」

信一郎が打ち合わせを終えて居室から消えた。

久方ぶりに主を乗船させたイマサカ号、大黒丸の乗員らは短い眠りに落ちた。

宝永《ほうえい》四年（一七〇七）、大黒屋と前田家、あるいは御蔵屋との深い縁が始まった。六代目総兵衛時代の話だ。

六代目の盟友、大目付本庄豊後守勝寛《ほんじょうぶんごのかみかつひろ》の息女絵津《えつ》が人持《ひともち》組と呼ばれる前田家の重臣、前田光悦《こうえつ》の嫡男光太郎《ちゃくなんこうたろう》と婚儀が整い、嫁入りした。

だが、その折大目付の本庄勝寛は江戸を離れることが出来なかった。そこで大黒屋の六代目総兵衛が代父として、金沢まで従うことになった。

このことをきっかけに大黒屋と金沢の結びつきが始まり、以来百年の歳月が経過したにも関わらず、江戸の大黒屋と前田家、加賀御蔵屋の関わりは途絶えることなく続いていた。城下規模で商いをする金沢商人の間で加賀御蔵屋は別格の藩御用商人であった。

だが、このところ九代目総兵衛までの三代、大黒屋の商いは富沢町に限られ、新たな販路を拡張する試みをなしていなかった。

十代目の総兵衛が誕生して、大黒屋の商いの視線が再び異国に向けられ、新たな展開が提案され、それを受けてのイマサカ号と大黒丸の来航だった。

翌朝六つ（六時頃）、宮腰湊から藩所有の六百五十石船の白山丸が福浦の入江に姿を見せて、イマサカ号の簡易階段下に横付けされた。

鼓笛隊が歓迎の調べを流し、前田家の家臣十数名が乗り込んできた。その一行をイマサカ号、大黒丸の乗組員百二十人余が筒袖の船衣で迎えた。彼ら一人ひとりの手にはマスケット銃が携帯され、乗り込んできた前田家の面々は、一様に驚きの表情を見せて、この巨大な帆船が、

「戦闘力を備えた商い船」

であることを一瞬にして意識させられた。そして主甲板の、まるで馬場のような広さと整頓された様子に驚いた。さらに、三本の帆柱が天を突くように聳《そび》え、縄ばしごが蜘蛛《くも》の糸のように張り巡らされた光景に圧倒された。

「捧《ささ》げ、銃《つつ》！」

信一郎が命じ、羽織袴《はかま》の総兵衛が訪問者一行を迎えた。

「ご一統様に申し上げます。十代目の大黒屋総兵衛にございます」

信一郎の言葉に総兵衛が深々と腰を折り、

「十代目総兵衛、お見かけどおりの若輩者にございます。至らぬ処《ところ》ばかりとは存じますが宜《よろ》しくお付き合いのほど願い奉《たてまつ》ります」

と挨拶し、未だ驚きから立ち直れぬ様子の重臣らががくがくと頷《うなず》いた。

その時、主甲板より高い後甲板操舵室から喇叭《ラッパ》が奏され、

「碇《いかり》上げ、準備！」

の声がかかった。

主甲板に整列していた水夫らが一斉に持ち場に散ると一気に出船の仕度にかかった。

「ご一統様、甲板は出船の仕度で騒がしくございます。どうかこちらにお入り下され」

信一郎が後甲板最上階の船主の居室へと案内した。そこには一同を再び愕然《がくぜん》とさせる、

「異国」

の調度品で飾られた豪奢《ごうしゃ》な船室が待ち受け、南蛮酒と前菜が仕度されていた。

「ようこそイマサカ号にお出《い》で下されました。総兵衛、これ以上の名誉はございません」

「総兵衛、百年の昔、江戸から大目付本庄どのの息女絵津どのが前田光悦家に嫁に入ったおり、そなたの先祖が大黒丸なる巨船を犀川沖に浮かべたと聞くが、この船の大きさはどうだ。これは異国の船ではないのか」

訪問団の長、八家《はっか》の家格を持つ長大隅守《ちょうおおすみのかみ》が総兵衛に尋ねた。

八家とは、金沢藩前田家の家臣団の中で最高の家格であり、万石以上の家系であった。それは前田一族や尾張荒子《あらこ》以来の譜代門閥で形成されていた。そして、藩政の最高実務者の年寄（家老）もこの八家から選ばれた。ちなみに成立時の八家は、

前田直之《なおゆき》　一万一千石
本多政重《まさしげ》　五万石
長　連龍《つれたつ》　三万三千石
横山長知　三万石
前田長種《ながたね》　一万八千石
奥村永富《ながとみ》　一万三千石
奥村易英《やすひで》　一万二千石
村井長次　一万六千五百石

であった。

この八家は交代で四家ずつ国守号を許されていた。

「お尋ねのとおり百年前の大黒丸はこのイマサカ号の大きさと比較になりませぬ。この帆船は舳《へ》先《さき》から艫《とも》までおよそ二百余尺（約六〇メートル）、船幅六十尺余（約一八メートル）にございます。三檣《しょう》の帆柱のうち、主檣《メインマスト》と前檣《フォアマスト》の高さは船体の長さを越えておりまして、二百数十尺ございます」

「なんと途方もない船か。われらが乗ってきた藩船など比べようもない、まるで小船じゃ」

「最前、異国の船ではないかとのお尋ねにございましたが、確かに建造された場所が異国ゆえ異国の船と称しても間違いではございません」

「大黒屋、そなたの商いの本拠地は江戸であったな。幕府がようもお許しになったな」

「申し上げます。この船、江戸近くの船隠しを拠点にしておりまして、江戸には存在しない帆船にございます。どなたかが幕府に通告なされようと私どもは、存じませぬの返事を繰り返すしかございません」

「ふっふっふ、大黒屋の主《あるじ》は代々が型破りじゃが、当代の総兵衛もなかなかの傑物じゃぞ、各々方《おのおのがた》」

と長老人が嘆息し、

「この船はしかと大黒屋の持ち船ですか」

と一人だけ町人の装《よそお》いの男が険しい表情で尋ねた。

「銭屋五兵衛様、いかにも大黒屋の持ち船にございます」

この時、銭五は三十一歳、野心にぎらつかせた眼で総兵衛を睨《にら》んだ。

「そなた様は、わしの名を承知か」

「銭五様の名を知らずしてこの金沢では商いなどできますまい」

うーん、と唸《うな》った銭五がさらに問うた。

「そなた様の体には異人の血が流れておられるか」

「銭五様、宮腰には北前船が無数集まって賑《にぎ》わいを見せてきたそうな。そなた様のご先祖に異人の血が混じっておらぬと、しかと答えられますか。男と女、いつどのようなことで結ばれるか知れませぬ」

「うっ、うん」

銭五が唸ったとき、碇が上げられる音が響いて巨大帆船イマサカ号が動き出した気配があった。

「銭五、そなたが夢見てきた交易を大黒屋は百年も前から平然と行ってきたのだ。どう問おうとそなたの問いなど平然と受け流す人物と見た」

本庄絵津が嫁に入った前田家の当主光義《みつよし》が銭五の性急を諫《いさ》めた。その言葉が銭五の胸に険しく響いた。この前田家、八家に次ぐ人持の家格の家柄だ。

「前田様、あなた様の家は大黒屋と親類付き合いだそうでございますな」

「いかにも。百年も前に先祖が縁を持ったでな」

「本日はこの船に積んできたという大砲の試し撃ちを見物するのでございますな」

「いかにもさよう。ゆえに大筒方二人を連れてきた」

前田光義が答え、最前から帆船の大きさに萎縮《いしゅく》して堪《たま》るかという表情を見せる若い大筒方二人を振り見た。

銭五が奥村栄実に視線を移し、

「奥村の殿様、大砲をどうなされるのですか」

「このところ金沢沖にも異国の船が姿を見せる。それらの船がどれも味方の船とはかぎるまい。邪《よこしま》な考えを持つ異国船ならば、討ち払うために藩でも大砲を用意しておこうと考えたのだ」
「幕府に睨まれませぬか」
「銭五、そなたとしたことがこたびのことにかぎりえらく臆病《おくびょう》じゃな。西国薩摩はすでに前々から海上交易をなし、国の防備に精力を注いでおる。大黒屋は江戸の富沢町に商いの拠点を持ちながら、鎖国の扉を打ち破ろうと平然として幕府の禁止に触れる商いをしておるのだ。のう、総兵衛」
「ご一統様に申し上げます。われら古着商は、幕府から許されての商いにございます。されど奥村様が仰せられたとおり、異国大国の砲艦がこの国を窺《うかが》っております。ために国と民を守るべき防備は必要かと存じます。異国の商い船は、これからご一統様にご覧に入れるような大砲の装備を持っておりますのが当たり前、自衛策でございます」
総兵衛が答えたとき、イマサカ号は外海に出て帆を張ったか、
ぐいっ
と居室の面々の体が後方に持っていかれるような感じを受けた。

三

能登半島を横目に三本帆柱の巨船が日本海を真っ二つに切り裂いて疾走していた。主帆と補助帆が半分ほど張られて各々の帆が効率よく風をはらんで帆船に力を授けた。

加賀前田藩の訪問者を船主居室の真上、最上後甲板に総兵衛と信一郎が案内していった。そこからイマサカ号の全容と乗組員の動きが見えるからだ。

案内された一行は船尾から舳先が遠くに見える様に、そして、頭上にそそり立つ高い帆柱と張られた帆の枚数と大きさに改めて驚愕し、大筒方の二人など顔色《がんしょく》を失っていた。訪問者の胸の中には、

(この大きな船がどうして動くのか)

という疑問があった。

「具円船長、前檣拡帆準備完了！」

の声が主甲板の水夫頭《かこがしら》から伝声管を通じて届き、操舵室《そうだしつ》から、

「前檣拡帆！」

と命ずる声が応じた。即座に総兵衛の支配下で航海方を務めてきた従兄弟《いとこ》の千恵蔵が和語で、

「取舵《とりかじ》！」

の命を告げ、イマサカ号は巨体を傾けて能登半島から離れてさらに大海原へと突き進んでいった。すると最上後甲板の頭上でばたばたと大きな帆が鳴り、すぐに収まった。

イマサカ号はいつの間にか真西へと突き進んでいた。

千恵蔵の傍らに大黒丸の舵方を長年務めてきた幸地達高《こうちたっこう》がいて、イマサカ号はこの航海方と操舵方二人の命に従い、操船されていた。

「長様、乗り心地はいかがにございますな」

信一郎が金沢藩訪問団の長老に尋ねた。長は最上後甲板の手摺《てすり》を両手でぎゅっと握り、両足を踏ん張っていたが、

「根こそぎ体が後ろに持っていかれ海に振り落とされそうで、乗り心地もなにもあるものか。南蛮の帆船が全帆に風をはらむとかような船足が出るものか」

「長様、まだ全檣拡帆しておりませぬ。私が経験した最大船速はこの二倍以上

は出ておりましたでしょうか。ですが、順風の折、全帆に風を上手に取り込んだときは船が波間に浮き上がり、飛ぶように走りますそうな」

と説明した信一郎が、

「総兵衛様、さようでございますな」

と総兵衛に念を押した。

「いかにも信一郎が申すようにイマサカ号の能力を十分に発揮した時には風と海と船とが一つになって疾《はし》ります。その折は慣れた水夫も手摺に捉《つか》まってなければ海に振り落とされます」

総兵衛の声が風の唸る声の中から前田家の重臣に届いた。

「年寄、大砲を城に備えるのも大事ですが、かような船を所有できるならば加賀藩の商いが大きく広がりましょうな」

前田光義が感嘆の声で漏らし、

「すでに薩摩藩は陣容を整えておいでです」

と信一郎が答えた。

「薩摩どのは琉球を持っておられるし、領地は江戸から遠うて、なかなか眼が届かぬでな」

長が答えたとき、彼らの頭上から声が操舵室に飛んできた。

「全海域、船影なし！」

長らが声のしたほうを見上げ、主檣の頂き付近に小さな人影を見つけた。楼上で水夫が海上に船がいないか遠眼鏡で見張っていたのだ。

「なんとあのようなところに人がおるぞ。下から見ても肝が縮みそうな」

長老人が叫び、信一郎が見張りの声を受けて、

「ご一統様、砲撃訓練に移りますので失礼します」

と断ると操舵室に下りた。すると喇叭《ラッパ》が奏されて、

「試砲訓練用意！」

の命が発せられた。

再び主甲板上の人の動きが目まぐるしさを増し、主甲板から人影が消えた。

その秩序ある機敏な動きは訪問者に感銘を与えた。

（ようも僅《わず》かな人数でこれだけの巨船を動かせるものよ）

総兵衛にとっても、自らが抜けて以降、初めて見る交易船隊の試砲訓練であ

った。

イマサカ号と大黒丸二艘《そう》体制の交易の長は、大黒屋の琉球出店の店主の仲蔵《なかぞう》であり、それを信一郎が補佐して行うのだ。このための準備は一年余にわたりなされてきた。加賀、若狭《わかさ》への荷積みを兼ねた航海は最後の訓練、総兵衛が同道しなくても無事航海ができるかどうかの試走航海でもあった。

「風はどちらから吹いておるか」

「雲の流れはどうだ」

信一郎の問いが各部署に発せられ、その答えが戻ってくるとその答えを加味しつつ、次の命が発せられた。傍らに二人の主船頭の他に林梅香老師や千恵蔵がいるにしても的確な指示で、

(後見どの、ようもイマサカ号の操船を覚えられたものよ)

と総兵衛が内心感嘆していると、砲甲板の砲門の扉ががたんがたん、と開く音が最上後甲板にも伝わってきた。

「砲撃準備よし!」

砲甲板から伝声管を通じて声が届き、操舵室から復唱する声の後に、

「左舷《さげん》二十四ポンド一番砲、砲撃準備！」

の命が発せられ、

「左舷二十四ポンド一番砲、砲撃準備よし！」

との声が即呼応するや、

「砲撃！」

の命の直後、最上後甲板を突き上げるような衝撃と砲声がしたかと思うと、砲弾が弧を描いて撃ち出された。

「おおっ！　砲弾があのような高みに撃ち出されたぞ！」

「飛んだ飛んだ、なかなか遠くに飛ぶものじゃな」

と感嘆の声が訪問団の間から交錯した。

はるかかなたの波間に最初の砲弾が落下して大きな飛沫《しぶき》を上げた。

「大砲もいろいろな種類がございますし、接近しての砲撃戦から距離をおいての砲撃戦では砲弾の種類を違え、火薬量を調節して行います。後ほど砲甲板で実際に見て頂きましょう」

「左舷二十四ポンド二番砲、砲撃！」

続いて二番砲が放たれ、右舷に移って三番砲、四番砲が打ちだされ、最上後甲板の訪問者は言葉も顔色も失っていた。

「われらがこの大砲を撃つのでございますか」

大筒方の一人佐々木規男が思わずだれにとはなしに問うた。

「むろんこの船の大筒方に教えさせる。のう、総兵衛」

「いかにも懇切にお教えします。すべては見学が終わったあとにご相談致しましょうか」

総兵衛は大筒方の困惑が分かり過ぎるほど分かった。

この国の大筒と技術は、西洋のそれより何百年も遅れた代物《しろもの》だった。それがいきなり欧米諸国の最先端の大砲を操れといっても無理なことだった。

「まずは百聞は一見に如《し》かずと申します。これより砲甲板にご案内します」

総兵衛はイマサカ号の最上後甲板から主甲板下の上列砲甲板へと一行を導くと、

「この帆船の大砲は防御のための砲甲板が三層に分かれておりまして、主力砲の二十四ポンド砲はこの上列砲甲板の両舷に十二門ずつ計二十四門が装備されております。その他、中列砲甲板、下列砲甲板に十二ポンド砲、短砲身ながら大きな砲口を持つカロネード砲が二門備えてございます。このカロネード砲は船同士が舷側を接近させての戦いになった折、近距離砲撃で相手の船の横っ腹に大きな穴を開けて、浸水させる、また帆柱を撃ち倒す、帆を破るなどいろいろな用途に使われます。さらに砲撃音は大きな音にございますから、海賊船の襲来には脅し用に使われることもございます。このように用途に合わせて、大砲が三種、砲弾が数種戦いによって使い分けるように用意されています」

「総兵衛、この船に何門大砲を積んでおるのじゃな」

「六十六門にございます」

「なんと商い船に六十六門もの大砲が積まれているというか」

「仰《おお》せの如《ごと》くイマサカ号は戦艦ではございません、商い船にございます。ために荷積みの船倉の確保がなにより優先されますので六十六門しか積載してございません」

「驚いたぞ」

長老人が正直な気持ちを吐露した。

「これより上列砲甲板に入ります。砲撃音が大きくございますゆえ、この耳栓を各自しっかりとして下され」

イマサカ号に用意されていた小さな布袋に綿を入れた耳栓が一対ずつ配られ、仕度をなした。そして、総兵衛が先頭になり、上列砲甲板の扉を開いた。すると火薬の匂《にお》いともうもうたる煙が充満している中、すでに二十四ポンド砲の二回目の砲撃準備が終わっていた。

砲術方の傍らに信一郎が立ち、総兵衛を見た。

総兵衛は手で合図した。すると信一郎が傍らの砲術方の頭分に命じ、こんどは右舷側から次々に二十四ポンド砲が連続砲撃されて左舷に移り、片舷十二門の内、四門ずつ計八門が一瞬の間に撃ち出された。

殷々《いんいん》たる砲撃音が上列砲甲板に充満し、火薬の匂いと煙が加わった。だが、砲術方の面々は整然と次なる砲撃に備えて砲身の清掃作業に従事していた。

総兵衛は一行を上列砲甲板から中列砲甲板にさらに下列砲甲板に連れていき、イマサカ号に搭載された六十六門の大砲のすべてと砲弾室、火薬室などの付設装備を見せた。

再び一行が最上後甲板真下の船主の居室に戻ってきたとき、加賀藩の十数人は茫然《ぼうぜん》として言葉を失っていた。

イマサカ号は全速航行から半速航行に移り、耳栓を外すと静寂の間に波音と風音が聞こえるだけだった。

「耳の中がわんわん致すぞ」

「徐々に直ります」

フランス産の白葡萄酒《しろぶどうしゅ》が供された。驚きを隠さんとしてか、あるいは興奮に喉《のど》が渇いたか、訪問者の一同がグラスをとり、飲んだ。

「いかがにございますか」

「交易とは戦争か」

長老人が呟《つぶや》いた。

「ある意味ではその答えは正しゅうございます」

と総兵衛が言い切り、

「利害が対立する異国交易では船に積まれた財産と利を守るために敢然と戦うこともまま起きます。いえ、なにもいきなり砲撃戦をなすのではございません。

力と力の戦いは最後の手段、自衛策として使うべきです。あくまで商いは話し合いで決着を付けねばなりません」

「そのためにかような砲装備がいると申すか」

「はい」

「総兵衛どの、加賀に大砲を譲ってもよいのだな。そなたらはこれから交易に出るのであろうが」

前田光義が案じて話題を進めてくれた。

「われらは二艘体制の交易に出ます。大黒丸にも十四門の砲備がしてございますゆえ、イマサカ号の十二ポンド砲、二十四ポンド砲合わせて二十門程度なればお譲り出来ます。それは前もって江戸藩邸に伝えてございましたな」

総兵衛が答えたとき、信一郎が上列砲甲板から戻ってきた。その顔は硝煙で汚れていたが気にする風はない。

「後見、大砲二十門程度ならそれに見合う砲弾、火薬類を合わせて船から下ろしてもよいとお答えしたところだ」

本日の見学者の長の長老人に視線が集まった。

「異国の船に脅かされる加賀の海と国を守るためにぜひ譲ってもらおう。加賀の城は大きいゆえ二十門では足りぬ。これが第一次の砲購入となる」

「承知致しました、こたびの交易航海で加賀藩に見合った大砲を選んで購入させます」

と総兵衛が受け、

「大筒方のご意見はございますか」

居室の端で考え込む大筒方二人に総兵衛が問うた。

佐々木は重臣の顔を窺《うかが》うように見た。二人は混乱の最中にあるようで言葉が出てこない様子だった。

「なんだ、正直に申せ」

「お歴々に申し上げます。大砲を買うても最前見せてもらったような砲撃が出来るわけではございません」

「当たり前のことだ、佐々木」

御番組頭池田兵衛が吐き捨てた。

「大砲購入時に得心のいくまで砲撃の手順の説明を受けよ。その代金までこた

び の商いには含まれておるのだ」

「その余裕は何日にございますな」

「かような帆船に搭載された大砲を操作するのではないのだ。城壁に持ち上げ据え付けるのだ、あとは撃つだけだ、一日二日もあればコツが呑《の》みこめよう」

池田があっさりと答えた。

「地上に据えられた大砲であってもそう簡単には習得できません。火薬の調合だけでも何カ月もかかりましょう」

「ならば大砲を買っても宝の持ち腐れではないか」

加賀藩の家臣の間の会話はかみ合わずにすれ違った。

総兵衛が会話に入った。

「大砲を購入された後、加賀のお城のどこに据えれば効果的か、それによって砲架を設《しつら》え、砲身を設置します。ここまではさほど難しくはありますまい。されど、砲を効果的に操るには最低でも一年の習練期間が要りまする」

「なにっ、一年じゃと。そなたら、砲術方を何人か加賀に残せるのか」

「私どももぎりぎりの人数で二艘の船を動かそうとしております。それは無理かと存じます」

総兵衛の答えに一同が沈黙した。

「ここにおります一番番頭の信一郎は、六代目の総兵衛以来、大黒屋が異国との交易に関わって来ましたゆえ、大砲の装備のある帆船の知識と体験がいささかございました。その信一郎ですらこのイマサカ号の大砲に慣れるのに一年を要しました。大筒の知識しか持たぬ佐々木様方に一日二日の説明で最新の砲術が理解できるわけもございません」

「ならばどうすればよい」

「大砲は必要なだけお譲り致します。それを城に運び、設置する。この作業にもそれなりの日数を要しましょうが、さほど難しいことではありません。ただ、しっかりと砲術を身につけておらなければ異国の最新の大砲を城に設置したとしても宝の持ち腐れでございます。その大砲に息吹を与えるのは人にございます、大筒方にございます。そこでこの総兵衛からいささかの提案がございます」

「なんだ、なんなりと申せ」

長老人が言った。

「佐々木様方がこの二十四ポンド砲に習熟するためにはイマサカ号に乗り組み、砲術を実戦で学ぶことがいちばんの早道です」

「なに、加賀藩の家臣を大黒屋の交易に同道して異国に送れと申すか」

「差し障《さわ》りがございますか」

「徳川幕府は異国への渡航を禁じておる」

「長様、それをいうならば交易も大砲を城に装備することも幕府では眼を光らせております。ですが、薩摩様を始め、西国の大名方は何代も前から鎖国令を無視して、異国との交易に励み、領地内で外海航海に耐える大船を建造しておられます」

「そ、それは分かっておることだが」

「加賀様とて異国と交流を断ち、孤立させる鎖国令が徳川幕府の国力を弱めているとお考えになったゆえに、幕府の方針には触れることを承知で大砲を購入し、万が一の異変に備えようとしておられるのではございませんか」

「それはそうじゃが、まさか家臣が異国に渡る大黒屋の帆船に乗り組むとは考えもせなんだわ」

「砲術も航海術も一日で習得できるものではありませぬ。先々に備えてのことなれば大砲購入と同時にそれを使いこなす技と術を習得なさることです」

「それには船に乗り組んで学ぶことがなによりの早道というわけか」

「若い家臣方が大黒屋の交易船に乗り組み、大黒屋の一員としてお働きになることは異国の砲術ばかりではなく、その進んだ医学、科学、造船、操舵《そうだ》などすべてを見聞し、学ぶことになります。一年余の猶予《ゆうよ》を見て頂ければこの次にイマサカ号がこの能登の海に戻ってきたときには、立派な砲術方として皆様方の手にお返し致します」

総兵衛の言葉に再び沈黙が支配した。

「なんと、それはわれらでは判断がつかぬぞ、江戸の殿様のお許しがなくばできることではない」

「イマサカ号と大黒丸はいったん江戸に戻り、晩秋九月には琉球に向けて出船致します。その折までにご返答を頂ければイマサカ号に三人様ほど受け入れる用意を致しておきます」

総兵衛の大胆な提案は、後見の信一郎も全く予想しなかったことだ。だが、大砲を売っただけで、その使い方をどう学ばせるかまで考えてなかった自分を信一郎は反省した。

「いかがでしょう、もし前田のお殿様のお許しが頂戴《ちょうだい》できればこのイマサカ号に乗船し、欧米の国々が競い合う南の海に出ていかれる覚悟がございますか」

若い総兵衛の言葉にはなんの気負いもない。当たり前のこととして提案していた。それが二十五歳の大筒方の佐々木規男や十九歳の田網常助には素直に受け入れられた。

イマサカ号上で砲術の実際を見物したのはわずかな時間だった。だが、最初の一発で大筒方としての自信は木《こ》っ端《ぱ》みじんに打ち砕かれていた。あの一瞬の体験は異国とこの国の差を知らしめるに十分だった。大砲から撃ちだされた砲弾の飛翔《ひしょう》距離と破壊力が雄弁に大筒と大砲の差を物語っていた。

加賀を守るために大黒屋から大砲を買い求めることは、異国の進歩を知ることでもあるのだ。異国を知らずして異国の道具を使いこなし、太刀打ちできるはずもない。加賀の国を守れるはずもないのだ。

「申し上げます」

銭五が突然言い出した。

「この船に私を、銭屋五兵衛を乗せて下され。私が必ずや砲術を学び、加賀に利をもたらすようにして見せます」

長老人がぎらりとした眼で見た。勝手方御用掛奥村栄実が長老人の険しい視線に気づき、

「銭五、町人のおまえが出る幕ではないわ、分を心得よ。おまえは後学のために大黒屋の船を見たいというからわしの一存で許したまでだ、わしの体面まで潰《つぶ》す気か。町人風情《ふぜい》が藩内情に立ち入るなど差し出口は許さぬ」

と怒声を浴びせた。

「奥村様、私が異国を知ることは加賀金沢のためにございます。前田家の利に繋《つな》がる話にございます」

銭五も必死で願った。

銭五をこうまで興奮させたのはイマサカ号の巨大な船体と装備、圧倒的な迫力と利便性だった。さらに銭五はこの船一隻《せき》がもたらす莫大《ばくだい》な利益を考えたか

らだ。

総兵衛は野心を胸に秘めた商人の必死の面魂《つらだましい》を見ていた。

「下郎、部屋を出て海の風で頭を冷やせ」

奥村が銭屋五兵衛を居室から追い出した。

「ご老人、話が途中になりまして申し訳ござりませぬ」

と奥村が長老人に詫《わ》び、

「われら一同、この船を知る以前と以後ではまるで考え方も違う。商人の銭五が狂うのも無理はない。だがな、歩は金《きん》になれてもそれ以上の力はない。北前《きたまえ》船《ぶね》を相手の小商人が一気に大黒屋に代われるわけではないわ、のう大黒屋」

「いかにもさようでございます。大黒屋にも百年の歳月がかような交易を学ばせたのでございます。されど同じ商人同士、銭五さんのお気持ち、よう分かります。どうか、最前の言動を咎《とが》めだてなさらないで下さいまし。大黒屋総兵衛からのお願いにございます。あのお方は加賀のために必ずやお役に立つ人物にございます」

長が頷《うなず》き、

「そなたら、異国に行く覚悟はあるか」

と大筒方の二人に問うた。

「長様、行きとうございます、われら死ぬ覚悟で異国の諸々《もろもろ》を学んで参ります」

と佐々木が言い切った。

「よし、江戸の殿に早飛脚で今日体験したことのすべてを記した書状を出す」

長老人が口にしたとき総兵衛の思い付きは加賀の現実として動き始めていた。

四

翌日、イマサカ号に加賀藩の御用商人の加賀御蔵屋の十一代目治右衛門と大番頭ら数人が招かれ、福浦の入江に停船したままで大黒屋の十代目総兵衛と対面した。

治右衛門は五年前に十代目が五十を前に亡《な》くなったとき、二十二歳の若さで金沢一の大店《おおだな》の主《あるじ》に就いた人物だ。

その治右衛門は、自分より若い総兵衛にまず驚き、浅黒い精悍《せいかん》な顔に醸《かも》し出された出自と、言い知れぬ苦労を自らの体験に合わせて感じとっていた。

「大黒屋総兵衛にございます」

総兵衛は椅子《いす》から立ち上がり深々と腰を折って挨拶《あいさつ》した。

「総兵衛さん、私が加賀御蔵屋冶右衛門にございます、よしなのお付き合いを」

大所帯を背に負う難儀を二人は即座に理解し合った。

総兵衛は百年前から商いでつながりを持つ加賀御蔵屋の冶右衛門に正直に自らの出自を語り、運命に従い、大黒屋の十代目を継いだことを淡々と話した。

冶右衛門らはその正直な人柄にまず感銘を受けた。そして、六代目総兵衛が異国交趾に残した血の末裔《まつえい》が十代目を継いだ運命の不思議を考えた。

「総兵衛さん、私どもによう話してくれましたな。私ども御蔵屋も六代目総兵衛様との縁で大黒屋さんとの商いのつながりが出来たのでございます。いわば本日の対面は、六代目が引き合わせたようなものにございましょう。今後とも昵懇《じっこん》のお付き合いを願います」

冶右衛門もまた大店を継承することがどれほど大変か、苦労に満ちたものであるかを承知していた。そこですぐに総兵衛の真っ正直な気性と人柄を受け入れた。

初対面で二人の若い主が打ちとけたのだ。

和やかに酒食をともにし、船内を見物し、さらには再び最上後甲板真下の居室に戻って、珈琲《コーヒー》なる異国の飲み物を喫して長時間の談笑が続いた。

その日、対面も終わりに近づいた頃、加賀御蔵屋の大番頭の六蔵が、

「昨日、お城の重臣方に銭五さんが従っておりましたとか」

と御蔵屋の懸念《けねん》を口にした。

その問いに対し、信一郎が応対した。

「いかにも、勝手方御用掛奥村様の従者の立場でお出《い》でになりました」

「銭五がこと、どう見ましたな」

御蔵屋の大番頭と大黒屋の一番番頭の会話になった。

お互い主人の気持ちを代弁していた。

六蔵は先代以来、御蔵屋の大番頭を務めてきた叩《たた》き上げの奉公人だ。

「なかなか商才に長《た》けた人物かと見受けました。古着商の鑑札をお持ちゆえ、

なんぞそちらでお話があるかと存じましたが、銭五さんの狙《ねら》いはもそっと大きなもののように見受けました」

「ほう、大黒屋さんと直の商いを考えておいでですか」

「いえ、イマサカ号に乗船して異国を見たいと申されただけにございます」

信一郎は加賀藩の大筒方をイマサカ号に乗船させるという総兵衛の提案は省いて、銭五の言動だけを告げた。

「なんと、銭五はそのような大胆なことをお歴々の前で口にしましたか」

「奥村様が出過ぎた真似《まね》をするでないとこの部屋から追い出されましたゆえ、話はそれで終わりました。うちの主が、異国交易に従事できるこの帆船を見て常軌を一時《いっとき》逸しただけのこと、お咎めなさらないで下さいましと願いましたで、銭五さんにお咎めはございますまい」

「銭五さんは北前船を利用して上方との商いをして一度傾いた家運を盛り返された商人、一筋縄ではいきますまい。奥村様の庇護《ひご》をよいことにこのところ急速に力をつけておいでの商人です」

「早晩、加賀を代表する商人になられましょうな」

総兵衛が二人の番頭の話に加わり、

「なりふり構わぬ商いへの執念は大番頭さん、見習わなければなりませんよ」

冶右衛門が言い、大きく首肯した六蔵が、

「御城との商いは滞りなく終わりましたかな」

と大砲取引を話題にした。

大黒屋と長い付き合いのある加賀御蔵屋にとっても、加賀藩が密《ひそ》かに大砲を購入する話は、関心を持たざるをえないことだった。まして、この取引に銭五が加わるようなればと警戒してのことだった。

「あの話はうちと前田様の直取引、今後ともこの取引に他人を加える考えは大黒屋にはございません」

「安心しました」

と冶右衛門が答え、

「こたびの航海と交易が恙無《つつがな》く終わりますようにお祈りしております」

と言葉を継ぎ、御蔵屋、大黒屋の主二人の対面は無事に終わった。

総兵衛と信一郎はイマサカ号の簡易階段下まで御蔵屋一行を見送った。

一行を琉球型の快速小型帆船が犀川河口まで送っていくのだ。そこまで三番番頭の雄三郎が見送ることになり、大黒丸の助船頭《すけせんどう》の幸地達高が操船の指揮をとった。

「雄三郎、加賀御蔵屋様方を無事に金沢までお送りして下されよ」

と信一郎に念を押され、

「畏《かしこ》まりました」

と応じた雄三郎が簡易階段を手で押して、船を巨船から離した。

「加賀での御用は終ったな」

と総兵衛が見送りながら信一郎に確かめた。

「終わりました」

と応じた信一郎の声音に憂色があるのを総兵衛は見逃さなかった。

「どうしたのだ、後見」

「イマサカ号の大砲に多大な関心を見せられたにしては、本日藩から届いた買い値は厳しゅうございますな。総兵衛様が交趾から搭載してこられた大砲を譲ろうというのです。一門砲弾付きであの値はございますまい」

総兵衛らが最初考えていた値よりだいぶ低値の提示が本日、使いによって届けられていた。

「後見、商いは損して得とれ、です」

「それにしても一門砲弾付きであれはございません」

「損をするわけではない。二十門砲弾付きで売った代金で、そなたらが何門の二十四ポンド砲を購入できるか、うまくいけば三倍から五倍の数が仕入れられよう。その折に利を出せばよい」

「それでようございますので」

イマサカ号の砲備は今坂一族の所持していたものだ。大黒屋のものでないだけに少しでも多くの利をと信一郎は考えてきたのだ。

「後見、旅をして分かったことの一つが大名諸家といえども決して裕福ではないという実態であったわ。加賀百万石様とてこれから海に活路を開かねば、異変に備えられまいが、その掛かりは容易なものではなかろう」

簡易階段下で話し合っていた総兵衛と信一郎は主甲板に上がった。

甲板では明日の出船に合わせて仕度がてきぱきと行われていた。

二人はその足で後甲板操舵室《そうだしつ》に向った。そこではイマサカ号の主船頭の具円伴之助、副船長にして航海方の千恵蔵、大黒丸の主船頭金武陣七、唐人卜師《ぼくし》の林梅香、総兵衛の弟勝幸らが顔を揃《そろ》えていた。

「明日の出船、差し障《さわ》りはないか」

十代目総兵衛になって初めての異国交易に挑む、実質的な長の信一郎が一同に確かめた。

「海は平穏、風は大陸からの西北風、まずまずの航海日和《びより》、若狭小浜まで一日で乗り切ることができましょう」

日本沿岸の海に慣れた金武陣七が答え、伴之助が頷いた。

「後見、小浜での荷積みの仕度は終わっているのだな」

「小浜湾口の堅海《かつみ》に京のじゅらく屋さんの荷を満載した千石船五艘《そう》を待たせてございます。千石船が小浜湊との間を数度、往復すれば荷積みは終わりましょう。小浜に碇《いかり》を下ろしておるのは二日から三日で済みましょう」

信一郎が答え、

「じゅらく屋の主、十八代目の栄左衛門《えいざえもん》様に番頭が付き添っておられますゆえ、金沢ほどの面倒はございますまい」

と言い足した。

「ただ今、イマサカ号と大黒丸の船倉はどれほどの荷か」

「大黒丸に二割方、イマサカ号は未《いま》だ一割も満たしておりませぬ。ために船底付近には飲料水を入れた樽《たる》を積載して喫水を少しでも上げてございます」

「京の荷を積んでも三割方が埋まるかどうかか」

「いえ、じゅらく屋さんの荷が意外と多いそうで二艘の船倉の四割近くは占めようかと存じます。江戸で三井越後屋さんの二割、大黒屋の用意した荷で三割、深浦を出る際には、船倉に一割から一割五分の空きでございましょう」

信一郎の報告に総兵衛が頷くと、

「そろそろ江戸への戻り仕度を考えておかねばなりますまい」

金武陣七が言った。

総兵衛は操舵室の壁にかけられた日本沿岸絵図を見た。

「一つ提案がある。異国の航海ではイマサカ号と大黒丸が離れて行動することもおきよう。そこで大砲二十門を下ろし、金沢城に運び、砲架の設《しつら》えの手筈《てはず》を整えたなら、大黒丸をこの福浦から北廻りで先行させて深浦に走らせぬか。イマサカ号は予定どおりに小浜に向い、じゅらく屋さんの荷を積み込む。小浜往来に二日から三日、小浜滞在に二日とみて、大黒丸はイマサカ号に先行すると四日から五日、イマサカ号は全速航行で大黒丸の後を追うことになる」

「総兵衛様、四日から五日もの差を頂戴《ちょうだい》しての競争にございますな。いかにも大黒丸はイマサカ号に比べ、船足が遅うございますでな、いい勝負となるかもしれません」

と信一郎が答えていた。

総兵衛は二艘航海の交易で互いが頼り切ることがないように、イマサカ号と大黒丸の自主性を、競争意識を持たせることで確保させようと提案したのだ。

イマサカ号の具円船長が、にたりと笑った。自信ありげな笑みだった。

「具円船長、わっしらも四日から五日も余裕をもって先行するのです、負けるわけにはいきませんよ」

と金武陣七も張り切った。

「ダイジョウブ、オイツク」

具円伴之助船長が片言の和語で応じた。

「どうだな、後見」

「両船体制の荷積み航海でいささか士気が落ちておったのを総兵衛様が鋭く見抜かれたのでございましょう。単独航海で緊張を取り戻す、よき試みかと存じます」

信一郎の言葉で大黒丸の深浦先行が決まった。

「前田家では大勢の人足を出してくれるそうな。それでも大砲の取り外し、運搬、城壁上の据え付けに三、四日はかかりましょうな。明日からその作業に入ります、その手順でようございますな、一番番頭さん」

金武陣七が信一郎に念を押し、

「両船ともに出航は据え付け作業が終った翌日の夜明け、それでよいですな」

と信一郎が二人の主船頭に告げ、陣七がイマサカ号の操舵室から早々に姿を消した。

江戸は夏の終わりを迎えていた。

富沢町の大黒屋では今しも、秋口に柳原土手で開く古着大市の二回目の開催に向けて何度目かの、富沢町と柳原土手の高床商人の話し合いが終わり、

「まだまだ暑い日々が続きますな。そろそろ総兵衛様も鳶沢村から戻ってよいころではありませんか」

「留守を預かる私もそう願っているんですがね、故郷は居心地がいいらしくて、神輿《みこし》を上げられずに困っております」

「鳶沢村で見合いでもなさっておられるのではございませんか。十代目は様子がよろしいから女衆《おなごし》が放っておきますまい」

「嫁様の話ですと、さあてそれはどうでしょうな」

出席者の勝手な言葉に大番頭の光蔵《みつぞう》が応じて、客たちが夏の陽射《ひざ》しの中に消えていった。すると交代するように人影が昼下がりの大黒屋の店頭に立った。

「おや、桜子《さくらこ》様ではございませんか」

「まだ総兵衛様はお帰りおへんのえ」

桜子は今の話を聞いていたか、総兵衛の留守にがっかりとした表情でいった。

「桜子様、そうなのでございますよ。あまり富沢町を留守にされてもあれこれ

と差し障りが生じておるのですがな」

光蔵が言い、

「まずは奥にお通り下さいましな」

と桜子を店先から内玄関へ回るように願った。

大黒屋の離れ屋におりんと黒猫のひながいて、主《あるじ》の不在を守っていた。

「桜子様、ようようこいらっしゃいました」

「おりんはん、総兵衛様のいはらへん富沢町はなにやら寂しゅう感じます」

桜子が正直な気持ちを言葉に表した。

「桜子様、私どもも気抜けしたようで何事にも力が入りません」

とおりんが答え、

「それでは大黒屋の士気に関わりますでな、困るのですがな」

と光蔵も応じた。

光蔵にとってもおりんにとっても純真無垢《むく》な桜子の言動は孫か妹のように好ましく映った。

「最前のお客はんの話はほんまのことやろか」

桜子が光蔵に聞いた。

「大番頭さん、どのような話でございますか」

おりんが光蔵に問い、

「ああ、あの話ですか。総兵衛様が鳶沢村に嫁様を見つけにいっておるのではないかと、柳原土手の世話方俊造《としぞう》さんが冗談を申されたことですな」

「桜子様、ご安心下さいな、うちの主様にそのような話はございません」

「なんのお話もないのんは却《かえ》ってへんなんやおへんか」

「桜子様、九代目の総兵衛様が亡《な》くなられて、そろそろ一周忌が参ります。十代目は必ずやそれまでに江戸に戻って参られます」

おりんが桜子の不安を紛らわすように言い、光蔵も、

「また大黒屋では秋には交易船を出しますでな、総兵衛様も一番番頭の信一郎も忙しく動いておられるのです」

「では、総兵衛様は鳶沢村にいはるんのではおへんのか」

光蔵はおりんと顔を見合わせ、娘の勘の鋭さをどうしたものかと目顔で相談し合った。おりんが小さく頷《うなず》き、

「桜子様、どうかご内緒に願えますか」

「うちはだれにも総兵衛様のことを言う気はおへん」

「総兵衛様は今頃、若狭の小浜にあって、京のじゅらく屋様の主どの方と商いをなさっておいでです」

おりんの言葉に桜子が、
はっ
として顔に困惑の表情を浮かべた。

「うちは総兵衛様のことを思うていただけどす。なにも大黒屋さんの商いの詮《せん》索《さく》をする気はこれっぽっちもおへんかったのに」

「桜子様ならもう察しておられましょう。大黒屋の商いを妬《ねた》む方もおられれば、またあれこれとうちのことをよからぬと考えられるお方もおられます。ゆえに、総兵衛様の行動を秘密にするしかないのです」

「分かってます。うちの母にも常日頃から釘《くぎ》を刺されておりましたんどす」

「おや、麻子《あさこ》様がなんと釘を刺されてましたかな」

「大黒屋はんはうちらが知らへんお貌《かお》を持ってはるんやて、そのお貌に接したら知らぬ振りをせんならんて」

「いかにもさようです」

光蔵が険しい顔で言った。

「桜子様、秋になって交易船が異国に向けて出ましたら、総兵衛様は落ち着かれます。もう少しの辛抱です」

「あら、総兵衛様は異国に行きはりはしまへんどしたんか」

「こたびは参られません。その代わり、琉球店の店主の仲蔵さんと一番番頭の信一郎の父子が総兵衛様の代わりに交易船の指揮をとられます」

「番頭はんはいはらへんかてようどしたのに」

「あら、それはこのおりんが困ります」

桜子の天真爛漫《らんまん》ぶりについおりんが正直に答えていた。

「おや、おりんはんは一番番頭はんがお好きどしたんか」

「はい、どなた様よりも好きにございます」

「ほならおりんはんと桜子、ご一緒に助け合うて参りましょうえ」

「ようございます。おりんは桜子様が総兵衛様と仲良くなされるようにお膳立《ぜんだ》てし、桜子様は代わりに私と信一郎様がいつの日にか、夫婦《めおと》になれるようにお祈りして下さいますね」

「はい、必ずそうしますえ」

桜子がおりんに小指を立てて差し出し、

「指きりげんまん、うそついたら針千本飲ます」

と桜子の透き通った声が大黒屋の離れ屋に流れた。

第二章　競い合い

一

イマサカ号の船首像の双鳶《ふたつとび》が波飛沫《なみしぶき》を受けながら、海風を切り裂いて進んでいた。

総兵衛は若狭の小浜を離れて北へと疾走するイマサカ号の舳先《へさき》にあって、

（九代目の一周忌がやってくる）

それまでには深浦の船隠しにイマサカ号を戻しておかねばなるまいと、独り物想《ものおも》いにふけっていた。若い総兵衛の一身に交易のこと、影様のこと、諸々《もろもろ》が重くのしかかっていた。そして、鳶沢《とびさわ》、池城《いけぐすく》、今坂三族の融和を図らねばならなかった。

　総兵衛の脳裏に娘の顔が浮かんだ。

　坊城《ぼうじょう》桜子だ。

（桜子様になんぞ土産を）

　と考え、小浜で会ったじゅらく屋に相談すると、

「坊城はんの娘はんどしたな、若いけどなかなか賢いお方だす」

　と京で修業し、じゅらく屋とも付き合いのあった桜子について感想を述べ、いくつか交易に供しようとした中から選んでくれた。

　総兵衛は桜子のことを考え、じゅらく屋の提案した五つの中から二つを選んで土産にした。

（喜んでくれようか）

　総兵衛の思念は桜子から小浜での荷積みとじゅらく屋との対面に移っていた。

　じゅらく屋でもイマサカ号が積んできた今坂家所蔵の工芸品に大いなる関心を示し、予想外の高値で買い取ってくれた。そのために今回の交易の預かり荷についてもさほど難航することなく順調に契約が済み、二日で荷積みが終わった。

この間、十八代目のじゅらく屋栄左衛門と番頭らはイマサカ号の船主居室に泊まり、あれこれと話し合うことができた。

この旅で京が日本の中でどのような役割を果たしているのかを知ったことは総兵衛にとって大きな収穫の一つだった。

「総兵衛はん、話だけでは分かったとは言えまへん。いちど京に来ておくれやす」

と栄左衛門が若い総兵衛に言い、

「どうでっしゃろ、うちらと一緒に京に行きまへんか」

と誘ったものだ。おそらく栄左衛門は総兵衛が異郷生まれで和国事情に疎《うと》いことを見抜いての誘いであったろう。

「栄左衛門様、参りたいのは山々ですが九代目の一周忌法要を控え、交易船を無事に出立させねばなりません。イマサカ号と大黒丸が交易に出れば一年は戻ってきませせぬ。その間になんとしても京を訪ねたく思います」

「ほんまに来ておくれやす、それも一日も早いことが大黒屋はんにもそなた様にもええことだす」

総兵衛は栄左衛門の親切な心遣いに大きく頷《うなず》き、京行きの約定をなして別れてきたのだ。

若狭湾をイマサカ号が出たのが夜明けの七つ（四時頃）、昨夜から吹き始めた南西風に尻押《しりお》しされて三檣《しょう》全帆を張っての全速航行を続けてきた。

夏の太陽が日本海を照らし付けていた。

総兵衛の額に汗が光っていた。

林老師は数日の天気を卜《ぼく》し、

「この快晴二日ほど続き、三日目から荒れ模様と変わります。津軽海峡を抜けた頃から嵐《あらし》に巻き込まれましょう」

と宣告した。

そこで具円伴之助主船長は、航海方の千恵蔵と相談し、海上から海と山の様子を窺《うかが》いながら、能登半島の輪島沖に浮かぶ七ッ島を一路目指した。その後、能登半島と七ッ島の間を抜けて、佐渡海峡を通る航路を選択し、イマサカ号に乗り組んだ全員が一丸となって、何日も前に能登の福浦《ふくら》を出た大黒丸を追っていた。

と舳先に立つ総兵衛に声が掛かった。振り向くと天松が素焼きの壺《つぼ》とぎやまんの器を持って立っていた。

「総兵衛様」

「水はいかがにございますか」

「もらおう」

と素焼きの壺から水がぎやまんに注がれ、総兵衛が喉《のど》を鳴らして飲んだ。

「美味《うま》い」

と総兵衛が空の器を返し、

「どうだ、海に浮かぶイマサカ号に乗った気分は」

「百蔵爺《じい》は船酔いで倒れました。なれど、この天松は水を得た魚のようで気分爽快《そうかい》にございます」

「それはなにより。船は得手不得手があるでな、天松は海神と船魂《ふなだま》に好かれたのであろう」

「は、はい。いつでもお呼びがかかれば異国の旅に出ることができます」

「行きたいか」

「いえ、こたびは江戸にて奉公に務めます」

「どうしたことか」

「イマサカ号に乗り、鳶沢一族、池城一族の朋輩《ほうばい》方がどれほどイマサカ号に慣れんと努めてこられたか知りました。私がただ今乗っても足手まといになるだけです」

「殊勝なことよ」

「いえ、このイマサカ号とともにありたいとだれよりも思うておられるのは総兵衛様にございましょう。その総兵衛様が我慢しておられるのです。天松はまず総兵衛様から異国のこと、帆船のこと、海のことを教えてもらい、次に備えます」

「と、後見に諭されたか」

「はっ、はい」

「天松、イマサカ号と大黒丸の交易成功を裏で支える者も要る。大番頭を始め、多くの一族の者が耐えておるのだ。天松もその一人よ」

「分かっております」

天松の顔はすっきりとしていた。信一郎に諭されてわずかに残っていた交易参加の気持ちを振り切ったからだ。

「天松は六代目総兵衛様に仕えた綾縄《あやなわ》小僧の二代目を目指しておるのであったな。ならば高いところも得意であろう」

「はい、得意中の得意にございます」

「されば伴をせよ」

総兵衛がいうと舳先上甲板を下りて主甲板に出た。

主甲板を歩く総兵衛にイマサカ号の水夫頭《かこがしら》、和名海風の帆助《はんすけ》に改めた帆前方の頭分が異国の言葉で挨拶《あいさつ》した。

「帆助、ゆっくりでよい。和語を覚えよ」

「ハイ、ソウベイサマ」

と答えた帆助に総兵衛が何事かを命じると、帆助が天松を見て、にやりと笑った。

「覚悟はよいな、綾縄小僧」

「はい、総兵衛様、なにを致すのでございますな」

「そなたが高い処《ところ》がどれほど好きか試してみる。船では帆柱に登れと操舵室《そうだしつ》からいつ何刻《なんどき》命が下るかもしれぬ。夜のこともある、荒天でも命が下る。嵐が吹き荒れる夜、縄ばしごが凍っていることもある。だが、命が下ったら登らねばならぬ。帆を拡《ひろ》げ、帆を畳むことは航海の基本、生命線だからだ。よいな」

と言い残した総兵衛が左舷《さげん》に寄ると主檣《メインマスト》に向って格子《こうし》状に張られた麻綱の索具に飛び付き、軽やかにも長身を、

くるり

と反転させて格子綱の上に乗せた。それを見た天松がなにかを言いかけて止《や》め、総兵衛に負けじと格子綱に這《は》い上がってきた。

「天松、私に従え」

天松が覚悟を決めたように頷くと、総兵衛が縄ばしごをするすると登り始めた。長い手足が確実に縄ばしごを捉《とら》えて一定の動きで滑るように登っていく。

天松も総兵衛を真似《まね》て、必死に従った。一段目の帆桁《メインヤード》に辿《たど》りついた総兵衛が帆桁《ほげた》上に立った。

天松も見習い、立ち上がろうとして思わず盛り上がる海面を見て五体が総毛

立ち、身が竦《すく》んだ。主甲板から帆桁までどれほどの高さか、海面が盛り上がり、沈み、うねるせいでなんとも高く感じ、眼がくらくらした。

「どうした、天松」

「いえ、いささか眼が眩《くら》んだだけです」

「下りるか」

「いえ、どこまでも総兵衛様に従います」

天松が鳶沢村から江戸に出てくるとき、死んだ婆様《ばあさま》が、

「天松、一族のために働くには命を張らねばなるめえ。婆《ばば》がおまじないを教える。怖いと思うたときは、それを胸の中で唱えればどんな怖さも吹っ飛ぶだ」

と教えてくれたのが、

「しんくんいえやす様、われに勇気を与えよ、そぶらけそぶらけそぶらけあぶらかたぶら」

どこから鳶沢村に伝わったものか、子供の時から鳶沢の子供は怪我《けが》をしたときなどに、

「いたいのいたいのきえてなくなれ、そぶらけそぶらけそぶらけあぶらかたぶ

ら」

と唱えていたから承知の呪文《じゅもん》だ。奇妙な言葉を三度繰り返せとお婆は教えたものだ。天松はこのお婆の呪文を胸中で真剣に繰り返すと、

すうっ

と気持ちが落ち着いた。

「総兵衛様、お供します」

よし、と答えた総兵衛が揺れる帆桁を歩くと、さらに上層の一段帆桁《メイントップスルヤード》に向けて張られた縄ばしごを身軽に這い上がっていった。

天松は死んでも総兵衛から離れまいと、縄ばしごをしっかりと摑《つか》み、確かな足取りで二段目の帆桁へと取りついた。高くなった分、恐怖が増したが、傍らで満帆の膨らんだ帆がいつ、風具合で向きを変え、天松を海へと叩《たた》き落とすかと、その方が怖かった。それでも手足を動かしたのは、

「二代目綾縄小僧」

の意地だった。

「遅いではないか」

涼やかな声が頭上から降ってきて、天松が見上げると総兵衛が二段目帆桁の上に平然とした顔で立っていた。

「ただ今参ります」

すでに海面から百数十尺(四〇～五〇メートル)は登っていた。

イマサカ号は早い船足で北上していた。

「これからは主檣に沿って、よじ登る。縄ばしごの角度がついた分、怖い。だがな、決して途中で動きを止めてはならぬ、海面を見るでない。ただ総兵衛を信頼し、上に上がることだけを考えよ。さすれば、天松に褒美《ほうび》を与えよう」

「畏《かしこ》まりました」

総兵衛の動きが急に素早さを増し、太い主檣に並行して張られた縄ばしごを摑むと猿《ましら》のように天空へと上がっていった。

天松もひたすら胸の中で婆様のおまじないを唱えながら縄ばしごを摑み、離し、さらに一段上の縄ばしごに手をかけて高みへ高みへと登っていった。もはや恐怖も高さもない、ただ、

「総兵衛様に従う」

ことを念じて従った。

ぱあっ

と視界が開けた。

「ほれ、手を出せ」

と総兵衛の声がして、顔を上げると天松の眼に総兵衛の背後の青空が映じた。

「しっかりと手を握っておれよ」

総兵衛の手に天松は引き上げられ、主檣天辺《てっぺん》近くにある見張り楼によじ登った。

「どうだ、この景色は」

総兵衛に教えられ、まず西の大海原を見た。水平線が緩やかな円弧を描いて見えた。

「総兵衛様、海の果てはまっすぐではございませんぞ」

「われらが住む地球は球体をなして天空に浮かんでおるのだ。ために海も弧状に見えるのだ」

「なんということが」

大海原の果てに雲が湧《わ》いて見えた。

天松は腹に力を溜《た》めて、右舷側を見た。すると陸影が海に沿って伸びているのが見えた。

「あれが数日前までわれらがいた能登半島であろう。金沢はどこか」

総兵衛の問いに天松はいつもの平静を取り戻した。

「総兵衛様、犀川の流れの先に金沢城と城下が見えますぞ。わあっ、雪を頂いた山は立山《たてやま》連峰ではございませんか」

「天松、そなたの国は美《うま》し国じゃな」

「総兵衛様の国にございます」

「そうだ、われら今坂一族が鳶沢一族の下《もと》に生きてゆかねばならぬ国じゃ」

総兵衛は美し国が貧し国であり、イギリス、オランダ国に比べれば、

「はるかに後れた国」

ということを承知していた。

「総兵衛様、最前、天松に褒美をくれると申されましたな」

「もはや楽しんでいよう」

「イマサカ号の帆柱の上から見る海と山の景色にございますか」

「それだけではないぞ、天松」

「他に頂けるので」

「天松、もはやイマサカ号の主檣楼の高さと揺れを克服しておろうが」

あれ、と呟《つぶや》いた天松が、

「海面二百何十尺の帆柱に登る勇気を得たのでございますな」

「一人前の水夫《かこ》になった気分ではないか。天松、そなたは綾縄小僧の二代目を名乗ってもよいぞ。この帆柱上に初めて挑み、登りきる者など滅多にはいないのだ。そなたはそれを成し遂げた」

「総兵衛様に従っただけにございますよ」

と天松の声が誇らしげにもイマサカ号主檣の見張り楼に響いた。

総兵衛はその天松の自信に満ちた笑みを見ながら西の水平線の一角を見た。黒雲が生じて、嵐《あらし》の予感がした。林梅香老師の占いより早く天候が荒れるやも知れなかった。

「天松、操舵室に黒雲が西空に広がっておると伝えよ」

「畏まって候《そうろう》」

と答えた天松が見張り楼から主檣に沿った縄ばしごにぶら下がり、登ってきたときより確実な動きで下りていった。

その時、大黒丸は男鹿《おが》半島の入道岬を横目に北上していた。こちらの操舵場では舵方《かじかた》を兼ねた助船頭《すけせんどう》の幸地達高が遠眼鏡で西の水平線に湧き上がる黒雲を見て、

「主船頭、嵐が追いかけてきますぞ」

「最前から頭痛がするでな、天気が変わると思うておった」

と金《き》武《ん》陣七親父《おやじ》が応じた。陣七の持病は頭痛で天気の変わり目に痛んだ。大黒丸の水夫らは、

「親父の天気占いはようあたる」

と評判の頭痛だった。

「ならば甲板をもう一度点検させて嵐に備えます」

と達高が大黒丸の主甲板を見回した。

大黒丸は大黒屋百年の交易が生んだ、南蛮型帆船と唐人船を合体させ、和船のよきところを取り入れた外海航海に耐える二千七百石積の帆船だった。二檣に二枚ずつの帆を張り、舳先《へさき》には三角の補助帆、船尾にも縦帆が備えられていた。外海航海に耐えられるように竜骨を持ち、水密性を持った甲板が張られ、船倉には隔壁があった。航海用具も北前船が使うような磁石はもとより南蛮船から買い集めた品が揃《そろ》っていた。

北前船の基本航法は湊《みなと》から湊へ日中、陸影を見ながらの地方《じかた》乗りだ。

ちなみに福浦を出た北前船は黒島、輪島、小木《おぎ》、伏木《ふしき》、新湊、東岩瀬、糸魚川《いといがわ》、能生《のう》、柏崎《かしわざき》、沖合いに浮かぶ佐渡の宿根木《しゅくねぎ》、小木《おぎ》、再び越後に戻って、出雲崎《いずもざき》、寺泊、新潟、荒川、岩船、加茂、酒田、酒田沖合いの飛島、再び出羽《でわ》の海岸沿いに金浦《このうら》、本荘《ほんじょう》、土崎《つちざき》、戸賀《とが》、能代《のしろ》、深浦、鰺ヶ沢《あじさわ》、十三湊《とさみなと》、三厩《みんまや》、青森、野辺地《のへじ》、田名部《たなぶ》、川内《かわうち》、佐井、大間《おおま》、そして大畑と預かり荷の具合でこれらの湊に泊まり泊まり進む。

だが、大黒丸は陸影が見えなくとも星辰《せいしん》を観測し、測天儀や複数の磁石や望遠鏡、陸地からの距離を測る測量器を使って方位と海域を知る、沖乗りと呼ばれる外洋航海も可能な船だった。また異国交易につきものの海賊に備えて十八ポンド艦上砲を左右両舷《りょうげん》に五門ずつ、また他に軽砲四門を搭載していた。

金武陣七も幸地達高も、大黒丸の長所欠点を知りつくしていた。

「水夫頭《かこがしら》よ、嵐がくるぞ。甲板を今いちど点検して、嵐に備えよ。砲甲板の大砲はしっかりと綱で動かぬように縛っておけ」

と嵐への対策を陣三郎に命じた。陣三郎は陣七の倅《せがれ》だ。

「承知しましたよ、助船頭」

と答えた陣三郎が朋親《ともちか》らに手配りをして、大黒丸は嵐に備えることになった。

「親父様、今日じゅうに龍飛崎《たっぴざき》を回りたかったな」

「津軽半島のどこぞの湊に入ることになりそうだ」

「イマサカ号はすでに小浜を出ましたかな」

「わしは今朝方、碇《いかり》を上げたと見た」

「あちらがこの風を満帆に受けたらよ、大黒丸の二倍から三倍の船足で走りましょうな。一日で六、七十里（二四〇〜二八〇キロ）は進みましょうぞ」

「今日稼いでおかなければよ、明日の海は大荒れよ。それでもあちらは嵐の海を突っ走ろうな。わしらが嵐待ちをしている間に追いついてくるぞ」

「親父様、ならば今日じゅうになんとしても龍飛崎を回りたいもんじゃな」

「尻《しり》に帆かけて突っ走るか」

「へえ」

眼に見えない二隻《せき》の船の戦いが本式に始まった。

がたんがたんと音がして砲門の扉にしっかりと閂《かんぬき》が下ろされて固定されていく。荷甲板上を波が乗り越えた場合、甲板各所にある水抜き穴の蓋《ふた》が開けられて船外に流す仕組みだった。だが、今は蓋がきちんと閉じられていた。操舵場《そうだじょう》の眼下の主甲板は船具が片付けられて、帆綱などの点検が行われていた。

炊《かし》き方の勢吉が主甲板に姿を見せて、

「主船頭、どうやら火を使えるのは夕刻までだな、飯を炊《た》いて握り飯にしておくがそれでいいか」

「おお、嵐じゃ、炊き方も大変じゃ、握り飯があれば贅沢《ぜいたく》いえるものか」

「親父、この嵐、いつまで続くと見たか」

「二日か三日、そんなもんじゃろ」

「嵐待ちは二日にしたいもんじゃな、イマサカ号が追いついてくるでな」

「イマサカ号も気になるが大事な荷を濡《ぬ》らしちゃなるめえ」

「いかにもさようだ、わしらの本業は交易じゃからのう」

と勢吉が答えて炊き部屋に戻っていった。

天松は船酔いに倒れて水夫部屋で寝込む百蔵父《とっ》つぁんを見舞いにきた。

「どうだ、百蔵父つぁんよ」

「天松か、わしゃ、だめだ。江戸に戻りつくめえ」

「ふーん、陸の旅ではえらい勢いだったのによ」

「担《かつ》ぎ商いは二本の足で道中を稼ぐものよ。ふわふわごろごろしてよ、海の上はどうにも頼りがねえよ。はらわたまで口から飛び出るくらいに吐いたがな、船が揺れるとまた吐きたくなるぞ」

「操舵室の話では嵐が追いかけてくるというておりましたよ」

「天松、冗談はやめよ。荒れる海はもう十分じゃ」

「この程度の波では荒れるうちに入らぬそうですよ」

「嵐になったら、この船はもつかのう」

「船長も航海方も平然とした顔をしておられるで大丈夫ですよ」

「天松、おめえは船酔いはなしか」

「最前までむかむかしていましたよ。でも総兵衛様に連れられて主檣《メインマスト》の見張り楼に登ったら、なにやらすうっとして、気分も晴れましたよ」

「なにっ、帆柱の上に登ったか」

「海面が盛り上がったり沈んだり、なんとも不思議な気持ちでしたよ」

「話だけで気持ちが悪くなるぞ、天松」

「おお、忘れておりました。南蛮渡来の船酔いの薬じゃそうな、総兵衛様が百蔵父つぁんにとくれなさいましたよ」

「若い主様《あるじ》じゃがよう気がつかれるな。じゃが、薬なんぞ飲んで船酔いが直るとも思えねえ」

「そう言わずにほれ、総兵衛様の気持ちを飲んでくだされよ」

天松が丸薬を差し出し、百蔵が枕元《まくらもと》にあった水差しの水で飲み下し、

「うーむ、なにやら胸の閊《つか》えが消えたようじゃぞ」

と呟いた。

二

大黒屋の前の栄橋の上に立った光蔵《みつぞう》が御城の方角、西空を気にしていた。黒い雲が西から北に向って走るように流れていた。

「うーむ、嵐の前触れですな」

その様子を船着場から荷運び頭の権造《ごんぞう》が見上げて、

「大番頭さん、野分けの季節がやってきましたな」

と声をかけ、橋へと上がってきた。

「どうやら今年初めての嵐の襲来ですかな、御城の上に飛ぶように奔《はし》る黒雲は間違いございませんよ」

権造も自らの眼で確かめて言った。

「大番頭さん、仕事仕舞いに荷船を河岸《かし》に上げておきましょうかな」

「いつもの手筈《てはず》でな」

と光蔵が答えたにはわけがあった。

栄橋の下の石垣には窪《くぼ》んだ水路があって、その先に大黒屋の、いや、鳶沢一族の船隠しがあった。嵐がもたらす大雨は入堀と大川の水位を上げ、江戸湾の満潮の刻《とき》と重なると船隠しへと流れ込む。ために船隠しの扉を嵐用の厚板でさらに補強して水の侵入がないように備えねばならない。

光蔵はそのことを権造に注意したのだ。

「へえ、承知しました」

と答えた権造が坊主《ぼうず》頭をぴしゃぴしゃ叩《たた》き、

「あちらの船はどうしておりましょうかな」

と呟くように聞いた。

「それですよ。すでに総兵衛様一行と二隻の船は合流しておりましょう。となると金沢と京の預かり荷を積み込んで、外海に出たのではないかとな、最前からそれを案じておりました」

「二隻して荷に水がかぶることはございますまいが、だれも外海で野分けに揺られたくはございませんからな」

「総兵衛様は慣れておいでだろうが、海に慣れない百蔵父つぁんや天松、それに大黒丸にも初めて外海に出た鳶沢の者が乗り組んでおりますでな」

「どうみても水には縁のねえ百蔵の身が案じられますな」

と橋の上で言い合う光蔵が、

「おや、おこものちゅう吉さんのお出《い》でですよ」

と大黒屋の戸口から店の中を覗《のぞ》き込むちゅう吉の姿を認めて言った。

「あいつ、毎日のように天松兄いはまだか、総兵衛様のお戻りはまだかと尋ねに参りますな。よほど日光道中が楽しかったとみえて味をしめましたかな。こらあたりで一度締め上げたほうがようはございませんか」

「それはいけませんよ。なにしろ日光の大仕事の功労者はちゅう吉さんですからな。大事にしなければなりません」

坊主の権造の異名をもつ荷運び頭に答えた光蔵が、

「おこものちゅう吉さん、天松はまだ戻っておりませんがな」

と呼びかけながら店先を覗く子供に歩み寄った。

ちゅう吉が振り返って光蔵を認め、

「大黒屋の大番頭さんともあろう人が往来で、おこものちゅう吉さんはいけませんよ。おこもはおこも、ちゅう吉もさん付けも余計です」

「おや、それは失礼を致しましたな」

「おこものほうでも堅苦しい付き合いは、長続きしないと相場が決まってますのさ」

「いかにもさようでした、おこも、さん」

「だから、さんはなしでいいんですよ、光蔵さん」

「おこもの呼び捨てね、せめて名にしてくれませんか」

「なに、ちゅう吉と呼びたいと仰《おっしゃ》るんで。致し方ないか、許します」

「有難うございました。ところでおまえさんの兄いも総大将もまだお戻りではございませんよ」

「大番頭さん、ひょろ松兄い方の旅がそこそこに長くなるのは、とくと承知のちゅう吉様ですよ。今日の用事はそれじゃないんで」

「おや、他の御用でしたか。ならば台所に通ってお茶にしますかな」

「大番頭さん、おこもはいつも腹を空《す》かせていると相場が決まっているんですよ。台所を取り仕切る怖い姉さんにいってさ、握り飯をこさえさせてくれねえかな」

「はいはい、心得てございます」

「はいは、一度でいいんだよ、重ねられると小馬鹿《こばか》にされているようでいけねえ」

大黒屋の大番頭と子供のおこもがまるで立場が変わったような会話を交わす風景を大黒屋に仕入れにきた客が啞然《あぜん》と眺め、二人が台所に消えるのを見送った。

「なんだい、こちらの大番頭さんはおこもに借りでもあるのかい。それともまさか光蔵さんが外で拵《こしら》えた隠し子じゃあるまいね」

「隠し子ね、顔付きが似てますよ」

仕入れに来ていた担ぎ商いの客たちの会話を聞いた二番番頭の参次郎がにやにやと笑いながら、

「芳《よし》さん、周防《すおう》の親方、大番頭が聞いたら喜びましょうな。いえ、かんかんに怒って出入り禁止になるかもしれませんよ」

ろうが」

「そりゃ困るよ。だけどさ、大黒屋の大番頭さんがおこもにへいこらはねえだ

「全くです。いささか事情がございましてな、小僧の天松とちょいとわけあり

のおこもでしてな、うちで奉公人として働かせようと声をかけたこともござい

ます。ところが先方に勝手気ままの暮らしがいいとあっさりと袖《そで》にされたんで

すよ。健気《けなげ》に生きるおこもをうちの主が、できることは助けてやりなさいと言

われましてな、ああして出入りを許しております。物心ついたときから独り暮

らし、言葉遣いも知らずに育ったわけですよ」

と参次郎が虚言《そらごと》を交えて話すと、

「大黒屋も形なしだね」

と担ぎ商いが得心した。

「ちゅう吉さん、御用とはなんですね」

台所の定席にどっしりと座り、煙草《たばこ》に火を点《つ》け、一服した光蔵が台所を仕切

る女中頭のふみの作った握り飯にかぶりつくちゅう吉に聞いた。

夕餉《ゆうげ》の仕度をそろそろと考えていた女衆《おなごし》がちゅう吉の臭《にお》いに慌《あわ》てて手拭《てぬ》いで鼻を塞《ふさ》いだ。

「ちょ、ちょっと待ってくんな、大番頭さん、こいつを腹に入れるからさ。あっ、そうだ、女衆、茶を一杯くれませんか。いえ、客用の茶碗《ちゃわん》でなくたっていいんですよ。縁の欠けた猫茶碗でかまわないからさ」

とちゅう吉が注文を付け、

「はいはい」

ふみが返事をしてちゅう吉に睨《にら》まれた。

「大番頭さん、主が留守だと使用人がみんなたるんでおりませんか。はいは一つ、だらけた返答は気分が緩んでいる証拠です。そんなこと奉公人のいろはのいの字ですよ」

「申し訳ございませんな、あとでとくと注意しておきますからな」

詫《わ》びながらも光蔵が二服目を吸った。

「大番頭さん、かげまの中村歌児《うたじ》を覚えていましょうな」

とちゅう吉が潜み声で言った。

「むろんのことにございますよ」

「ほれ、芳町の子供屋の菊也《きくや》親方が殺されなさったろ」

「親方にはなんとも悪いことをしたと思っています」

菊也は日光代参の使者本郷康秀《やすひで》がかげまの中村歌児を同道したことに絡《から》んで本郷一味に口を封じられていた。影でもある本郷殺しはこの情報から始まったといっていい。

「日光から戻ったら菊也親方がいなくなった子供屋は当然のことながらきれいさっぱり消えてなくなっていましてね。それで歌児の帰る場所がなくなったというわけだ」

「それは困った。どこぞ他の子供屋をあたりますかな」

といって、光蔵には子供かげまを抱える子供屋に知り合いはなかった。

「大番頭さん、慌てちゃいけねえや。話は続きがあるんだよ」

「それはどうも」

光蔵が詫びたとき、奥からおりんが茶饅頭《まんじゅう》を皿に三つ載せて姿を見せた。

「あれ、おりんさんだ。機嫌はどんな按配《あんばい》だえ、総兵衛旦那《だんな》が留守だってんで、のうのうとしているんじゃありませんか」

「お陰さまでちゅう吉様の申されるとおりのうのうと過ごさせていただいております」

「大番頭さんといい、おりんさんといい、台所のふみさんといい、今ひとつぴりりとしてねえな。そんなこっちゃいけないよ、奉公人の本性はさ、主《あるじ》がいないときにかたちになって現れるもんなんだよ。そうなると出入りする客までがさ、ああ、総兵衛様がいないから、大黒屋はだらけていると感じて悪い評判がこの界隈《かいわい》に立ち、たちまち江戸じゅうに広がるという寸法だ。分かるよね、この理屈が。おりんさん」

「真《まこと》にもって適切なご注意でございます。以後、気を引き締めますでお許し下さいまし」

「話が分かればいいんだよ。その茶饅頭はだれのものなの」

急にちゅう吉の言葉遣いが変わった。

「もちろんちゅう吉さんのですよ」

「三つとも」

「はい、三つとも」

「おりんさんさ、一つだけここで食べるからさ、あとの二つはさ、残った握りと一緒に竹皮に包んでおくれよ」

「はいはい、あら、はいは一つでしたね」

「さすがはおりんさんだ。すぐに気がつくよ」

ちゅう吉がにんまりと笑った。

「ちゅう吉さん、話はどこへ行きましたかな。かげまの歌児さんが奉公先も仕事も失ったという話でしたな」

「ああ、そこだ」

「子供屋に知り合いはなし」

「だから、違うんだよ。かげまとしてはね、中村歌児、薹《とう》が立っちまったんだ」

「おや、かげまに旬《しゅん》がございますか」

「齢《とし》のわりには大番頭さん、なにも知らないな。かげまなんてのは十三、四が盛りなんだ。歌児は十五まで務め上げて、そろそろかげまを退く時期に差し掛かっていたんだよ。だから、おれはさ、歌児に、これからの暮らしはどうするんだと尋ねたんだよ」

「ほうほう、そうすると歌児はなんと」

「役者に戻りたいというんだよ。あいつ、物心ついたころから宮芝居の子役でさ、愛らしいところに目をつけた菊也親方が田舎芝居の一座から銭で買い叩《たた》いて引き取ってきたんだよ」

「そのせいで中村歌児なんて役者のような名前ですか」

「そういうことなんだ。で、相談というのはここからさ。大黒屋さんは古着屋だ、役者のすべてが千両役者じゃあるまい。古着で舞台衣装を間に合わせる芝居者もいようじゃないか、そこいら辺りに知り合いはないかと思ってね、おこものちゅう吉様がこうして湯島天神から遠路はるばる掛け合いに来たのさ」

「ちゅう吉さん、それなればお易《やす》い御用ですよ。うちは官許の三座から宮芝居まで付き合いがございます。で、歌児さんはどこにおられるので」

「そりゃ、家がないもの。湯島天神の床下のおれの住いに居候《いそうろう》しているのさ」

「おやまあ、菅原道真《すがわらみちざね》公の居候がおこものちゅう吉さんで、そのまた居候がかげまを辞めて役者になりたい中村歌児さんというわけですな」

「大番頭さん、そう持って回った言い方をしなくてもよ、そういうことだ」

ちゅう吉が大仕事を済ませたという顔で茶饅頭に手を伸ばした。

「よう分かりました。さあてどこがいいか」

「大番頭さん、歌児さんをうちに呼んで、どのような芝居一座に入りたいか直に尋ねたらどうでしょう。その足で二丁町なり宮芝居なりを訪ねるという手筈《てはず》でどうでございましょう」

「ならば明日にも連れてきていいかね、おりんさん」

光蔵が答える前にちゅう吉が訊《き》いていた。

「ようございますよ。だけど明日は雨かもしれませんよ」

と光蔵が野分けの到来を案じた。

「大番頭さん、かげまもおこもも雨は禁物、却《かえ》って一日じゅう暇なんだよ」

と応じたちゅう吉が、

「主の留守に大黒屋さんに頼みごとばかりじゃ悪いやね。ちょいと手土産があるんだが聞くかえ」

と光蔵を見た。

「はっ、はい。そりゃもう」

「ならばさ、大番頭さんもおりんさんもおれに耳を貸しねえな」

光蔵がおりんの顔を困惑の体で見たが、おりんはにっこりと微笑《ほほえ》んでちゅう吉に顔を寄せた。

「さすがに大黒屋のおりんさんだ、いい匂《にお》いだぜ。おれのおっ母さんの匂いだよ」

「ちゅう吉さんの母御様は私のと同じ匂い袋をお使いでしたか」

「おりんさん、おこもの言葉を真にうけちゃいけないよ。おれは親父もお袋も、顔もよく覚えてねえ捨て子だ。そうであればいいな、と思っただけだ」

ちゅう吉はおりんに記憶にもない母の像を見ていたのだ。

鼻を摘まんだ光蔵がちゅう吉に顔を寄せた。

「ご両人、湯島天神のおれのねぐらからかげま茶屋花伊勢が覗《のぞ》けるのは先刻承知ですな」

「それはもう」

「久しぶりに目を引く客があったんだ」

「まさか本郷康秀」

「大番頭さん、しっかりしねえな。あやつは日光で身罷《みまか》ったよ」

「いかにもそうでした」

「本郷家のおすがって老女が乗り物を花伊勢に乗り付けたんだよ。だれに会ったと思うね」

光蔵は鼻を摘まんでいた手を離し、顔を横に振った。

「薩摩藩江戸藩邸の御用人重富文五郎《しげとみぶんごろう》と会ったんだ」

「ほうほう、それはまた興味深いことで」

「だろう」

「ちゅう吉さん、花伊勢にはなかなか入り込めないのでございましたね」

「おりんさん、以前と違ってここんところ花伊勢はだらけていてね。こいつは一番ちゅう吉様の出番と床下に潜り込んだと思いねえ」

「なんぞ耳になされましたか」

「……用人様、いささかお願いの筋がございましてかような場所にご足労願いました」

老女おすがの丁重な声が床下に潜むちゅう吉の耳に聞こえてきた。

「本郷康秀様、日光にて客死なされたそうな」

「いかにも主身罷りました。その件につきまして薩摩様はなんぞご承知でございますか」

「老女どの、御側衆《おそばしゅう》の本郷様と薩摩はなんの縁もござらぬでな」

「それは表向きにございましょう。寔子《ただこ》様を通じて本郷家と薩摩は同じ船に乗った仲にございましたな」

「老女どの、本郷様の死でその関わりも終わった」

「重富用人様、主の本郷康秀は富沢町を牛耳《ぎゅうじ》る大黒屋一味に殺されました」

「薩摩はいささかの縁もなし」

「そう言い切れますかな。主が薩摩と交わした親書の数々、このおすがが某所に秘匿《ひとく》してございますぞ」

舌打ちが床下まで響いた。

「そなた様もその懸念《けねん》があるゆえかようにこのかげま茶屋に出向いてこられたのでございましょうが」

おすがが居直り、重富用人が言葉に窮した。

花伊勢の離れ座敷に長い沈黙の時が流れた。

「なにをせよと」

「幕府ではこたびの主の死を疎《うと》んじて嫡子康忠《ちゃくしやすただ》様への跡継ぎをなかなか認めようとはなされませぬ。薩摩様のお力でいかにしても康忠様の本郷家継承を助けて下され」

「老女どの、薩摩は一介の外様大名にござる」

「島津重豪《しげひで》様の姫寔子様は将軍家斉《いえなり》様の御正室にありながら亡《な》き主と一度は同盟を結んだ縁がございます、その程度のことは薩摩が為《な》してもようございましように」

再び沈黙が二人の対面の場を支配した。

「康忠どのはいくつになられるか」

「十四歳、明晰《めいせき》鋭敏な若様にございますよ」

その時、ちゅう吉は危険な臭《にお》いを察知して、急ぎ離れ屋の床下から遠ざかった。

「……手土産としちゃあ大した話じゃないがね、本日のところはこの辺で勘弁してくんな」

ちゅう吉が済まなさそうに言い、おりんは沈思し、光蔵が応じた。

「いえ、どうしてどうしてそれなりに面白い話にございますよ」

「大番頭さん、詰めが甘いのはとくと承知だ。だがよ、その座敷に加わった唐人の妖気《ようき》は、ありゃあぶねえ」

「唐人にございますか」

「あのさ、渋い茶を一杯所望していいかえ、おりんさん」

おりんがふみに急ぎ茶を三つ命じた。

二つ目の茶饅頭《まんじゅう》を淹《い》れ立ての茶で食したちゅう吉が話を再開した。

「ご両人さんよ、花伊勢から上機嫌で老女のおすがが出てきた後、四半刻《しはんとき》（三十分）もした頃合いかね、薩摩の重富用人がえらく武張った薩摩っぽに囲まれて花伊勢の玄関に姿を見せてよ、乗り物に乗り込もうとして考えを変えたか、李黒《りこく》、と唐人の名を呼び、おれから見えないところでひそひそと何事か話していたがよ、その後、一人だけ姿を見せて乗り物に乗り込んだ。本郷家の老女も薩摩の用人もいなくなった花伊勢の玄関に、ゆらりと唐人が姿を見せたのはだいぶ刻限が過ぎたときだ。あやつ、このちゅう吉が潜む湯島天神を見上げていたがさ、闇《やみ》に溶け込むように姿を消したんだ。不思議なことにさ、あやつの太鼓腹が白い長衣から突き出たようにも思え、いや、痩《や》せこけた針のような体にも見えてさ、実体があるようでない、あやつはいささか危ない唐人だぜ」

「ちゅう吉さん、おまえさんが睨《にら》んだとおり危のうございますでな、もし花伊勢にあやつが現れても近づかないことですよ」

「ああ、おこもの鼻はさ、危ないことは直ぐに嗅《か》ぎつけるのさ。そうでなければこの商売生き残れないからね」

「話はそれだけにございますか、ちゅう吉さん」

「おりんさん、こちらに持ちこむにはいささか物足りないのは分かっているがさ。なにしろ終わった話だからな」

「いえ、十分におもしろうございました」

とおりんが満足げに微笑むとふみに用意させていた握り飯や茶饅頭の他、紙包みを添えて、

「ちゅう吉さん、汗掻《あせか》き賃ですよ」

「そう汗を掻いたわけじゃないが、こんどはひょろ松兄いと総兵衛様が江戸に戻られた頃、お邪魔するぜ」

「おや、歌児様のことは宜《よろ》しいので」

と光蔵が会話に加わった。

「しまった。肝心のことを忘れていたよ。明日また寄せてもらうぜ」

と言い残したちゅう吉が大黒屋の台所の裏口から姿を消した。

光蔵が掌《てのひら》でちゅう吉の異臭を煽《あお》いで散らそうとしたが無理だった。

「大番頭さん、渋団扇《しぶうちわ》を使うかね」

と飯炊《めした》きの婆様《ばあさま》が笑った。

じろりと飯炊き婆を睨む光蔵におりんが、

「大番頭さん、この話、どう見ました」

「本郷家の嫡男が跡継ぎになる話はどうでもようございますな。だが、柳沢家に仕えてきた唐人風水師李黒が薩摩に身を寄せたのはいささか変事ですよ」

と潜み声で応《こた》えていた。

「李黒は千代田の御城の中でだれがいちばん頼りになるか吟味して、異人の嗅《きゅう》覚《かく》で悟ったのです。今後とも薩摩屋敷を注視していかねばなりませんな」

「このこと総兵衛様が戻られてから相談の上、動きましょうか」

それがいい、と光蔵が首肯し、

「それにしてもちゅう吉は臭い」

「臭いくらいなんでございますな、大番頭さん。ちゅう吉さんがもたらした話は私どもにとって大変大事な話にございますよ」

「いかにもちゅう吉大明神様ですな」

光蔵はちゅう吉が消えた台所の裏口に向って、ぽんぽんと柏手《かしわで》を打った。

三

夕暮れが近づき、津軽の海が荒れ始めた。

縮帆した大黒丸は西南の風に押されて七里長浜を横目にこの数日一向に進みもせずに苦闘してきた。風と波が船を浜へと叩《たた》きつけようとするのを、舵方《かじかた》の幸地達高らが必死で制して権現崎《ごんげんざき》をひたすら目指した。権現崎を回れば龍飛崎までは海上およそ七海里半（約一四キロ）だ。だが、その間が全く縮まらなかった。

「達高、波と風がひどくなったぞ。龍飛崎を回り込むのは無理かもしれぬ」

「近くの湊《みなと》で風が収まるのを待ちますか」

主船頭の言葉に助船頭が応じていた。

「イマサカ号のことは忘れ、積み荷大事に湊に避難しようぞ」

雨風に全身を打たれて、南蛮船の水夫《かこ》らの雨合羽《あまがっぱ》を着ていたが、それでも操《そう》舵場《だじょう》の主船頭の金武陣七も舵方の達高も助っ人の伊造も洋次もずぶ濡《ぬ》れであった。

「ちょいと海図を見てきますでな」

達高が操舵場下の主船頭部屋に下りて、大黒屋が長年船荷商いで培《つちか》ってきた手描きの、

めた。

「和国沿岸および湊諸々図」
から津軽を抜き出し、権現崎を東に回ったところに小泊湊《こどまり》があることを確か
(日があるうちに権現崎を回りこめるか)
と達高は考え、
「この半刻(一時間)が勝負じゃな」
と己に言い聞かせた。
操舵場に戻るとさらに波風は激しさを増していた。
「舵方、権現崎ではないか」
鳶沢一族で目利《めき》きの伊造が波間の向こうにかすかに浮かぶ岬の灯りを差して
教えた。
「まず間違いなかろう。船をいったん海に回しておいて一気に権現崎を回り込
もうぞ。その先に小泊湊がわれらを待っておるでな、もう少しの辛抱だ。洋次、
名護の頭に告げてくれ」
助船頭の命に洋次が操舵場から荷甲板に立てられた棒を摑《つか》むとするすると下

っていった。揺れに合わせて荷甲板を入り込んできた波が洗っていた。そこで水抜き穴の蓋《ふた》が外され、そこから流れ出る仕組みになっていた。

風向きが変わり、いつの間にか東からの強風に代わっていた。

「名護の父《とっ》つぁん、この先の権現崎を回り込み、小泊湊に避難するそうな」

名護の頭の本名は朝嶺《ちょうれい》だが、大黒丸では名護の頭で通っていた。白髪が交じった髭《ひげ》から雨を滴《したた》らせながら半帆にした帆の綱を締め直していた頭が、

「無理は禁物、それがよかろう」

と操舵場の判断を支持した。

舵方は主船頭に許しを得て、浜に向って押しつけようと働く自然の力に逆らって舳《へ》先《さき》を西に回頭させると、こんどは面舵《おもかじ》に転じた。舵棒を回転させる太綱が軋《きし》み、操舵場の下で鳴いていた。

風と波に逆らっての荒技だ。

「よし」

達高が取舵から面舵に転じて舳先を再び津軽半島の一角に向けた。急に船が後押しされるように権現崎を横目に回り込み、左手に龍飛崎の灯りがかすかに

見えた。

「助船頭、小泊湊じゃぞ、何隻《せき》も北前船が碇《いかり》を下ろしておるわ」

嵐《あらし》を避けた北前船が何艘《そう》も停泊していた。

大黒丸はかろうじて薄明りの残るうちに湊に入ることが出来た。

「帆を下ろせ」

主船頭の陣七親父が名護の頭に叫ぶと帆が下げられ、船足を徐々に落とした大黒丸は千石船の西側にゆっくりと接近し、碇を二つ投げ入れた。それから半刻をかけて嵐対策の駐船作業が念入りに施され、南蛮船と唐人船と和船の利点を集めて建造された大黒丸は一息ついた。

主甲板に南蛮ランタンが灯され、無人になった主甲板を助船頭の達高が見回り、砲甲板へと降りた。そこでは福浦出航以来、何日も苦闘してきた乗組員三十二人のほとんどが濡れそぼつ衣服を乾いた衣服に替えて、ほっと安堵《あんど》の表情を見せていた。

炊《かし》き場では何日かぶりに火を使って飯を炊き、大鍋《おおなべ》での汁の調理が始まっていた。若い水夫《かこ》らが砲甲板に食事場を設《しつら》えていた。この数日、握り飯だけで過ごしてきたのだ。

主船頭の陣七が船頭部屋から下りてきた。

「助船頭、一刻（二時間）交代で深夜番をつけてくれぬか」

「承知しました」

と答えた達高が名護の親父《おやじ》に、

「いつもどおりの順番で不寝番をつけてくれ」

と主船頭の命を伝えた。

「へえ、その仕度はしてございますよ、主船頭、助船頭」

と名護の頭が応じて、陣七が、

「朋親、炊き場にいって酒を貰《もら》ってこい。この嵐は明日いっぱい続く。今晩は酒を飲むことを許す」

との言葉に、

わあっ！

という歓声が水夫らの間から起こった。

朋親が炊き場に飛んでいき、甕《かめ》を抱えて戻ってきた。すると大工見習の正三郎も手伝いに加わり、先輩方の前に茶碗《ちゃわん》を置き始めた。さらには水夫の流吉が炊き場から丼《どんぶり》に盛られた沢庵《たくあん》漬けとするめを運んできて、たちまち宴の仕度が整った。

まずは砲甲板にある神棚に湊に安着した感謝の琉球古酒を捧《ささ》げた。そのあと、主船頭と助船頭の順に酒が供され、水夫一同にも注がれた。砲甲板は本来の目的の他に寝間になり食堂の代わりや集会場にも使われた。そこには炊き場の三人を除いて大黒丸の乗組みの者全員が顔を揃《そろ》えていた。

金武陣七が一同を見回し、

「大事な積み荷ゆえ風待ちをすることになった。今日は好きなだけ飲んで体を休めよ」

と言うと、男たちが茶碗を上げて、

「頂戴《ちょうだい》します」

という言葉と一緒に琉球酒を口に含んで、

「うめえ」

「堪《こた》えられぬ」

と感激の言葉を漏らした。

「助船頭、この嵐は明日が峠じゃな」

「陣七親父、風が早いゆえまずその判断で間違いなかろうかと思いますよ。明後日も海は荒れておりましょうがイマサカ号なれば航海に不都合はありますまい」

「イマサカ号は今も奔《はし》っていような」

「三檣《しょう》大型帆船イマサカ号の名にかけてもこの程度の嵐で湊に立ち寄ることは考えられませんな」

「あちらには唐人の林梅香老師も乗っておられるでな、風に合わせて東に西に航路を変えつつわれらに追いつかんとしておろうよ」

「じゃが陣七親父、イマサカ号とて嵐の中、全帆航海はできませんぞ。船足は早うても右に左に進路を変えての航行じゃで、距離はそう詰まっておらぬと見ましたがな」

「さあてのう」

「この刻限、われらとイマサカ号の差は二日半ほどではありませぬか。われらは明日もこの小泊に留《とど》まります。明後日、われらが碇を上げられるならば、一日ほどの差で津軽の大瀬戸に入りましょうな。いくら先方は船足が速いと申しても全帆航海してのこと、さらにはこの海の潮も風もわれらのほうがとくと承知しておりますよ。津軽大瀬戸を抜けてからが勝負にございますよ」

と勝負は未《いま》だ捨てていないとみえて、助船頭の幸地達高が言い切った。

イマサカ号は吹き荒れる越後の沖合いを段々と強くなる風に逆らい、あるいは助けられながら、津軽の大瀬戸に向っていた。

風が不安定に巻き、潮目が瞬時に変わった。その上、荒れる海はイマサカ号の行く手を阻《はば》むように立ち塞《ふさ》がった。

最上後甲板では具円伴之助船長、副船長を兼ねた航海方の千恵蔵、唐人卜師《ぼくし》の林梅香、舵輪方の儀助ら五人が複雑な風と波に苦労しながらもイマサカ号を信じて航行を続けていた。

「足の早いタイフーンにございますな」

と千恵蔵が船長に言った。

「南の海のタイフーンと和国の嵐は様相が違う」

と林梅香老師が言い、

「今晩から明日の夕暮れにかけて吹き荒れよう」

とご託宣があった。

「すべて嵐に備えてございますから、航行に差《さ》し支《つか》えはございませんがな、距離は稼げませんな」

「大黒丸は湊で風が弱るのを待っておる」

「それが賢い道かと思います」

老師の卜に千恵蔵が答えた。

「その間にわれらが間を詰められるとよいのですが」

「副船長、一晩かかって進んでもその後一気に何日分も押し戻されることも考えられる」

「老師、それだけは避けたいもので」

「風も波も神様が造りだしたものよ、人の支配下におくことは叶《かな》わぬ。われら、江戸まで吹き荒れる風と波に難儀させせられる」

「ならばその覚悟をするまでです」

と副船長の千恵蔵が潔《いさぎよ》く言った。

強い風雨が江戸を見舞い、入堀の水面《みなも》を叩《たた》き、河岸《かし》道に植えられた柳の枝を揺らしていた。

大黒屋の責任者として大番頭の光蔵は、一階の自室の寝床の中から段々と強まる風雨の音を聞いていた。

ちゅう吉が言い残していった風水師李黒が薩摩についたという情報を考えていて、つい眠りに就くのがいつもより遅くなっていた。

柳沢吉保《よしやす》が残した六義園《りくぎえん》を百年近くにわたり代々闇祈禱《やみきとう》を続けながら守ってきた李黒は鳶沢一族によって追われ、いったん影様の本郷康秀と手を組んだが、人物の小ささに愛想を尽かして外様大名の雄の薩摩に与《くみ》した、と思えた。

薩摩は本郷康秀が総兵衛に日光で始末された今、家康が徳川一族と幕府を密《ひそ》かに守るために遺《のこ》した制度、

「影と鳶沢一族」

の影の後継者がだれか虎視眈々《こしたんたん》と窺《うかが》っていると推測された。新しい影を知るには鳶沢一族を見張るしかない。それがいちばんの早道だった。

光蔵はふと不安に襲われ、起き上った。

有明行灯《ありあけあんどん》を手に部屋を出ると大黒屋の四周を総二階で取り巻く内蔵へと向かった。それは城壁のようにロの字に囲む大黒屋の東側にあったが、内蔵に入ると隠し階段から地下へと下った。

人の気配を感じた。

光蔵は有明行灯を寝巻の袖《そで》で隠し、灯りを小さくした。その灯りを頼りに鳶沢一族の隠し城へ、人の気配を辿《たど》っていった。手にした灯りが船隠しの水面を浮かばせた。いつもより石段二段分、増水していた。

人の気配は鳶沢一族の本丸に感じ取られた。

光蔵は鉤《かぎ》の手に曲る通路を歩くと本丸の板戸がわずかに開かれているのを見た。光蔵はもはや有明行灯の灯りを隠そうとはせず、行灯を突き出すように大広間に入った。厚板で敷かれた板の間は鳶沢一族が集い、血族の結束を誓う儀式の場であり、武術鍛錬に励む道場でもあった。

有明行灯の灯りが広々とした大広間の一部を浮かび上がらせたが、闇と薄闇の境に黒い影は立っていた。

「何者か」

光蔵は厳しく誰何《すいか》した。その声音は大黒屋の大番頭のそれではない。鳶沢一族を束ねる三長老の声だった。

だが、相手は応《こた》えない。人影はもう一つの人影と対峙《たいじ》するように立っていた。不意に黒い影が光蔵を振り見た。

「鳶沢一族の三長老の一人、光蔵どのか。挨拶《あいさつ》に立ち寄らせてもろうた」

「名は」

「李黒」

「六義園に長年巣食った闇の風水師どのか」

と光蔵の言葉遣いが大黒屋の大番頭のそれに戻った。

「居心地のよい隠れ家をそなたらに追われてな、仮の塒《ねぐら》を転々としており申す」

「薩摩の袖《そで》の下に入ったのではないか」

「すでにご存じか」

「そなたには百年の恨みがある。闇祈禱でわが一族に災禍をもたらし続けてきた恨みがな」

「九代目総兵衛は仕留めた」

「もはやその手は通じぬ」

「鳶沢一族も変わったものよ」

道場の薄闇から声の主《あるじ》が光蔵の手にした有明行灯の灯りの届く場に姿を見せた。ちゅう吉が首を傾《かし》げたように一見太った布袋《ほてい》様のようにみえた。だが、その輪郭はおぼろで、太っているようでそうでもなく、背丈が高いようで低くも見えてはっきりとしなかった。

黒の短衣と筒袴《つつばかま》を穿《は》き、沓《くつ》の先が尖《とが》っていた。

「そなたの朋輩であった賀茂火睡《かもかすい》はあの世に旅立った」

「光蔵どの、われらこの世と冥界《めいかい》の間に住いする者にござってな、生も死もござらぬ」

「賀茂火睡は甦《よみがえ》るといわれるか」

「鳶沢一族が望むなれば、たれぞの体を借り受けて戻ってこよう。いや、すでにこの近くにおるやも知れぬ」

「なにしに参られた」

「鳶沢一族の有体《ありてい》を確かめに。そなたらが六義園に最初に忍び入った時のようにな」

「十代目総兵衛勝臣様が不在ゆえ十分なもてなしができかねる」

「交趾国《こうち》に六代目総兵衛の血筋が残っていたとはな、百年後の結びつきにはいささか驚かされた」

「そなたらの闇祈禱もかの地にまでは届かなかったと見えるな」

「じゃが、わが法力の下にあちらから引き寄せられて来たのかもしれぬ」

「李黒、そなたが薩摩に頼って生きるならばそれもよし、咎《とが》め立てはすまい。だが、その法力が鳶沢一族に向けられたとき、われらは鳶沢、池城、今坂三族の力を結集し、戦いを仕掛ける。この世と冥界の果てに放逐することも厭《いと》わんでな」

再び光蔵は鳶沢一族の長老に戻っていた。

「丁重なる心遣いかな、痛み入る」

相手の返答は素直だった。

「李黒、総兵衛様の留守に富沢町に参ったにはわけがあるか」

「主が不在の折こそ、一族の正体が窺い知れるでな」

「それでわざわざ年寄りまで呼びだされたか、してそなたの評価を聞いておきましょうかな」

「家康公との盟約以来、二百年が過ぎた。鳶沢一族に新たなる血が混じり、蘇《そ》生《せい》に向うか破滅に走るか、その答えを得るにはいささか迷いの時が要る」

「正直かな、李黒。これからの戦いの中で答えが見つかろう。その時は李黒、そなたが賀茂火睡のあとを追うときぞ」

「聞いておこうか」

李黒の体が黒い短衣と筒袴の中に溶けていき、最後に沓だけが大広間の床に残っていたが、
ぴょん
と飛んで虚空《こくう》に消えた。

ふうっ

と光蔵が大きな息を吐いた。すると大広間の一角が揺らいで、おりんが姿を見せた。

李黒の動きを最初に封じていたのは富沢町奥ノ院の守護女神おりんだった。

「あやつ、どこから入り込みましたかな」

「大番頭さん、あの者の動きを見定めるのは無理にございましょうな。太った体をどのようなものにも溶け込ませ、実体を隠して動き回ります。今宵《こよい》はおそらく入堀の増水する流れに身を交じらせて、嵐対策の二重の防御壁の隙間《すきま》からわれらの本丸に侵入してきたかと思います」

おりんの言葉に、

「おりんさんの申されたとおり、あやつめ、船隠しの水中から姿を見せましてございますよ」

二番番頭の参次郎が弩《ど》を手に大広間に姿を見せた。そして、もう一人、ゆらりと闇を揺らして大きな体が姿を見せた。荷運び頭の坊主《ぼうず》の権造だ。手には八尺余（約二メートル半）の赤樫《あかがし》の棒を携えていた。その両端には鉄環が嵌《は》め込まれてある。

「大番頭さん、猫の九輔《きゅうすけ》があやつを追っていきましたが今頃はまかれておりましょうな」

と告げた。光蔵が、

「ご苦労でした」

姿を見せぬ何人かの鳶沢一族の者たちに解散を命じた。音もなく気配だけが消えて鳶沢一族の本丸に光蔵、おりん、参次郎、権造と富沢町の留守部隊の幹部連が残った。

「あやつの言葉を素直に受け取ってよいのでございましょうかな」

坊主の権造が己に尋ねるような調子で問うた。

「坊主の頭、私は李黒が富沢町を確かめにきただけと思います。私が対面した瞬間、なんの殺気も感じられませんでした」

「おりんさんが言われるとおり、こちらの力を見定めにやってきたのでしょう」

と参次郎もおりんに賛意を示した。

「総兵衛様の留守の間に姿を見せたにはわけがございましょうかな」

坊主の権造がさらに一同に問うた。

「おそらく湯島天神の花伊勢にこちらの監視の眼があることを李黒は承知なのでございましょう。そのことを私どもに告げにきたのか」

おりんの言葉に迷いがあった。

「ちゅう吉さんの存在を李黒は承知とおりんは言いますか」

光蔵の言葉には懸念《けねん》があった。

「いえ、そこまでは掴《つか》んでおりますまい。ちゅう吉さんはただのおこもではございません。すでに総兵衛様や天松さんらと旅をともにして、こちらのことも敵方のことも察しております。あの臭《にお》いはおのれがどこにいるか周囲に知らせつつも、同時に身を守るためにも役に立っているような気がします」

「おりん、穿《うが》った見方じゃが意外とそうかもしれませんな」

と光蔵が首肯した。

「おりんさんは、花伊勢を見張る眼に李黒は触発されて、なんとのうちを覗《のぞ》きにきたと申されますか」

「そんなところかと」

「ちゅう吉さんの身に危険は迫っておりませんな」

光蔵が念を押し、おりんが首を横に振り、言った。

「李黒は薩摩に全面的に与《くみ》したかと申せば、今のところ己がどのような使われ方をされるか、薩摩の様子を窺っているのではないかと思えます。ちゅう吉さんに手を出すほど、李黒も暇ではございますまい」

「今晩はあやつの言葉どおりに挨拶に来たまでと伺っておきましょうか」

光蔵が答えたとき、ふうっ、と新たな気配がして、廊下に猫の九輔が立った。

濡《ぬ》れそぼった忍び衣装からぼたぼたと雨の滴《しずく》が廊下に垂れていた。

「大番頭さん、李黒め、入堀の水をまるで河童《かっぱ》の川流れのように大川へと向かい、増水した水に溶け込んで姿を暗ましました」

「ご苦労でしたな、九輔」

光蔵が労《ねぎら》い、おりんが聞いた。

「野分けはどんな様子です」

「ますます風雨は力を増しております。明日が、いえ、本日が峠にございましょう」

と言葉を残してその場から消えようとした九輔が、

「大番頭さん、うちに犬を飼うてはなりませぬか」

「おや、猫が犬を飼うと申されますか」

「内藤新宿の古着屋甲州屋に甲斐犬《かいけん》の仔犬《こいぬ》三匹を引き取ってくれないかと言われております。総兵衛様にはすでにお願いしてございます」

と総兵衛と交わした犬の話を語った。

「総兵衛様は犬好きでしたか」

おりんが九輔に念を押すように呟《つぶや》いた。

「総兵衛様は鳶沢一族がこれまでなぜ犬を飼わなかったか、不思議に思うておられる様子でした。総兵衛様のお帰りを待って改めてお許しをもらい、仔犬を連れてこようと思うておりましたが、今晩のようなことが起こると一刻も早いほうがよかろうかと存じました」

「甲斐犬な、総兵衛様が承知のことなれば、早速手配なされ」

光蔵が猫の九輔に許しを与えて、その夜の時ならぬ集いは解散した。

四

津軽の小泊湊《みなと》で二夜を過ごした大黒丸はまだ荒れる海に向って碇《いかり》を上げた。湊に停泊していた北前船の船頭らが、

「大黒屋さんよ、嵐《あらし》は通り過ぎてねえよ。今は静まっているがもう一度吹き戻しがあるだよ。もう一日我慢しなせえよ」

と異国船のような船体の大黒丸の操舵場《そうだじょう》を見上げて注意した。

「ご一統衆、ご忠言ありがとうございます。じゃがな、わっしらは江戸に戻る日が迫っておりましてな、いささか無理を承知の船出にございますよ」

金武陣七が北前船の船頭衆に言い訳した。

「たしかに大黒屋さんの持ち船はわっしらの和船と違い、荒い波にも耐えるような造りとは思うがよ、なにも海にわざわざ揉《も》まれることもあるめえよ」

「嵐のあとの津軽の瀬戸は危ないだよ」

注意の言葉を重ねられたが、陣七の考えは変わることはなかった。

「前檣《フォアマスト》、後檣《ミズンマスト》、下段の帆を張れ！」

の命が助船頭の幸地達高から発せられ、下段の一枚ずつの帆に嵐の名残の風を受けた大黒丸が小泊湊の仮泊地を離れて、まずは海上七海里半（約一四キロ）ほどの龍飛崎を目指した。

嵐の中心が去った海には複雑な波が大きくうねり、風が巻くように吹いていた。

大黒丸は下段の帆だけを使い、半速航行で北上し、湊を出て半刻（一時間）後には龍飛崎を躱《かわ》し、津軽の大瀬戸に入った。次なる目標は海上およそ三十海里（約五六キロ）先の大間崎だ。

龍飛崎を回った大黒丸は津軽の大瀬戸の風を拾い、時に蛇行を繰り返して北東へと進んだ。大瀬戸の中ほどに進んだとき、鈍色《にびいろ》の空から一瞬だが光が差し込んできた。

「イマサカ号の気配を感じますかえ」

と助船頭が主船頭に尋ねた。

「尻《しり》がこそばゆいゆえ、間を詰めてきたことだけは確かだ。出来ることなれば一日半の差で津軽の大瀬戸を抜けたいものじゃがな」

「その余裕はありますまい。わっしらは小泊湊で二泊しましたでな。一日といいたいが、半日の差に詰められているような気がします」

「半日か。異人がぱしふことと呼ぶ大海原に出たら、親潮に乗り、なんとかいい風をもらって突っ走りたいものよ」

大黒丸は津軽の大瀬戸にいる間、波に前後左右に揉まれ、捻《ひね》り上げられ、船体を軋《きし》ませながらもなんとか昼前には大間崎を回り、恐山山地の斗南《となみ》半島を右手に尻屋崎《しりやざき》を目指す。

風雨は収まったが波のうねりはなかなかのものだ。

「主船頭、荷の様子を確かめて参りますよ」

と言い残した達高は操舵場から荷甲板に下りて船室への階段を下った。

砲甲板下に加賀御蔵屋の預かり荷が整然と積まれていたが、ところどころに固定索が緩んでいるところもあった。達高が綱を結び直していると名護の頭が朋親ら三人を連れて、手助けにきた。

「朝方から揉まれたでな、綱が緩んだか」

「そのようだ。加賀御蔵屋さんの荷は高価な工芸品があるでな、壊しちゃえらいことだ。深浦で最後に荷直しを行うがそれを前にしっかりと運んでいかぬとな、南蛮船大黒丸の名が廃《すた》る」

達高らが船倉に積まれた荷の点検を行い、船倉から操舵場に戻ってみると、すでに北前船の寄港地の大畑を過ぎて尻屋崎が見えていた。

「主船頭、いい風を拾ったようでございますね」

「ぱしふこに出たら上段の帆を張る。嵐の名残の西風が外海へと押し流そうといたずらするかも知れぬ。なんとしても親潮に乗って一気に江戸まで戻りたいものじゃな」

「どうですね、イマサカ号の気配は」

「それが最前から尻のムズがゆいのが収まってな」

「どういう意にございましょうかな」

「イマサカ号はわれらのずっと後方に離されておるか、あるいはすでに追いぬいたか」

「この大瀬戸で抜かれたなればイマサカ号の三檣の帆柱が必ずや視認できますぞ。となると大黒丸が小泊湊に仮泊していた間にすり抜けたか」

「しかし、ならば朝方の尻のこそばゆさは何だ。抜かれてはおらぬと見たがな」

と金武陣七が願望を込めていった。

昼下がり、江戸の富沢町に時折明るい陽射《ひざ》しが戻っていた。強い風が江戸の町を吹き荒れていたが、それでも天候の回復の兆《きざ》しが見られた。

ちゅう吉がかげまの中村歌児を連れて大黒屋に姿を見せたのはそんな刻限だ。

「お待ちしていましたよ」

光蔵がちゅう吉らを迎えた。

「すまねえ、やっぱり約束の日にはこちらにこれなかったよ。嵐が収まるのを待っていたら今日になっちまった」

ちゅう吉が約束の日に来れなかったことを詫《わ》びた。

「なあに芝居小屋は逃げませんでな。またなんでも雨の日より晴れのほうが、縁起がようございますよ」

かげまの歌児は緊張していた。それに湯島天神の床下で寝泊まりしていたせいで、役者に戻りたいと言う歌児は薄汚れてもいた。

「大番頭さん、古着を値よく売るには手入れがいるだろう」

「いかにもさようで」

大黒屋の広土間では奉公人や女衆《おなごし》が古着の選別作業をしていた。品がいいものは洗い張りにだして古着の小売店に卸す。そんな作業に眼を止めたちゅう吉が、

「うちでもさ、歌児を湯屋に連れていってさ、磨きをかけようと考えたんだが、なにしろこの風だ。湯屋が火事を恐れてどこも休みなんだよ。大番頭さん、大黒屋の井戸端を貸してくれませんか。歌児をさっぱりさせたいんだがね」

子供のおこもが大黒屋の大番頭に対等な口を利《き》いていた。それを選別作業中の女衆も客も驚きの顔で見ていた。このところいつもの光景だ。

「そんなことですか。うちの湯殿を使いなされ。この風です、湯屋と一緒で湯は沸かしてございませんよ。水風呂《みずぶろ》で我慢して下さいな」

「大番頭さん、こっちは宿なしのおこもとかげまだよ。大店《おおだな》の内湯なんて入れるもんか。井戸端で十分だよ。なあ、歌児」

ちゅう吉が歌児に言ったが、歌児は困ったような顔をして、

「ちゅう吉、おまえもいっしょか」

と小声で問うた。余所様《よそさま》の井戸端で裸になるのが恥ずかしいらしい。その様子を見た光蔵が、

「ちゅう吉さん、歌児さんは役者になろうという人だ。余所の家の井戸端で裸になるのはいけませんよ。それにうちの女衆の眼もある。湯殿を使いなさい」

「そうかい、ならば歌児、そうさせてもらうか」

ちゅう吉が歌児に言い、光蔵が、

「それからちゅう吉さん、召し物がだいぶ汚れていますな。うちで都合して湯殿に届けさせますでな」

「古着問屋の大黒屋だ、売るほどあるものな。万事世話になってすまねえ。おこのちゅう吉、この恩義は決して忘れねえ。なにかの折、埋め合わせするからさ」

「いえいえ、ちゅう吉さんには十分にお返しを頂戴《ちょうだい》していますよ。ささっ、早く湯殿に歌児さんを案内して下さいな。なに、ご存じない、ならば私が」

大番頭自ら二人を奥へと導いていった。

奉公人はこの二人の会話には慣れていたが、選別作業の手伝いの女衆や居合わせた客は驚きを隠せない。

二人がわあわあきゃあきゃあと騒ぎながら湯殿で水浴びして、さっぱりとしたところにおりんが脱衣場に着替えを届けた。

「ちゅう吉さん、歌児さんのは、こざっぱりとした白絣《しろがすり》ですよ。ちゅう吉さんは縞《しま》の単衣《ひとえ》です。下帯も揃《そろ》えてございます」

「おりんさん、すまねえ。だがよ、おれは役者になるんじゃないんだぜ。着てきたぼろ着で十分だ。おこもが着飾っちゃもらいがなくなるからな」

「でも、あちらさんが驚かれるのではございませんか」

「おこもの付き添いもあるめえ。おりゃ、こちらに待っていようって算段だ。そこで頼みだ、おりんさんの顔の広いところでさ、すまねえがおれの代役を務めてくれまいか」

「あら、ちゅう吉さんは行かないの」

「おれが顔出ししたらさ、雇おうと思った芝居一座も断ろうじゃないか」

「それはそうですね」

「おりんさん、はっきりと言うね。だからさ、道々歌児の註文《ちゅうもん》聞いてさ、どこぞ田舎廻りの宮芝居一座に押込んでくんな。それから先は歌児のがんばり次第だ。中村座の千両役者に出世するも在所廻りの一座のさ、馬の脚で終わろうとも歌児の責任だ。そんなわけで、おりんさん、すまねえが頼んだぜ」

「ちゅう吉さん、しっかりとお気持ち受け止めました」

おりんが脱衣場を去ったあと、ちゅう吉が歌児に言い聞かせる声が聞こえてきた。

「いいか、歌児、おまえが奉公先で迷惑をかければおればかりか、この大黒屋さんの体面にも関わるんだ。そのことを心してよ、精いっぱい精進するんだぜ」

「分かってるって、ちゅう吉よ」

「ちゅう吉さんだろうが、親しい仲にも礼儀ありってな」

十二歳のおこもが十五歳のかげまに教え諭して、護符の菅公《かんこう》の折り紙人形を持たせた。どちらが年上だか、おりんも迷うほどだ。

おりんは微笑《ほほえ》みを浮かべて店に向った。そして、ちゅう吉の願いを光蔵に告げると、

「ちゅう吉さんはうちの奉公人よりも世間が分かっておいでですよ。確かにおこもの付き添いでは奉公先も二の足踏みましょうな」

と苦笑いし、

「おりん、ここは一番そなたに任せます。二丁町か木挽町《こびきちょう》で事が足りるといいんですがね」

かくて中村歌児の役者入りの口利きに大黒屋の富沢町小町、おりんが行くことになった。

この日、大黒丸は二檣の二段の帆四枚に風をはらんで、親潮にも乗り、八戸《はちのへ》沖を順調に南下していた。操舵場では助船頭の幸地達高が、帆柱上の綱に足を絡《から》めて周囲の海上を見張る朋親に、

「朋親、イマサカ号の船影はないか」

「助船頭さん、イマサカ号どころか、船影一艘《そう》も見えないよ。荒れた大海原を

走っているのは大黒丸だけだぞ！」

と大声が降ってきた。

「いささかおかしい」

と主船頭の金武陣七が呟《つぶや》いた。

「いや、親父《おやじ》、あれこれと考えたがね、日本海の酒田湊と飛島の間あたりで大嵐に見舞われ、大船のイマサカ号が南に吹き戻されたか、沖合いに流されてよ、航路に戻すのに手間取っているんではないかな」

「わしらが小泊湊に船を休めていたときか」

「あの辺りはたしかに風が一番ひどかったでな」

「イマサカ号の具円伴之助に改名したグェン・ヴァン・フォン船長も航海方の千恵蔵さんも百戦練磨の海の兵《つわもの》じゃがな」

「たしかに大帆船を操る技と経験になんの不足もありますまいよ。じゃが、日本海もぱしふこもご存じあるめえよ。南の海をわっしらが知らねえように潮の流れ一つにも苦労していると見たがね」

と達高が自信を持って言い切った。

「よし、ならば大黒丸が一番に深浦の船隠しに碇を下ろすぞ」

「もう心配ございませんよ、主船頭」

と応じた達高がそれでも、

「朋親、よおく目ん玉開いてよ、イマサカ号の船影を探せ」

と帆柱上の見張りに命じた。


大黒屋のおりんは、富沢町の隣町ともいえる二丁町の中村座の副頭取中村芝《し》宣《せん》を訪ねて、中村歌児を一人前の役者に育ててくれませんかと願っていた。

道々歌児の願いを聞くと歌児は、

「物心ついた時から旅廻りの中村染五郎一座に暮らしておりました。おむつをしながら舞台に立っておりましたが九つの時、菊也親方が小田原城下を通りかかり、私の芝居を見て、江戸に行かないかと誘われたんです」

と菊也親方に騙《だま》されてかげまにさせられたとは口にしなかった。その手にはちゅう吉が持たせた菅原道真公の折り紙人形の護符があった。

「歌児さん、自分の本名を知っているの」

「七つになったとき、芝居一座の親方がおめえの本名は里次《さとじ》だと教えてくれましたが、もう歌児が身についていましたんで、中村歌児で通してきました」

「歌児さん、人ってものは自らが選べない過去を背負っているものよ。十五のあなたは十分重荷を負って生きてきたわ。それは消しようもないもの、だけど、それを敢《あ》えて言うこともないわ」

「それで通りましょうか」

歌児がおりんに疑問を呈した。

「あなたが、出来ることとなれば三座で修業をし直したいというから、これから順に木挽町、二丁町と三座を訪ねて頭取方に願ってみるけど、むこうは海千山千の芝居の座元、あなたが口にしなくてもどのような生き方をしてきたかくらいあっさりと見抜くわ。だから、一々説明する要もないの」

「おりんさんにすべてお任せします」

と歌児が言い、護符を懐《ふところ》に大事そうに仕舞った。

「中村歌児の名は捨てなさい。運よくどちらかの頭取がうちで働かせてみようと言われたとき、頂戴する芸名に色を付けていくのは、里次さんあなた自身よ。これからの生き方行く末はあなた自身が決めるの」

とおりんが諭すと、歌児の名を捨てた里次が、

「はい」

と素直に返事をした。だが、大黒屋から遠いほうの木挽町の森田座や山村座の頭取は、あっさりと里次の過去を見抜き、

「おりんさん、他ならない大黒屋さんの口利きだ。なんとかしたいがこの子には世間の色が染《し》みてしまっているよ」

とか、

「残念だが、他をあたってくれないか。かげまで生きてきた者を一座に入れるわけにはいかないんだ」

と厳しくも断られた。木挽町から二丁町に戻る道すがら里次が、

「おりんさん、無理な頼みをして相すみません」

と詫びた。

哀しくも寂しげに響く里次の言葉がおりんの負けじ魂に火をつけた。

「男はね、最後まで諦《あきら》めたらだめよ。中村座の副頭取に願ってみるわ。あたっ

て砕けろよ。いいや、里次、ここ一番の決死の気迫を顔に見せてね、働かせて下さいと願いなさい」

おりんに鼓舞された中村歌児を捨てた里次だったが、官許である証《あかし》の櫓《やぐら》を見たとき、再び気が萎《な》えた。

三座の中でも一番の格式を持つ中村座だ。弱気になった表情を見たおりんが、

「里次、気合いよ」

と横面《よこつら》をぱんぱんと二発ほど張って萎えた気持ちを奮い立たせた。

副頭取の中村芝宣はおりんの顔を見て、

「大黒屋さんとしたことが珍しいことに手を貸しなさるね。おまえさん、ほんとうにうちで役者になりたいのかい」

と後ろに必死の形相で控える里次に聞いた。

「副頭取、どのような苦労も厭《いと》いません。お願い申します」

と里次は額を床に擦り付けた。

「芝居の暮らしを知っているようだね。宮芝居か地芝居《じしばい》かえ」

「田舎廻りの中村染五郎一座に物心ついてから九つまでおりました」

「ほう、中村染五郎の下にね」

中村芝宣の顔の表情が微妙に変わった。

おりんは芝宣副頭取が中村染五郎を知っているような気がした。

中村芝宣は里次の背に視線を戻し、

「おまえさんの苦労は並みじゃないよ。十年、うちで辛抱できるかね」

「できます。必ずやり通してみせます」

「これまでの比ではないくらい険しい日々が待っているよ。いじめもあれば意地悪も振りかかる。それに耐えて辛抱するしかない、決して怒ってもいけない、怒ればおまえさんの負けだ、そんな十年だ。三度の飯だけでむろん給金なんぞはなし、我慢できるかえ」

「できます」

額を床に付けたまま里次が答えた。

「ならば里次、まずは下働き三年、この中村芝宣がおまえの身を預かろうじゃないか。三年の試しに耐えられたらおまえのこれまで過ごしてきた垢《あか》がきれいさっぱり落ちるよ。役者修業はそれからだ、いいかえ」

「はい」

おりんは里次と同じように芝宣副頭取に頭を下げた。

おりんが独り富沢町の大黒屋に戻ってきたのは七つ（午後四時頃）の刻限だ。

出迎えた光蔵が帳場格子《ごうし》から黙って立ち上がり、台所に向った。

「ちゅう吉さんはどちらにいますか」

光蔵が先に入った台所でふみに聞いた。

「子供おこもは、意外と働きもんだね。裏庭で薪《まき》を割ったり掃除をしたりコマ鼠《ねずみ》のように体を動かしてますよ」

「呼んでおくれ」

おりんと光蔵が待つ台所にちゅう吉が姿を見せ、

「女衆《おなごし》さん、薪は当分大丈夫なほど割っておいたぜ。この次、おれがこちらに寄せてもらったときにさ、また割るからさ」

と声をかけ、おりんの姿に目を止めて、

「あれ、歌児はどうしたんだえ」

と聞いた。

「中村座の男衆《おとこし》、下働きに決まりました。本日から住み込みで働きます」

「えっ、おりんさん、そりゃ料簡《りょうけん》がちいと違わないか。なにもおりゃ、歌児を芝居小屋の下働きにしようってんで、こちらに頼んだわけじゃないぜ」

「ちゅう吉さん、分かってます。下働きの三年はこれまでの中村歌児としての体と心に染みた垢を洗い流す修行の歳月です。無事三年務め上げ、中村歌児から真《まこと》の里次に戻ったときには、中村座の副頭取が役者修業を改めて許すと約束なされました。どうです、ちゅう吉さん」

ちゅう吉が土間に立ったまま、おりんの返答の意味を吟味するように長考していたが、不意に顔を崩してにっこりと笑った。

「おりんさん、すまねえ。中村座の副頭取の心遣いをおれは考え違いしていたよ。いかにもさようだ、田舎廻りの芝居小屋と子供屋とでの十何年かで知らず知らずに身についた中村歌児の垢をきれいさっぱり洗い流さなきゃあ、いくら馬の脚でも中村座の本舞台に立てねえや。あいつの体の垢はこちらの湯殿で水をかぶるくらいで済むがさ、中村歌児で生きた歳月は簡単に消せるもんじゃねえからね。おりんさん、このとおりだ、浅はかなちゅう吉を許してくんな」

と深々と頭を下げた。

おりんはちゅう吉の言葉にいささかすまなさを感じつつも、

「ちゅう吉さん、あなたという人は」

と朋輩《ほうばい》思いの無垢《むく》な心に思わず瞼《まぶた》を潤《うる》ませそうになった。

「ちゅう吉さん、こちらにきて一服しませんか。もらいものの永代《えいたい》だんごがございますでな」

光蔵が招き、ちゅう吉が、

「おりんさんが桂庵《けいあん》(口入れ屋)の代りをやってくれたんだ。おれのほうが大番頭さんとおりんさんをさ、山谷に開業したという料理茶屋八百善あたりにお招きしてよ、一席もうけなきゃあならないところだがよ、おこもじゃな。といって、湯島天神の床下というわけにもいくめえ。梅見時分は、それはそれで梅の香りに包まれてなんともいいがね、来るかえ」

と二人を見た。

おりんと光蔵が顔を見合わせ、

「そのうちお邪魔させて頂きます」

「まあ、永代だんごはお好きですか」

と二人が言いかけ、ちゅう吉がごそごそとちびた冷や飯草履を脱いで板の間に上がってきた。そして、

「これさ、総兵衛様が店に戻られたら渡してくんねえか。日光道中で、おりゃ、これまで知らないことをいろいろ見聞きしてよ、ずいぶんと楽しかったよ。それで文をさ、歌児に字を習って書いたんだ、まあ、おれの礼の気持ちだ」

「それは大変な努力をなされましたな」

と光蔵が言いながら、大きな蚯蚓《みみず》がのたくったような、

「そうべさま」

と書かれた分厚い文を受け取った。

第三章　おとぼけ与力

一

西に傾いた太陽がぱしふこの海をきらきらと輝かせていた。波は穏やかで東からの風が帆船を母なる湊《みなと》へと急がせていた。

行く手の陸影は房総半島だ。

「戻ってきましたな」

「戻ってきた」

と南蛮船とも唐人船ともつかぬ帆船の操舵場《そうだじょう》の上で主船頭と助《すけ》船頭が言い合った。加賀から若狭へと御用旅に出ていた大黒丸がおよそ一月と数日ぶりに深浦へと戻る姿だった。

「主船頭、野島崎が見えましたぞ！」

見張り楼から朋親《ともちか》の軽やかな声が響いてきた。操舵場でも幸地達高《こうちたっこう》が遠眼鏡で確かめていた。

大黒丸にとってイマサカ号に随伴する何度目かの航海だった。だが、実際の商いの旅に一緒に出るのは初めてのことだった。

大黒丸にとってイマサカ号の能力をまざまざと見せつけられた航海であり、今後の異国交易を考えると心強い味方の大帆船と改めて知らされた旅でもあった。

だが、一方で金武《きん》陣七も達高も風と潮の拾い方次第では、イマサカ号にひと泡吹かせることもできると確信が得られた航海でもあった。

大黒丸の頭脳というべき操舵場の主船頭も助船頭も能登半島から始まった競い合いの勝利を確信していた。むろんその勝利とは四日から五日の差を与えられてのものであった。

それでも西欧の建造技術の粋を集めたイマサカ号に先行して野島崎に戻って

こられた喜びは計り知れないものがあった。

この秋にはイマサカ号に随伴して大黒丸は琉球《りゅうきゅう》を目指し、さらに上海《シャンハイ》、香港《ホンコン》を南下して未知なる国へと交易に出立するのだ。なんとも心地よい気持ちに操舵場は、いや船じゅうが酔いしれていた。それでも達高は、

「朋親よ、イマサカ号の船影が見えぬか！」

と見張り楼に後方の海を差して指示した。朋親も首から下げた異国製の遠眼鏡で後方の海を見ていたが、

「船影一つございませんよ！」

と満足げに報告してきた。

「ぱしふこに入って風と潮目が目まぐるしく変わったでな、われらも何日も手間取ったがイマサカ号の具円船長も航海方の千恵蔵さんも戸惑われておられよう」

「まずそんなことかと」

一刻《いっとき》後、野島崎から洲崎《すざき》を回り、左手に馴染《なじ》みの三浦半島の陸影を見ながら帆を調節しつつ浦賀水道に入っていった。

すると何隻《せき》もの千石船が江戸湾奥へと三十五反の一枚帆に順風を受けて進んでいくのが見えた。

さらに西に傾いた陽射《ひざ》しが浦賀水道と房総半島と三浦半島を黄金色に染めた。

「主船頭、わずか一月余りの船商いにこのように高ぶった気分になったのは初めてですよ。なんとも晴れやかですぞ」

「助船頭、終わり良ければすべてよし、といったところかのう」

「まずそんなところにございますかな。深浦の船隠しの静かな海に碇《いかり》を下ろしたあと、美酒が待っておりますぞ」

「ふっふっふ」

大黒丸を指揮して十七年余の金武陣七が満足げに笑った。

陣七の父親も祖父も大黒屋の持ち船に関わって江戸から琉球、時に中国大陸の湊々を往来しながら生涯を過ごしてきた。

海と船は琉球の出の池城《いけぐすく》一族にとって古里に等しいものだった。

「助船頭よ、次なる異国交易が大黒屋にもたらす利は計り知れないものがあろうぞ。これまでの商いの何十倍もの商いとなり、利を生もう」

「主船頭、異国交易に危険はつきものですよ。九代目の総兵衛様が亡《な》くなられる一年前、大黒屋は嵐《あらし》で二隻の船と人を失いましたぞ」

「忘れるものか。鳶沢《とびさわ》一族、池城一族から多くの犠牲者が出た。この三代、大黒屋には続けざまに危難が襲いかかってきておったでな」

「あの頃はなにをやっても悪い方向へ悪い方向へと転がりましたな」

「すべては柳沢吉保が大黒屋と鳶沢一族に仕掛けた闇祈禱《やみきとう》のせいであったわ」

「それがこたび総兵衛様が十代目に就位され、闇祈禱を破却したことによりがらりと変わりました」

「おお、何もかも逆風から順風に転じておる。そこでな、達高よ」

「なんですね、陣七親父《おやじ》」

　陣七と達高は親子ではない。同じ池城一族だが血のつながりはない。だが、長年同じ船で天国と地獄が交互に入れ代るような航海と商いを経験し、時にかように気持ちよく航海を終える日々を重ねてきて、実の父子以上の間柄になっていた。

「わしはこたびの異国交易が成功裡《り》に終り、今後の目処《めど》が立ったならば、総兵衛様にお願い申し、船を下りようかと思う」

「下りるですって、いささか隠居には早うございますぞ」

「助船頭、別に孫の世話をしよう、盆栽の水やりをしようというのではないわ。総兵衛様に願ってな、琉球に戻り、大黒屋の異国交易を助ける新しい仕事に就きたいのだ」

「その新しい仕事とはどのようなもので」

「こたびの航海で総兵衛様は交趾《こうち》に立ち寄り、今坂一族の残党を集めてイマサカ号と大黒丸の陣容を厚くしようと命じられたな。そこでじゃ、わしは鳶沢、池城、今坂三族の未《いま》だ海を知らぬ若い衆を集めて、海と船を教えたいのだ。琉球なれば幕府の眼が届かぬ、わしの勝手気ままに一人前の海人に鍛え上げられよう」

「ほう、考えられましたな。深浦は江戸湾口ゆえ幕府の目を気にしつつ、船の出し入れをせねばなりませんからな」

陣七と達高が話し合う間にも大黒丸は懐《なつ》かしの観音崎を回り、深浦の断崖《だんがい》が見えてきた。

「帰還の連絡狼煙《つなぎのろし》をおくれ！」

達高の命で大黒丸の舳先《へさき》から狼煙が空へと上がっていった。

「上段帆、下げよ。帆が湿っておるで重かろう、しっかりと腹に力をいれて巻き上げろ！」

操舵場の命で陣七の倅《せがれ》の陣三郎らが上帆二枚を縮帆し、手際《てぎわ》よく横桁《よこげた》に折り畳んで麻綱で桁に結び付けていった。

断崖の見張り所から、

「大黒丸の帰還」

を祝福する狼煙が応じた。

「深浦の入江に入るぞ」

大黒丸は粛々と懐かしい深浦の入江に船体を入れると下段の帆を下げた。

二十挺櫓《ちょうろ》の引き船が大黒丸に寄ってきて船玉の付いた導き綱を大黒丸の甲板《かんぱん》に投げ上げ、それを陣三郎が軽やかに虚空《こくう》で受け取り、舳先《へさき》へと移動させ、水夫《かこ》ら数人が引っ張った。すると導き綱には曳航索《えいこうさく》が結ばれていて、その曳航索が大黒丸の舳先に結ばれた。

推進力を失った大黒丸は波の力に漂っていたが、二十挺櫓の引き船が入江の奥に隠された洞窟《どうくつ》水路へと引き始めた。

二十挺の櫓が一つになって動くたびにぐいぐいと大黒丸は洞窟水路へと船体を入れた。すると水路の岩場から麻を縒《よ》り合わせた太綱が飛んできて、二十挺櫓の曳航索に代わって大黒丸を静かな海へと曳航し始めた。

大轆轤《おおろくろ》の音が洞窟水路の奥から響いてきて、大黒丸の操舵場に最後の緊張が漂った。

洞窟水路では複雑な波が流れているため、岩棚の奥の曳航場の大轆轤方と大黒丸の舵方《かじかた》が助け合わねば、大黒丸の母なる湊、静かな海には到達できなかった。

だが、陣七も達高も老練な船方だ。手際よく大黒丸を洞窟水路の奥へと進め、舳先に立つ陣三郎の目に静かな海が飛び込んできた。

操舵場からも静かな海の一部、夕暮れの残照に輝く海面が見えた。

「ああっ!」

という驚愕《きょうがく》とも恐怖ともつかぬ声が舳先から起こった。叫んだのは豪胆で知られた陣三郎だ。

「陣三郎、どうしたぞ！」

主船頭の陣七が舳先に立つ倅に問い質《ただ》した。達高は大黒丸が洞窟水路の中央を進み、右舷《うげん》も左舷も舳先も岩場に接触する気配がないことを確かめた。

「どうしたというのだ、陣三郎」

いま一度主船頭が倅に質した。

陣三郎の背が固まっていたが操舵場を振り返ると、ただ顔を横に大きく振った。

「なにが起こった」

大轆轤の引き綱に引かれた大黒丸が静かな海に船体を入れた。

静かな海を濁った血のような残照が照らし付けていた。

操舵場の陣七と達高は、陣三郎の驚愕の意味を悟った。

静かな海の奥にイマサカ号の巨体が静かに係留されていた。その姿からは数日前に帰還した様子が窺《うかが》えた。

操舵場の、いや大黒丸の乗組みの全員がしばし茫然《ぼうぜん》として言葉を失っていた。

「なんということが」

達高が喉《のど》の奥から言葉を吐き出した。最前までの高揚した気分と自信は木《こ》っ端《ぱ》みじんに打ち砕かれていた。

「すでに津軽の大瀬戸に入る前に追い抜かれておりましたか。イマサカ号、恐るべしでございます」

「われらのこれまでの血のにじむ努力と経験はなんであったのか」

「これが彼我の差にございますか」

陣七と達高が言い合い、イマサカ号から大黒丸の帰着を祝う鼓笛隊の調べが響いてきた。

イマサカ号の主甲板に総兵衛の長身があった。

「陣七、達高、ご苦労であった。ご一統、無事なる帰着、祝着至極《しゅうちゃくしごく》よ」

と総兵衛の声は平静に満ちていた。

「ただ今戻りましてございます」

陣七が大黒屋の主《あるじ》にして鳶沢一族の総帥《そうすい》に報告すると、達高に命じて帰還した帆船が行う手順で係留作業を淡々と行った。

だれもが沈黙したままの作業だった。最前まで勝利を確信していただけに打ちのめされた衝撃は言葉にもならなかった。

　陣七も達高も水夫たちも、

「どこに落ち度があったか」

　そのことを考えていた。

　だが、最善の努力をなして航海した末に完膚無きまでに叩《たた》きのめされ、その結果、計り知れない打撃が大黒丸の全員を見舞っていた。

　四半刻《しはんとき》（三十分）後、陣七は達高から、

「船体に異常なく積み荷一つ壊れてもおりませぬし、また潮水をかぶってもおりません」

　と告げ知らされた。

「ご苦労であった。総兵衛様に帰着の報告に参ろうか」

「はい」

　二人は大黒丸の伝馬《てんま》を使い、イマサカ号の舷側に下ろされた簡易階段に横付けすると階段を重い足取りで上がっていった。

　イマサカ号の広い主甲板は、すでに船が深浦に帰着して数日が過ぎていることを告げて、綺麗《きれい》に整理され、磨きあげられていた。

イマサカ号の最上後甲板の真下にある船主の居室で総兵衛は、大黒丸の主船頭と助船頭を待ちうけていた。

「ご苦労だった」

総兵衛が改めて二人に労《ねぎら》いの言葉をかけた。

「遅くなりましてございます」

陣七が総兵衛の言葉を受けた。

「なんぞ航海中に差し障《さわ》りがあったか」

「いえ、全体に海も船も順調な航海にございました。ただ津軽の大瀬戸に入る前、北前船の寄港地十三湊近くの小泊湊に入り、二晩嵐が過ぎるのを待って航海を再開致しましてございます」

「よき判断であったな。商い船は荷を失うようなことがあれば元も子もない。なにより荷が大事じゃからな」

「いかにもさようです。ですが、その判断が正しかったかどうか、迷うております」

「それはまた異なことを聞くものじゃ。金武主船頭、なぜそのような迷いが生じたな」

「商い船は、預かり荷を確実にまた傷《いた》ませることなく目的の地に運ぶことが与えられた使命にございます」

「いくつか荷を失ったか、損傷の品が出たか」

「いえ、最前、助船頭が船倉を調べましたが預かり荷にはなんの問題もございません。船倉は水濡《みずぬ》れ一つしてないとの報告にございました」

「ならば大黒丸は見事に任を果たしたのではないか」

「荷をどの船よりも早く届けるのもまた大黒丸に与えられた使命にございます。その任の一つを履行できませんでした」

「陣七、達高、イマサカ号と大黒丸の早さの差を言うておるのなればそれは二艘《そう》の船の建造の技量と設計力の差じゃ。どうにも抗《あらが》いきれぬ彼我の造船技術の違いじゃぞ。大黒丸はいかにも南蛮船、唐人船、和船のよきところを取り入れた帆船に見ゆる。だがな、それはよきところを取り入れる余り、お互いが長所をも消し去ったと言えぬか。と申して大黒丸が異国との交易に適しておらぬとは言うておらぬ。イマサカ号と大黒丸は互いの欠点を互いに補いながら、この秋から始まる異国交易に従事していかねばならぬ。それが二艘体制での交易の狙《ねら》いではないか」

「はい、承知しておるつもりでした」

陣七が含みのある言葉で応じた。

総兵衛が年上の、奉公人であり、家臣でもある二人を見ながら言い出した。

「徳川幕府は鎖国令を発して異国との付き合いを禁じてきた、二百年も前のことだ。ためにわれら今坂一族も異郷の地に取り残されたのじゃ。だがな、そのお陰で外から和国を見ることが出来たともいえる。大黒屋は六代目以来、鎖国の触れに反して異国との交易を密《ひそ》かに続けてきた。そのお陰で徳川幕府の考えよりはるかに異国事情に通じてきたと信じてきたのであろう、どうだな、陣七、達高」

しばし二人は総兵衛の問いに答えられなかった。

「総兵衛様に申し上げます。大黒丸はかたちばかり異国の帆船を真似《まね》たものとのご指摘、全くもってそのとおりにございましょう。われら、いささか自惚《うぬぼ》れに過ぎて真の力を見失うておりました」

達高の返答は苦渋に満ちていた。

「じゃが、別の面からいえば大黒丸が一見南蛮船を真似た和船ゆえ、幕府のお咎《とが》めなしで黙認されてきたともいえる。人それぞれに任が違うように船にもその特徴を生かして、持つべき力を発揮すればよいことなのじゃ。船足の速い帆船が欲しいなれば、こたびの交易で儲《もう》けた利でもう一艘イマサカ号と同じような帆船を購《あがな》えばよいことだ。じゃがな、両人、この国ではイマサカ号のような帆船をいきなり乗りこなすのは無理じゃとそなたらも分かっていよう。まず和船を経験し、その折衷の考えを取り入れて建造された大黒丸に進み、イマサカ号のように三本帆柱のガレオン型大型帆船に移っていく過程こそ、この国には相応《ふさわ》しい気がしてならぬのだ。よいか、二百年の大平の眠りを覚ますのじゃぞ、一度や二度の航海で足りると思うてか」

総兵衛の諭すような声音の言葉は、海に生きてきた池城一族の二人の胸にぐさりぐさりと突き刺さった。

「いかにもさようでした」

「陣七、これからの本交易では、本日そなたらが驚きを体感した以上の衝撃が数知れず襲いこよう。一々驚きのたびに答えを出すのは無意味なことよ。交易が無事に終わったとき、大きな軌道修正をすればよいことじゃ。まず一つひとつ、目の前の御用に専心する。そなたら、こたびの能登からの帰り船で手を抜いたか」

「いえ、そのようなことはございません。悔いがあるとしたら小泊湊で嵐待ちしたことが正しかったかどうか、そのことだけです」

「陣七、その問いの答えは最前出ておる。大黒丸に与えられた御用の第一は安全に荷を湊に運ぶことぞ。そなたらが嵐の中、津軽の大瀬戸に大黒丸を突っ込ませていたら、難船はせずとも大黒丸は荒波に揉《も》みしだかれ、船は大揺れに揺らされて加賀御蔵屋《みくらや》さんからの預かり荷の一部を壊していたかもしれぬ。それでは一日二日早く深浦に戻りついたとて、なんの意味も持たぬばかりか、大黒丸は用をなしたとは言い難い。そう思わぬか」

「いかにもさようです」

総兵衛はイマサカ号の飾り棚から南蛮の葡萄酒《ぶどうしゅ》を出し、ぎやまんのグラス三つに注《つ》ぎ分けた。

「よう戻った」

この日何度目かの労いの言葉をかけ、二人に渡した。主従三人はとろりと甘い葡萄酒を口に含んだ。

「美味《うも》うございますな」

陣七が深浦に帰着後、初めて晴れやかな声で言ったものだ。

琉球型小型快速帆船が深浦の船隠しを出て江戸に向っていた。船頭は達高で朋親と伊造が従っていた。

金武陣七と幸地達高は総兵衛の部屋で夕餉《ゆうげ》を馳走《ちそう》になった。その場に同席したのはイマサカ号の具円伴之助と千恵蔵の二人だ。

「お二人に祝いの言葉を捧《ささ》げたい。あの嵐の中、見事な操船の技にございました。われら、とことん身の程を知らされました」

潔《いさぎよ》く現実を認めた陣七の言葉は、気持ちが吹っ切れた様子が窺えた。和語の巧みな千恵蔵が具円船長に陣七の言葉を訳し、具円船長が、

「イマサカ号は荒天の海で夜間外海航海に耐えられるように造られた帆船です。大黒丸との用途の違いが出ただけです」

と慎ましやかに答えたものだ。

千恵蔵の口を借りて、具円にあれこれと陣七と達高の二人は教えられていた。船に違いはあれ同じ嵐の海を乗り切ってきた者同士だ、話は尽きなかった。いつの間にか四つ（午後十時頃）の刻限になっていた。

イマサカ号は大黒丸より二日早く深浦の静かな海に帰着していたが、総兵衛は大黒丸の帰還を待って富沢町には戻ろうとはしなかったという。目的を達した総兵衛が富沢町に戻るというので、達高は自ら望んで主を送っていくことにしたのだ。

「総兵衛様、陣七親父《おやじ》がこたびの交易を最後に、身を引きたいと言うております」

と江戸湾に入る前、陣七が漏らした考えを告げた。その言葉に同じ池城一族の朋親が驚きの様子を見せたが、むろん言葉にはしなかった。船で話されるすべての会話は、

「耳に入っても口には出来ない言葉」

だった。それが奉公人のなすべき態度だった。

「体でも悪いか」

いえ、そうではございません、と前置きした達高が陣七の考えを告げた。

「おもしろいな」

「おもしろうございますか」

「私も同じようなことを考えておった。大黒屋が古着屋を隠れ蓑《みの》に新しい時代の交易をしてのけようと考えたとき、船も要るが、なにより船を操る人間の育成が肝要だ。琉球にそのような訓練所を設けるのは理にかなっておる」

と大いに総兵衛が関心を示した。

「陣七主船頭の後釜《あとがま》がおりませぬ」

「達高、そなたがおるではないか」

「陣七親父に比べれば力不足にございます」

「地位が人を作るという言葉もある。そなたなれば大黒丸を指揮することは十分可能であろう」

総兵衛と達高はこたびの航海の諸々《もろもろ》を話し合いながら江戸湾の奥に疾走した。

「総兵衛様、佃島《つくだじま》に立ち寄りますか」

「そなたらがいつ深浦に戻ってくるか知れぬで、佃島に立ち寄っても乗り替える船はおるまい。深夜のことだ、一気に入堀に走ろうか」

大黒屋では琉球型の小型快速帆船が江戸のど真ん中を往来することを見咎められることを恐れて、佃島に中継の船着き場を設けていた。だが、こたびは異例の帰着、そのまま富沢町まで小型帆船を乗り入れることにした。

大川河口から永代橋を潜《くぐ》り、入堀に入る中洲《なかす》付近で小型帆船は帆を下ろし、帆柱を倒して長櫓《ながろ》に替えて入堀に静かに入っていった。

すると遠くで、
わあーん
という犬の遠吠《とおぼ》えが江戸の夜に響き渡った。

二

入堀の入口には、浜町河岸《はまちょうがし》の南東の角に屋敷を構える陸奥《むつ》磐城平《いわきたいら》藩安藤家と御三卿《ごさんきょう》の清水家を結ぶように川口橋が架かっていた。

帆柱を倒した琉球船が川口橋に舳先《へさき》を入れた瞬間、橋上から縄が落ちてきて、するすると人影が伝い下りてきた。

二代目綾縄《あやなわ》小僧の天松だ。

「助船頭、ちょいとお待ちを」

と船を止めた天松が総兵衛の前に腰を屈《かが》め、

「総兵衛様、店の四方を南町が見張っておりますので、妙な言いがかりをつけられてもいけませせぬゆえ、地下路《じげみち》にてお帰りを願いますとの大番頭さんからの伝言にございます」

地下路とは大黒屋が富沢町に張り巡らした地中の通路だ。

達高が琉球船を止め、入堀から中洲へと戻した。

「南町がね、なんの御用かな」

「このところ総兵衛様も一番番頭さん方も富沢町を留守にしておられました。南町では総兵衛様方が異国にでも旅をしておるのではと疑ってのことではございませんでしょうか。一昨日、一番番頭さん方が富沢町に戻られました」

「はい。ですが、総兵衛様の姿がないことを訝《いぶか》しんでの昨日からの昼夜を問わずの見張りではないかと大番頭さんは申されております」

総兵衛がしばし考え、

「夜中に江戸の町を騒がすこともあるまい。助船頭、今晩はここで下りる。慣れた海じゃが、帰りはくれぐれも気をつけてな」

と注意を与えて琉球船に立ち上がった。

幸地達高が朋親らに命じて琉球船を浜町河岸に着け、総兵衛と天松が船を下りた。

「総兵衛様、気をつけて下され」

と言い残した達高らが再び帆柱を立て、快速小型帆船に仕立てた船を大川河口へと向けた。

総兵衛と天松は犬の遠吠えを聞きながら、川口橋を渡り、大名屋敷から武家地を抜けた。住吉町河岸、土地の人間は竈河岸《へっついがし》と呼ぶ河岸道に出て、旧吉原を横切ると富沢町の隣町弥生町《やよいちょう》の古着屋柏《かしわ》やの前に出た。

「そなたもな」

この小さな古着屋は主《あるじ》の広一郎《こういちろう》が切り盛りしてきた。鳶沢一族である広一郎は、大黒屋とは一見関わりがないように世間には想《おも》わせていた。実弟の担《かつ》ぎ商いの千造《せんぞう》は、影であった本郷康秀《やすひで》邸に住みこみ、諜報《ちょうほう》を続けていたが、相手方に気付かれて無惨な拷問を受け、自裁していた。

天松が柏やの軒下に隠された綱の結び目を引くと奥でかすかにちりんちりんと土鈴の音がした。しばらく待つと表戸の向うに人の気配がして、

「どなたですね」

と問う声がした。

「広一郎の親方、天松です。総兵衛様のお帰りですよ」

と小さな声で知らせると直ちに戸が一枚薄く開かれ、二人がすいっと中に消えた。戸が閉じられ、有明行灯《ありあけあんどん》に長身の総兵衛と天松が浮かんだ。

「総兵衛様、ご苦労にございました。日光にて千造の仇《かたき》を討って頂いたそうで胸の閊《つか》えがおりました」

広一郎が礼を述べた。

「千造の悔みを言うのが先でしたがな、この二月余り旅の空の下でした。落ち

着いたら千造の墓に詣《もう》で、いねに悔みをいうつもりです」

「弟は鳶沢一族の務めに殉じたのでございます」

広一郎の言葉に頷《うなず》いた総兵衛が、

「いねにな、少し騒ぎが鎮《しず》まったら墓参りにいっしょに行こうと伝えて下され」

と願った総兵衛と天松は、柏やから富沢町に通じる地下通路で大黒屋の地下城へと戻った。

十代目総兵衛、二月ほど富沢町を留守にしての帰還であった。

深夜にも拘《かかわ》らず大番頭の光蔵《みつぞう》、一番番頭の信一郎、おりんら幹部が出迎えていた。

大広間の一角に設けられた高床の左には初代総兵衛成元《なるもと》、六代目総兵衛勝頼《かつより》の坐像《ざぞう》があって、中央には武人鳶沢一族の心意気を示す誉田別命《ほんだわけのみこと》(応神天皇)への帰命《きみょう》を示す、

「南無《なむ》八幡大菩薩《はちまんだいぼさつ》」

の大文字が掛かっていた。

総兵衛はまず、右手の神棚の祭神たる神君家康公に拝礼し、無事の帰着を感

謝した。

大黒丸の帰着の様子を手短かに幹部たちに告げた後、総兵衛は早速、

「天松から店を南町が見張っていると聞いた。牢屋《ろうや》同心から異例にも南町奉行所同心に転じた沢村伝兵衛なる者らか」

と一同に問うた。

「いえ、それがこたびの見張り、大がかりにございましてな。南町の上層部からの命と思えます」

「南町奉行根岸様直々の命というか」

「あれこれと南町の周辺に探索の手を伸ばしておりますが、なかなか摑《つか》めませぬ。というわけで天松に言って総兵衛様のお帰りを地下路にてと願いました」

「用心にこしたことはないでな」

総兵衛は光蔵の手配を謝した。

「総兵衛様の不在を知った南町が総兵衛様に呼び出しをかけてくるのではないかと思われます」

古着問屋で富沢町の実質的な惣代《そうだい》を務める大黒屋は、八品商売人の一つとし

て江戸町奉行所の監督監察を受ける立場だ。奉行所からの命は絶対だ。

一方で総兵衛らは裏の貌《かお》を持ち、鳶沢《とびさわ》一族として徳川家と幕府の安泰を計る秘命の任を帯びていた。つまり南町奉行の根岸もその言動次第では始末することも出来た。

「大いに考えられる」

「総兵衛様がお戻りになり、われらひと安心にございます」

「大番頭さん、日光の騒ぎに関して薩摩藩江戸屋敷、御目付衆、御庭番衆、さらには本郷家の残党とわれらの行動を知る者はかなりおるでな。どこからか新たな礫《つぶて》が飛んできてもおかしゅうない。上様の日光代参を務めた本郷康秀の扱いはどうなっておるか」

「読売が上様のお使いにも拘らずかげま同行で日光詣でをされたと書き立てましたでな、表立って本郷康秀の客死の謎《なぞ》を問う者は今のところおりませぬ」

「大番頭さん、そなたが読売屋を抱き込みましたかな」

「総兵衛様、抱き込むなどとそのような汚い策は弄《ろう》しておりませんぞ。ただ、茶を飲みに立ち寄った読売屋に独りごとを申しただけでございますよ。その件で大黒屋を咎《とが》めることはできますまい」

「とも思えぬが」

と総兵衛が懸念《けねん》を残す言葉を示すとおりんが、

「町奉行所が読売屋を追っていることは確かにございます」

「なに、おりん、真《まこと》か」

「大番頭さん、どうやら真のようです」

「しかし読売屋の正体は分からぬようにしてございますでな、まず大丈夫かと思いますがな」

と言いながらも光蔵はいささか不安な様子を見せた。

「本郷のかげま好きは城中でも知られた話です。ですが、こたびのこと当の本郷はすでに死んでおります。となるとその現場を知る者はわれらの他は中村歌《うた》児《じ》のみ、そちらに南町の手が伸びるということはございませんか」

と信一郎が危惧《きぐ》を呈した。

「ございます。ゆえに中村歌児の存在は消し、本名の里次に戻し、中村座の男《おとこ》衆《し》としてこの三年下働きをしていくように取り計らいました。その前歴を承知なのは中村座の副頭取の中村芝宣《しせん》さんだけにございます」

おりんが中村歌児の中村座への奉公を伝えた。

「おりんさん、歌児を二丁町に勤めさせたのはわれらの保護下においておこうと考えてのことですか」

と信一郎がおりんに問い、おりんが頷《うなず》いた。

「里次に危害が加えられぬようわれらの十分な注意が必要ぞ」

総兵衛が言い、

「総兵衛様、日光代参の後始末、読売屋を使うなどいささか拙劣にございましたかな」

光蔵が頭を抱えた。

「済んだものは致し方あるまい。われらの命運は元かげまの中村歌児に掛かっているとも言える。なんとしても里次の生命《いのち》を守り抜かねばならぬ。今夜はもう遅い。明日から気分を一新し、気を引き締めて諸々の懸念に対処しようぞ。イマサカ号と大黒丸が交易に出る前のこの二月余りが勝負だ。どこから情報が漏れてもおかしくはあるまい。改めて深浦と富沢町の連絡《つなぎ》の仕方などを点検する要があろう」

「早速に手配りを致します」

と信一郎が請け合った。

鳶沢一族の総帥《そうすい》が決意を示し、後見が拝命したのを最後に、一族の隠し城大広間での深夜の会談は終わった。

総兵衛は隠し階段を上って離れ屋の仏間に入り、ご先祖の霊に、

「加賀御蔵屋と京じゅらく屋」

への顔つなぎと新たな交易の契約がなされたことを報告し、今後の商いの加護を願った。

「総兵衛様、お疲れでございましょう。お茶を淹《い》れます」

居間からおりんの声がした。

「海と船は私の揺り籠《かご》でな、疲れなどあるものか」

「陣七の親父《おやじ》さんと達高さんはさぞがっかりなされたことでしょうね」

「おりん、二人にも言うた。鎖国のツケを大黒丸と親父らが負わされたという

ことよ」

いったん店に下がっていた光蔵が再び顔を見せた。

地下城での会談の折は、鳶沢総兵衛勝臣《かつおみ》と光蔵らは一族の主従であったが、一階の居室に戻れば商人のそれに戻った。

「総兵衛様、預かり物にございます」

「ほう、だれよりのものかな」

「坊城桜子様が総兵衛様の留守にたびたびお出《い》でになり、時に文をかように何通も置いていかれました。七通にございます」

「おや、桜子様から文が届いていましたか」

「桜子様が私から直に総兵衛様にと釘《くぎ》を刺されましたのでな。おりんとは女同士、いささか気にかけられたのでしょうよ」

光蔵が桜子からの文を総兵衛に渡した。

「あとで読ませてもらいましょう」

総兵衛の顔が和み、笑みさえ浮かんだ。

「ならばこちらにおいておきますぞ」

光蔵が文の束を文机《ふづくえ》に置こうとして一通がぱらりと畳に落ちた。それだけは分厚くなんとも下手な字で表書きが記されていた。

「そうべさま」

「それも桜子様からの文ですか」

「いえ、これはちゅう吉さんの文にございます。日光から早走りの田之助に連れられて、総兵衛様方に先んじてちゅう吉さん方が江戸に戻ってきましたな。その後、桜子様と競うように『総兵衛様はまだか、ひょろ松兄いはまだか』と顔を出されます。過日、歌児を中村座におりんが連れていき、男衆として奉公できるように手配をなした時、ちゅう吉さんからこの手紙を総兵衛様に渡してくれと頼まれたものです」

　このことはおりんも知る事実だった。

「道中、おこもには読み書きなど要らぬと威張っておったが、たれぞに字を習うたかな。それにしても分厚い文、ちゅう吉は江戸に戻って大いに心がけを変えたと見える。桜子様とちゅう吉の文、後ほどゆっくりと読ませてもらいましょう」

その夜、居室でおりんの淹れてくれたお茶が総兵衛を覚醒《かくせい》させたか、夜半を過ぎても眠りが襲いこなかった。思わず行灯の灯りを掻《か》き立てた総兵衛は文机の前に座り、桜子とちゅう吉の手紙を手にしてどちらから読もうかと迷った。

水茎の跡も美しい桜子の文は七通あった。それに比べちゅう吉のそれは分厚いが一通だった。

総兵衛はちゅう吉が苦労して書いた文を披《ひら》いた。すると文は二通入れられていることが判明した。表書きと同じかな釘《くぎ》流で、

「そうべさま、たのしいたび、ありがと。おこもにれいこころもないもだけど、うたじにじをおそわてかく。これはおこものきもち、だいじはうたじのてがみよ」

とあった。

うーむ

と唸《うな》った総兵衛はもう一通の手紙を手に取った。その表書きにはちまちまとした字でこうあった。

「日光代参本郷康秀閨房記《けいぼうき》　中村歌児」

総兵衛はぱらぱらと細字を追った。

本郷康秀がかげまの中村歌児を伴い、将軍徳川家斉《いえなり》の名代として旅した醜聞の記録が事細かく記されてあった。

「なんとなんと、大変な代物《しろもの》をちゅう吉は歌児に書かせたものよ」

と総兵衛は感嘆し、にんまりと笑った。

総兵衛は夜明け前、仔犬《こいぬ》の鳴き声に目を覚ました。どこからか犬の鳴き声がしていた。

寝巻のままに障子を開けて廊下に出ると店の裏の一角で猫の九輔《きゅうすけ》が黒っぽく見える仔犬三匹に餌《えさ》をやっていた。

総兵衛が庭下駄を突っかけて庭に降り、近づいてみると、九輔の傍らで煮干しや鰹節《かつおぶし》の削ったものをまぶされた飯の入った大きな器に三匹が顔を突っ込み、競い合う様に食べていた。

「総兵衛様、お眠りを覚ましましたか、申し訳ございません」

「猫どの、覚えておったか」

「むろんですとも。これが甲斐犬《かいけん》の仔にございます、生れて四月ほどにございますよ」

三匹の兄弟犬があっという間に餌を食べて、桶《おけ》の底までなめ合っている。そして、ようやく満足げに顔を上げて、舌舐《したな》めずりしたり欠伸《あくび》をしたりした。

「なかなか精悍《せいかん》な面構《つらがま》えじゃな」

「甲斐の山奥で熊《くま》や猪《いのしし》相手に狩りをする犬の血筋を引いた三匹です。そのうち夜盗の五、六人は退治する体付きになります」

「雄か雌か」

「このなりが小さいのが雌にございまして残りが雄にございます」

「名はなんだ」

「総兵衛様のお帰りをお待ちしておりました」

「私に決めよと申すか」

「はい」

「まずは雌からつけようか」

総兵衛の脳裏に桜子の顔が浮かんだ。

「さくらではどうか」

「さくらですか、女子らしい名前にございます」

と九輔が答え、さくらを抱き上げると、

「おまえの名はさくらと決まった」

と言うとさくらがぺろぺろと猫の九輔の顔を舐めた。

「雄二匹のうち体が大きなほうは甲斐ではどうか、最後は機敏な武田信玄公に肖《あやか》り、信玄と名付ける」

「甲斐に信玄にございますな、いかにも強そうな名前にございます」

九輔が内藤新宿の古着屋から譲り受けてきた甲斐犬の命名が終わった。

「おや、猫さんがお犬様の世話をしてござるぞ」

と天松がちょっかいを出しにきた。

「ひょろ松、ちょうどよい。九輔に付き合い、この界隈《かいわい》をひと回りしてこよ」

と総兵衛に命じられた天松が、

「えっ、猫さんのお犬様の小便の付き合いですか」

「天松、九輔一人で三匹引きはむりじゃ、そなたが手伝え。そして、店を見張る方々に朝の挨拶《あいさつ》をして参れ」

「おや、犬の散歩だけではないのですね」

と急に張り切った天松が甲斐を連れ、九輔がさくらと信玄を従えて庭から店へと抜ける三和土《たたき》廊下を通って姿を消した。

この日、大黒屋の最初の訪問者、竈河岸《へっついがし》の親分こと赤鼻の角蔵が子分の五助を連れて入ってきた。

「おや、珍しいこともあるぜ。一番番頭が店にいるじゃねえか」

信一郎が帳場格子《ごうし》から顔を上げ、

「おや、親分さん、奉公人が店にいるのは当たり前のことですよ」

「そうかえ、この二月ほどおめえの顔を見ていねえがな」

「そうでしたか、親分さんとよほど相性が悪いのでございますかね」

「異国に商いなんぞに行っていたんじゃねえか」

「へえ、仰《おっしゃ》るとおりに青梅《おうめ》村界隈を古着商いに回っておりました。親分、多摩郡青梅村辺りも異国にございますかね」

「人をおちょくるのもいい加減にしろ。この竈河岸の角蔵の目玉は節穴じゃねえぞ」

「親分、ならば青梅から八王子界隈の古着屋、機織《はたお》り屋をお教えしましょうか。問い合わせしてみたらいかがですか。この季節、あの界隈の山々は晩夏から秋景色に移り、なんとも美しゅうございますよ」

ふふんと鼻でせせら笑った角蔵に、

「竈河岸の親分、夜通しの見回りご苦労にございますな。いくら季節がいいとは言え、大変でございましょ」

と光蔵がいうと、

「なんだ、夜回りとは。ここんとこ江戸も静かでよ、昨晩なんぞは早寝しちまったよ」

と角蔵が応じた。その言葉に光蔵も信一郎も、

（おや、角蔵は大黒屋の見張りとは関わりないのか）

と考えた。

「沢村の旦那《だんな》はなんぞお役を頂戴《ちょうだい》なされましたかな」

「定廻り同心か臨時廻りのお役に就かれるとこちとらもだいぶ実入りが違うんだがな、無役じゃどこも銭を出さねえぜ」

赤鼻が大黒屋の店内で厚かましくも遠回しに袖《そで》の下を出すように要求した。

だが、光蔵も信一郎も平然として気がつかない振りをして、

「そりゃ、お困りですね」

とか、

「世の中そううまい話は転がってませんでな」

とか口々に応じたものだ。そこで角蔵は矛先を変えた。

「そうだ、一番番頭が戻っているなら、総兵衛の旦那も奥にいような」

「それはもう」

「この竈河岸の角蔵が会いたいと伝えてくんな」

「総兵衛は忙しい身ですからいきなり申されても困りますな」

と光蔵がやんわりと断った。

「てめえら、総兵衛は江戸に居もしねえのに居ると言い募るか。この十手の手前、今日はなんとしても調べ上げるぜ」

と店先で草履を脱ぎかけた。

「ご免」

と店頭で声がして、羽織袴《はかま》の武家が立った。

三

信一郎はその武家とは前年の秋、総兵衛の十代目就位の挨拶のため南町奉行所を一緒に訪れた折、一度会ったことがあり、だれか承知していた。

南町奉行根岸鎮衛《やすもり》の内与力、田之内泰蔵《たいぞう》その人だ。

名物奉行の根岸は下級旗本百五十俵の安生《あんじょう》太左衛門定洪《さだひろ》の三男として生まれた。

同輩の根岸家当主が実子も養子もないまま危篤《きとく》に落ちたとき、末期《まつご》養子として根岸家に入った人物だ。この時、鎮衛二十二歳であったという。

鎮衛は根岸家の家督相続とともに勘定所の御勘定に抜擢《ばってき》されて頭角を現し、以後、評定所留役、勘定組頭、勘定吟味役を歴任して布衣《ほい》を着る身分にとんとん拍子に出世した。さらに佐渡奉行などを経て、松平定信の政権下、勘定奉行に就き、五百石の知行取になった。

以後も寛政十年（一七九八）に南町奉行の要職に就き、以来、文化十二年（一八一五）まで十八年にわたり町奉行を務めることになる。

後にこの根岸鎮衛、佐渡奉行時代から三十年余にわたって『耳嚢《みみぶくろ》』と題した世間の噂話《うわさばなし》、風聞、奇譚《きたん》を十巻千篇余記録して上梓《じょうし》したことで知られている。

内与力の田之内が富沢町に突然訪ねてきたとき、根岸鎮衛は南町奉行に就任して六年目、六十六歳であった。

鎮衛の養子先の根岸家以来の家臣である田之内は村夫子《そんぷうし》然とした風采《ふうさい》で、どうみても隠居爺《じじい》に見えた。その風貌《ふうぼう》もあって南町奉行所内では、

「昼行灯《あんどん》の内与力夜を照らさず昼は居眠り」

の陰口が定着していた。

だが、実際は主《あるじ》の根岸より十いくつも若かった。

信一郎はこの田之内のおとぼけの裏に根岸の、

「切れ味鋭い懐刀《ふところがたな》」

の役割と過酷が隠されていることを承知していた。

「これはこれは」

と信一郎が客を迎えた。

赤鼻の角蔵が初老の訪問者をじろりと振り返り、

(田舎侍め、邪魔が入りやがったな)

とあからさまに嫌な顔をした。

「お武家様、ここは古着問屋の大黒屋、お武家様が参られるような店ではございませんぜ」

と角蔵が言い放った。

親分の言葉を受けて、角蔵の子分どもが武家に従者がいるかどうか大黒屋の表を覗《のぞ》いた。だが、訪問者は一人だった。五助が指を一本立てて、一人であることを親分に告げた。

「その方、町方か」

「へえ、南町奉行所同心沢村伝兵衛様の鑑札を頂戴しております竈河岸の角蔵と申すケチな御用聞きにございますよ。この大黒屋、とかく評判の悪い古着問屋でしてな、お武家様がお見えになるような店ではございませんので」

「ほう、ゴキブリに目を付けられる古着問屋と申すか」

角蔵には訪問者の皮肉が通じなかった。

「へえ、古着商は八品商売人の一つにございましてね、町奉行所の監督支配下にございますので。それをどう考え違いをしたか、大黒屋め、好き放題にしてやがる。それでね、時にこうして大黒屋を締め上げにこの角蔵が見回っているのでございますよ」

「ゴキブリ、去《い》ね」

「えっ、お侍、今なんと言われました」

「その方、耳が遠いか。それでよう御用が務まるな。ゴキブリ、去ね、と命じた」

「お侍、わっしがお上の御用の最中だとあれほど申し上げたにも拘《かかわ》らず、いささか権柄《けんぺい》づくなお言葉でございますね。どちらの家中かは存じませんが、竈河岸の角蔵、二本差しなどちっとも怖くはございませんでね。おめえさんの屋敷の内情を調べ上げて、弱みの一つや二つ立ちどころに見付けて進ぜますぜ」

角蔵がこれ見よがしに十手を振り回した。

「竈河岸の親分、黙ってお帰りになったほうがよろしいかと存じますがね」

信一郎が角蔵に注意した。

「なに、一番番頭、てめえ、田舎爺の侍とつるんでこの角蔵を小馬鹿《ばか》にしくさるか。てめえら、なんぞ画策してやがるな」

「竈河岸の、このお武家様がどなたかご存じございませんので」

「江戸には二本差しが佃煮《つくだに》にするほどうじゃうじゃいるんだよ。いちいち侍の身許《みもと》なんぞ気にして生きていけるもんか」

「それはいけませんよ。お上では士農工商とお武家様のご身分が上席、われら商人は末席にございましてね、差し詰め親分なんぞはゴキブリ扱いだと、お武家様が申しておられるのですよ」

「最前から二人してゴキブリゴキブリとこの角蔵のことを小馬鹿にしやがったな。よし、こうなりゃ、とことん大黒屋、てめえの弱みを見付けて南町の拷問《ごうもん》蔵《ぐら》にしょっ引き、音《ね》を上げさせてみせるぜ」

「南町に拷問蔵などがあるのか」

田之内がとぼけた顔で問うた。

「おお、おめえさん方は知るめえな。だがよ、奉行所にあるのはお白洲《しらす》ばかりじゃねえ、地獄以上に怖いところもあるんだよ」

「ほう、寡聞《かぶん》にしてわしは知らんがな」

「ふーん、おめえさんの在所はどこだえ。津軽か薩摩か、いささか江戸が長くなったからといって、江戸の隅から隅まで知っちゃいめえ」

「南町奉行所は、とくと承知のつもりでおったがな」

「最前からなんど言い聞かせているんだよ。出直しな、とこの竈河岸の角蔵が申し上げているんだ。いつまでも店先に立っていやがると、おめえも南町に引っ張るぜ」

「おもしろいな」

「なに、おもしろいだと」

角蔵が立ち上がった。

「親分、茶番はそれくらいにしませんか」

と信一郎が角蔵に険しく言い、

「このお方のご身分とお名前を知らないほうがようございますよ。親分の首が胴から飛ぶことになりかねませんでな」

「一番番頭、てめえはこの爺侍を承知なんだな」

「はい」

「だれだ」

「南町奉行根岸鎮衛様内与力の田之内泰蔵様」

ひえっ、と角蔵が小さな悲鳴を漏らした。

「南町奉行根岸様の」

「はい、内与力、懐刀の田之内様にございますよ」

「そ、そんな」

「どうなされますな。田之内様を南町にお縄をかけて引いていかれますか」

「だれが、そ、そんなことを。じょ、冗談なんだよ」

「で、ございましょうな。ならば、早々にお引き上げになったほうが宜《よろ》しゅうございますよ」

信一郎が角蔵の逃げ時を作ってやった。

「だい、大黒屋、ま、また来るぜ」

角蔵が田之内の立つ場所を避けて蟹《かに》の横歩きのようにして店から表に出る

と、

「わあっ!」

と叫んで富沢町から走りさっていった。

「田之内様、お初にお目に掛かります。大黒屋の番頭光蔵にございます」

成り行きを帳場格子《ごうし》から見ていた光蔵が上がり框《がまち》に正座して挨拶《あいさつ》し、

「一番番頭さん、田之内様を奥に」

と信一郎に田之内の案内を命じた。

しばらくして大黒屋の奥から朗らかな笑い声が響いてきた。

「大黒屋総兵衛がかように若いとは田之内泰蔵、承知しなかったわ」

「田之内様のおとぼけは知る人ぞ知るにございます。すべてをご承知で富沢町のお見回りにございますな」

と光蔵が田之内に応じたものだ。

「いやいや、わしは殿様が南町奉行に任じられたでな、奥向きのことを手伝うために呉服橋に入っただけだ。屋敷と奉行所では勝手が違《ちご》うて、未《いま》だお役に立たぬ」

「そのお口が怖いと評判にございますよ」

光蔵が応じて、なんとなくおとぼけ合戦の体《てい》を示した。

田之内泰蔵の視線が総兵衛にいった。

「かような偉丈夫が商人におったか。なにやら海の匂いが漂うてくるような大きな器ではないか。大黒屋の九代目が亡《な》くなったというで案じておった。じゃが、さすがに幕府開闢《かいびゃく》以来、富沢町を束ねてきた大黒屋、跡継ぎには困らぬようだな」

「駿府久能山《すんぷくのうざん》東照大権現宮の裏手にございます大黒屋の在所の鳶沢村で二十を過ぎるまでのんびりと育ちましてな、十代目の跡継ぎに就かれました。ために江戸をご存じございませぬ。古着屋を監督なされる南町奉行の根岸様方には、なんとも頼りなき主ではないかと切歯しておられましょうが、もうしばらく時をお貸し下され。その分、われら奉公人一同、精いっぱい若い主を手助け致しますでな」

「大番頭、総兵衛はそのような節介は要らぬと心の中で思うておるようだぞ」

「ご冗談を」

　光蔵が応じ、田之内が、

「江戸町奉行の任はお沙汰《さた》に触れた悪人どもをお縄にして伝馬町《てんまちょう》の牢《ろう》屋敷に送り込むことにあらず、江戸住人が日々平穏無事に暮らしていくことが最も大事でな、それが政《まつりごと》に関わる者の根本の心得であろう。そのためには物が豊かに出回り、米の値が安定して商いが盛んであること、つまり金子も物も滞りなく流通する仕組みをなんとしても守ることが肝要なことだ。さらには富沢町の商いが潤《うるお》い、人々が節季節季に古着の一枚も買える暮らしがなければならぬ」

　田之内がとぼけた顔で言った。

　総兵衛も光蔵も信一郎も田之内の突然の訪《おとな》いの理由を摑《つか》みかねていた。

「田之内様、仰《おっしゃ》るとおりにございます。そこで富沢町ではこの春に柳原土手の古着商いと相協力して古着大市を催しましたところ、大盛況にございましてな、この秋にはこちらから柳原土手に出張って、秋の古着大市をやることになりましてございます」

「大番頭、わしも見物させてもらった」

「えっ、田之内様が春の古着大市をご覧になったのでございますか」

「わしだけではないぞ。お奉行もお忍びで富沢町の市を見物した。堀向こうか
らじゃが大黒屋の威勢と貫禄《かんろく》も見せてもらった」

「なんと根岸様までが古着大市を見物なされたのでございますか。ならば大黒
屋にお立ち寄り頂ければよろしかったものを」

「殿様はあれほどの企て、大黒屋でなければできぬと申されておった」

「恐れ入ります」

おりんが茶菓を運んできた。

「ほう、富沢町にはかくも見目麗《うるわ》しい女があるか」

「総兵衛の世話掛おりんにございます」

と挨拶したおりんに大きく頷《うなず》いた田之内が庭に視線をやり、

「この庭、まるで武家屋敷の造園じゃな、またロの字に総二階漆喰《しっくい》造りで囲ま
れた建物は長屋門と城壁を兼ねたようじゃ、商人の家と庭としてはいささか風
変わりじゃな、総兵衛」

と総兵衛に直に問うた。おりんは何時《いつ》の間にか話し合いの場から姿を消した。

「われらが先祖は浪人くずれと聞いております。家康様からお許しを得て富沢町に古着屋を設けましたが、その折もおそらく戦国侍の気分が抜けなかったと思われます。かような武骨な建物と庭を造り、二代目らも引き継いできたのでございます」

総兵衛の言葉遣いにはなにやら昔の匂いが感じられ、田之内には雅《みやび》に聞こえた。

(この者、どこの出か)

むろん総兵衛と番頭らが駿府の久能山東照大権現の名や家康の名をちらつかせて、

「ただの古着屋ではないぞ」

と牽制《けんせい》していることに田之内は気付いていた。だが、知らぬ振りをし、話柄《わへい》を変えた。

「お奉行が城中で異なことを聞きこんでこられてな」

光蔵と信一郎はいよいよ本論に入るかと内心緊張した。だが、総兵衛は平静な顔付きだ。

「御側衆《おそばしゅう》の本郷康秀様が上様の代参にて日光へ参られた。だが、本郷様、突然、日光で急死なされたそうな。これは江戸でも知られた話じゃが、上様の代参がそれではあまりにも不吉、と話し合いがなされてな、幕閣では日光代参の役目自体をなかったものにされたとかされぬとか」

「さようなことがございましたか」

と光蔵が応じた。

（この古狸《ふるだぬき》様はなにしに来られたか）

お互い腹の探り合い、光蔵、信一郎、そして田之内が駆け引きしている中で総兵衛だけが超然としていた。

「総兵衛、異なこととはそのことではない」

「他にございますので」

「大黒屋の主《あるじ》、つまりはそなたが、本郷康秀様が身罷《みまか》った場におったと申す者がおってな」

「ほう、日光に私がですか。世間には自分と同じような顔かたちをした人物がもう一人存在すると申しますな」

「とはいえ、そなたのような背丈を持ち、女子を泣かせそうな美顔の持ち主がそうざらにおるとは思えぬがのう」

田之内泰蔵が総兵衛を鈍い眼光で上目遣いに睨《にら》んだ。

「大番頭さん、一番番頭さん、田之内様のお相手、私が務めます」

と微笑《ほほえ》みの顔で命ずると、光蔵、信一郎をその場から去らせた。

離れの居室に総兵衛と田之内の二人だけになった。しばし間を置いた大黒屋の若き主が、

「田之内様、ひょっとしたらその話、真《まこと》のことかと存じます」

「それはまた持って回った言い方かな。なんぞわけがあるか」

「本郷様の死にはあれこれと風聞が江戸市中にも流れておるようでございますね、城中にもそのような噂《うわさ》が」

「かような風聞は城中から洩《も》れて町中に流布《るふ》するのが常にあってな」

「噂の一つに本郷康秀様はあろうことか、かげまを上様の代参に連れていったとか」

「さようなことは根も葉もない噂であろうが」

「さようでしょうか」

「なんぞ証《あかし》を持っておるかのう」

「芳町《よしちょう》の子供屋、菊也なる主の抱え子中村歌児が本郷様の寵愛《ちょうあい》のかげまにございます」

「なにっ、総兵衛、そなたはそのかげまを承知か」

「本郷様が江戸を出立した夜、親方の菊也が何者かに口を封じられて殺されました。南町の内与力の田之内様なれば至極かんたんに殺された経緯をお調べになることができましょう」

「むろん調べる」

北町の月番だったか、田之内は知らぬ様子だった。

「さらに日光に同道した歌児もまた始末する本郷様の心積もりであったとか。ところが都合が悪くも邪魔が入りましてな、本郷様の企てが狂ってしまわれました。死すべき歌児は生きており、反対に本郷様は亡《な》くなられました」

「そなたら、生証人を手の内に隠しておるというか」

「本郷様と歌児、二から一引くと一が残る勘定にございますよ」

「たとえば歌児を南町が呼び出したとしたら、そなたら、歌児の身柄をわれらに引き渡すか」

「中村歌児なるかげまは、もはや江戸界隈《かいわい》には存在しませぬ」

「出せぬと申すのじゃな。ならばそなたが縷々《るる》説明した話は真偽の問いようがないということになる」

田之内がおりんが供した茶にようやく手を伸ばした。

「わしは温《ぬる》い茶が好みでな」

と呟《つぶや》いた根岸の内与力がぺちゃぺちゃと音をさせながら猫のように茶を飲んだ。

「田之内様、かような覚え書が私どもの手に入りました」

総兵衛は、田之内が訪れたとおりんに聞かされた時から懐《ふところ》に用意していた、

「日光代参本郷康秀閨房記《けいぼうき》　中村歌児」

なる詳細な旅日誌を差し出した。ちゅう吉が中村歌児に書かせたものだ。

「その道中記には歌児と本郷様の馴《な》れ初めに始まり、こたびの道中の本陣の様子から閨《ねや》の諸々《もろもろ》が事細かに記してございます。田之内様、いちばん大事なこと

は最後の一条にございますよ。日光東照宮奥宮は徳川幕府にとって神君家康様の霊廟《れいびょう》という神聖な場にございます。こともあろうにその場で本郷様は歌児を苛《さいな》み、その後、歌児を殺そうとしたくだりにございましょう。ご一読下されますよう」

と総兵衛がその箇所を指示して教えた。

田之内泰蔵の両眼が中村歌児の微にいり細をうがった覚書を読み、小さな溜《ため》息《いき》を漏らした。

「なかなか面白き書付かな」

「で、ございましょう」

「歌児の身柄とこの書付、表にでるようなれば幕閣の中で何人かが詰め腹を切らされような」

「いかにも。家康様の霊廟を穢《けが》した罪、本郷家の存続どころか日光代参を認めたご老中方の何人かにお咎《とが》めが行かずには済みますまい」

と若い総兵衛が言い切った。

田之内が、

ふうっ
と大きな息を吐《つ》き、歌児の書付を総兵衛に戻すと、

「やはり世間にはわれと見間違うもう一人の人間が存在するとみゆる」

と言い訳するように呟いた。

「いや、本日は総兵衛、そなたと会《お》うてよかった。お奉行もそなたと親しく話がしたいと申されておる」

いつなりとも、と総兵衛が応じると、

「ならば今晩どうだな、浅草山谷の八百善に席を用意しておく」

「今晩にございますか。それはまた急なお話にございますな」

「都合がつかぬか」

「どこのどなたが南町奉行根岸様のお招きを断れましょう。大黒屋総兵衛、謹んでお招きお受け致します」

「おお、それは重畳《ちょうじょう》」

総兵衛が軽く平伏した。すると、

「殿はお忍びで六つ半（七時頃）に八百善に参られる。そう心得よ」

と言い残した田之内泰蔵が席を立つ気配がした。

四

田之内泰蔵を店先まで見送ったのは大番頭の光蔵、一番番頭の信一郎、それに奥向きの女中おりんの三人であった。

「田之内様、駕籠《かご》を呼びましょうか。それとも呉服橋までうちの舟を出しましょうか」

「大番頭、そなたもな、帳場格子《ごうし》に座り、奉公人に睨みを利《き》かせているばかりでは足腰が弱るぞ。精々な足腰を鍛えて長生きせぬとつまらぬわ。わしは町中の様子などを窺《うかが》いながら呉服橋に戻る」

「鍛錬を兼ねたお奉行様のお耳役のお邪魔をしてはなりませぬか」

「おお、好きにさせてくれ」

と機嫌よく応じた田之内が、

「ところで大黒屋では南蛮船を何隻《せき》も所有し、異国交易に従事しておるそうな。近々あちらに参るか」

「滅相もない。異国との交易を許されたのは肥前長崎だけにございますし、噂話の類《たぐい》では薩摩様の琉球口と、五島様の福江《ふくえ》口とに異郷の品が入ってくるだけにございます」

「なにっ、大黒屋は異国との商いに従事しておらぬというか」

「お触れに反する商いは禁じてございます」

「大番頭、帳場格子でなにを考えておる。徳川様がご支配のこの国では綿はようとれぬではないか。じゃが、このごろでは木綿ものの値も落ち着き、下々まで木綿を着られるようになった」

「それもこれも 政《まつりごと》の宜《よろ》しきを得てのことにございます」

「腹にもないことを申すでない。幕府誕生以来、なんとかの改革なる試みがいくつなされた。すべてそれがうまくいったはずもなし、改革をやらねばならぬ政治が繰り返されているということではないか。木綿一つとっても、そなたら商人が手を変え、品を変え、異国から綿花、古木綿を買い入れてくるゆえにかように木綿ものが流布しておるのだ。そのほうの蔵にも木綿が何千貫何万貫と積まれてあろうが、いえ、滅相もないなどというごまかしはわしには利《き》かぬぞ。

わが殿は勘定所の下役から市中の動きを見てこられたお人ゆえな」

「田之内様には商いの真の姿までご承知にございますか」

「江戸町奉行は下々の事情に通じておらぬと、商人から尻《しり》の毛まで一本残らずむしりとられてしまうでな」

「滅相もない」

「その言葉、禁じたぞ、大番頭」

「はっ、はい」

「お奉行はなにも重箱の隅を突つこうとお考えではない。近頃、眼が不自由になられてな、なんでも異国の眼鏡はなかなか精巧に研磨されてよう見えるという。そのほうらに心当たりはないかと思うただけよ」

「そうでございましたか。私も眼鏡を手放せなくなりましたが、長崎口の眼鏡を使うようになって、字がはっきりと見えるようになりましてございます」

「そのような眼鏡があるなれば購《あがな》いたいと常々洩《も》らしておられたでな、そのことをそなたの顔を見ていて思いだしたまでよ」

と光蔵に言いおいた田之内泰蔵が外股《そとまた》歩きでせかせかと富沢町の角にある大

黒屋前から御城に向かって長谷川町へと歩いていった。昼行灯と陰で呼ばれていたが歩きだけはせっかちで、根は性急なのかもしれない。

「お気をつけて」

とおりんが背に声をかけると田之内は後ろを振り返りもせずに、白扇を持った手だけを上げて振ってみせた。

三人はその田之内の姿が視界から消えるまで見送った。

「大番頭さん、田之内様はやり手の内与力にございます。あの風貌《ふうぼう》と仕草に騙《だま》されて痛い目に遭った人間は数知れずにございます」

と信一郎が言った。

「つい半年前、押し込み強盗を働いた罪で鯰《なまず》の太郎平なる悪党一味の頭が南町の手で捕縛されましたが、鯰と異名をとる太郎平は、『わしは一件の押し込みも、まして殺しなど決してやっておりませぬ』とどのような牢問《ろうど》い（拷問）にも耐えて口を割らぬことがございましたな。あの折、根岸様は太郎平が押し入った先の大店《おおだな》で頭の顔を見た奉公人の証言と太郎平が隠し持っていた大金などの情況証拠で、果敢にも獄門処刑を言い渡されました。並みの奉行でできる所業ではございませぬ。その根岸様の懐刀があの人物にございます」

信一郎が光蔵とおりんに囁《ささや》いた。

町奉行職を出世の足がかりとしか考えぬ中級旗本が多い中、根岸のこの決断はいささか大胆で果敢、幕府内でも賛否両論があったという。

江戸期、下手人の自白をもって死罪に処するのが習わしであった。ために非情惨酷《ざんこく》な牢問いも厭《いと》わなかった。

だが、根岸鎮衛は目撃証言と情況証拠で死罪を言い渡したのだ。これは一つ間違えば己が腹を切る咎めにつながっていた。

「南町からの接触を凶と見るか吉と受け止めるか」

「大番頭さん、いずれ分かりますよ」

とおりんが言ったとき、

「えっへっへへ」

と下卑た嗤《わら》いが三人の耳に入った。振り返ると赤鼻の角蔵が揉《も》み手《で》をして立っていた。

「おや、竈河岸《へっついがし》の親分、なんぞ御用にございますか」

「一番番頭さんよ、あれはねえぜ」

「と申されますと」

「南町の内与力なれば最初からさ、おれに耳打ちしてくれてもよさそうなもんじゃねえか」

「だって、竈河岸の親分は南町の腕っこきの十手持ち、上から下まですべて顔見知りにございましょうが」

「そんな皮肉を言わなくてもいいじゃねえか。十手持ちが奉行の内与力と昵懇《じっこん》の付き合いができるもんか」

「そうでしたか。私はまたご存じとばかり思うておりました」

「一番番頭さんよ、内与力、おれのこと、なにか言ってなかったかえ」

「私には格別」

「言ってなかったか。ふーうっ、首がつながったぜ。なにしろうちの旦那《だんな》は牢屋同心から南町奉行所に引き抜かれたばかりの沢伝だ。旦那のほうにお叱《しか》りなんぞがいくようでは、旦那の出世に差し支《つか》え、ひいてはおれっちの実入りにも響いてくる」

「あら、田之内様は耳元で『沢村伝兵衛とはどのような同心か』と私に囁かれましたけど」

「お、おりんさん、な、なんと答えたよ。竈河岸と富沢町は、まあご町内のようなもんだ、つまりは家族同然だ。だからさ、ただ今は無役にございますが、なかなか腕の確かな同心にございますとかなんとか答えてくれたろうな」

「だって、沢村伝兵衛様は大黒屋を毛嫌いしておられましょ。いつもあれこれと詮索《せんさく》しておられますよね。そのようなお人のことを褒めるなんてできませんよ、親分さん」

「な、なんと答えたよ、おりんさん」

「内与力の田之内様に直にお尋ね下さいな。私の口から言えません」

赤鼻の角蔵の顔が蒼黒《あおぐろ》くなった。

「大番頭さんよ、沢伝の旦那もここが肝心なところだ。なにしろ後ろ盾の御《お》側《そば》衆《しゅう》本郷康秀様が日光くんだりで急死なされてよ、まさかのまさかなんだよ。大黒屋の力でどうにかならねえか」

赤鼻の角蔵は思わず正直に本音を漏らしていた。

「大黒屋はただの商人にございますよ。親分も日頃が肝心、弱い者いじめをしていると足を掬《すく》われますぞ」

「や、やめてくんな」

「まあ、田之内様にお会いすることがあれば、良しなに伝えておきますでな、しばらくは竈河岸の家でじいっとしておられることです」

「家でお籠《こも》りか。かかあがさ、家にいるとうるさいんだよ。外にいって稼いでこいってさ」

「それはお気の毒に。ほれ、向こう岸の柳の下で子分衆が案じておられますよ。いいですね、沢伝の旦那の出世如何《いかん》は内与力の田之内泰蔵様の手中にあり、その田之内様と大黒屋は昵懇の仲、そのへんのことをじっくりと考えてな、時節をお待ちなされ」

「わ、分かった、大番頭さんよ」

赤鼻が肩を落として栄橋を渡って向こう岸に消えた。

「さてさて、日光の一件、まだまだ尾を引きそうな」

「大番頭さん、家斉様御側衆の死にございます、背後に島津家の出の家斉様正室、寔子《ただこ》様が控えておられるのは間違いないところ。城中のだれもが本郷様の死が己にどう利するか害するか、今も考えておいでです」

とおりんが答えていた。

「大番頭さん、おりんさん、総兵衛様のもとに」

信一郎が二人に言いかけて、三人は店先から離れ屋にいったが、総兵衛の姿はなかった。

その時、総兵衛は甲斐、信玄、さくらの甲斐犬三匹を手代の猫の九輔に引かせて、芝居小屋のある二丁町のうちの一つ、堺町《さかいちょう》の中村座の櫓《やぐら》を見上げていた。

芝居小屋では、囃子《はやし》の調べが通りまで響いていた。

幕府が許した公許の印の櫓の正面には、角切銀杏《すみきりいちょう》の座紋が染め抜かれ、横手には、

中むら

きょうげんづくし

かん三良《ざぶろう》

と麗々しくも看板が掲げられていた。

「九輔、里次が働いておる芝居小屋ですね」

「いかにもさようです」

と答えた手代は異郷生まれの主《あるじ》を中村座の裏手、元大坂町への抜け道に案内しながら、

「中村座が新しい演目を決めなされる折、名題のお役者衆は出入りの呉服屋で衣装を誂《あつら》えなされます。ですが、すべての役者衆が新調できるわけもございません。そこで昔は絹ものの古着をほぐした地で役柄にあった衣装を作ったそうですが、近頃では京で売れ残った新中古を使って、あれこれと新しい芝居のための衣装を格別に作ります。中村座も市村座も木挽町《こびきちょう》の森田座もすべてうちが針子まで出して誂えますで、親しい付き合いが百年以上も続いております」

「それで中村座では里次の素性を承知で雇ってくれたか」

と言いながら総兵衛は、中村座の周りに異変はないか確かめつつ、元大坂町の通りに出た。

するとと真新しい銀座の塀が正面に見えた。

銀座は勘定奉行の支配下、銀地金の購入と銀貨幣の製造を掌握した役所である。寛政十二年（一八〇〇）に銀座では銀地金の紛失騒ぎが起こり、大掛かりな粛清があったが、その直前に京橋南からこの地に移転してきていた。

総兵衛と九輔は三匹の甲斐犬の仔犬《こいぬ》を連れて、甚左衛門町《じんざえもんちょう》の方角へと回った。するると日本橋川から西北にのびる堀留の河岸道の一角に出た。さらに河岸道にそって歩きながら三匹にそれぞれ小便などをさせ、新材木町から新乗物町、長谷川町を経て、大黒屋の裏口に戻りついて仔犬の散歩を終えた。

中庭で引き綱から放された三匹は急いで犬小屋に戻り、競い合うように水を飲んだ。

「総兵衛様、犬の散歩にございましたか」

光蔵が声をかけてきた。

総兵衛は沓脱石《くつぬぎいし》に履物を脱いで居間に入った。通りより居間の方がひんやりとしていた。

「いささか考えることがありましてな、堺町の中村座を見てきました」

「なんぞ懸念《けねん》がございますか」

「里次の存在は私どもにとって結構重要と思えます。歌児が里次に戻り、富沢町からさほど離れておらぬ堺町に男衆《おとこし》として下働きに入っていることを今の所だれも気付いておる者はおらぬようだと見受けました」

「本郷家など日光の醜聞を隠そうという連中は、里次が中村歌児であったことを知れば口を塞《ふさ》ごうとすることも考えられます。総兵衛様、里次の周りに一人、一族の者を入れましょうか」

「里次にも中村座の連中にも怪しまれずにうちの人間を入れられますか」

「針子見習いで女衆《おなごし》を中村座付きにするのは難しいことではございますまい」

と光蔵が応《こた》え、

「おりん、ねづはいかがかな」

ねづは三年前鳶沢村から江戸店の大黒屋に奉公に出てきた娘だ。一見鈍重な動きで口の重い娘だが、性は根気強く、いつも冷静に物事を見抜いていることを光蔵も信一郎もおりんも承知していた。

「九輔の話ではうちから針子がすでに入っているそうではありませんか」

「ですからねづはうちとは関わりのないかたちで中村座に入れることになりま

す。むろん朋輩《ほうばい》の針子らにはそのことを徹底させます。ともあれねづなれば里次に関心を寄せる者が出てきたとき、直ぐに見抜いてくれましょう」

おりんの言葉を受けた光蔵が、

「直ぐにも手配します。ともかくおりんの言うようにねづの中村座入りはうちからの口利《くちき》きでないほうがいいでしょう」

と言い、胸中でその算段を考えた。

「それとちゅう吉には一度注意しておいたほうがいいかも知れませんね。里次が中村歌児と承知している数少ない人物です。中村座にちゅう吉がしばしば訪ねてはなりませぬ、その辺のことも案じられます」

「分かりましてございます。早速天松をちゅう吉の下《もと》に走らせ、その旨《むね》伝えさせます」

と総兵衛の指摘を光蔵が請け合った。その上で、

「総兵衛様、田之内泰蔵様との会談の首尾いかがにございましたかな」

光蔵がいちばんの懸念を口にした。

見送りに出た三人の幹部を待つでもなく、総兵衛が犬の散歩に九輔と出かけ

たことも、光蔵の不安の要因であった。それも里次の働く中村座の様子を見てきたという。当然のことながら、田之内の言葉、

「大黒屋の主、つまりはそなたが、本郷康秀様が身罷《みまか》った場におったと申す者がおってな」

を受けてのことだった。

総兵衛は、三人の幹部にここで初めてちゅう吉が留守中に届けてきたという書付を見せた。光蔵の左右から信一郎とおりんが顔を寄せ合い、ちゅう吉が中村歌児に命じて記させた、

「日光代参本郷康秀閨房記《けいぼうき》」

を時間をかけて読んだ。

「これはこれは、大変な代物《しろもの》を歌児は残していきましたな」

「大番頭さん、これはちゅう吉の発案じゃぞ」

「いかにもさようです。このわれらが命綱のことを総兵衛様は田之内泰蔵様にお話しになられましたので」

「いえ、読ませました。話だけで信用するとも思えませせぬからな」

「いかにもさようです」

と光蔵が応じて、

「田之内様の反応はいかがにございましたな」

「読み終ったあと、やはり世間にはわれと見間違うもう一人の人間が存在するとみゆる、と洩《も》らされた」

「あの古狸《ふるだぬき》め」

と光蔵が呟《つぶや》き、

「それで最前の話が得心いきました。里次にわれらの見張りをつけて安全を図るという話にございますよ」

「総兵衛様、中村歌児とこの書付、改めて念を押すこともございませんが本郷康秀、つまりは影殺しの下手人隠しにおけるわれらの命綱にございますな」

「いかにもさようです。なんとしても新しい影様がわれらにつなぎを付けてこられるまで隠し通さねばならぬ秘密です」

と総兵衛が言い切った。

「総兵衛様が日光東照宮奥宮におられたことを城中で喋《しゃべ》ったのは御目付衆、吹上組御庭番衆のどちらでしょうか」

とおりんが情報の出処《でどころ》を案じた。

「町奉行と近しいのは御目付衆ですがな、おりん、この話、とても御目付衆とは思えませぬな」

と光蔵が言い切った。

「となると残るは御庭番衆が上様に復命することなく町奉行根岸様に洩《も》らしたことになる。それもまたいささか考え難い」

総兵衛を前に三人の幹部が沈黙に落ちた。

中村歌児の克明な道中記は未だ光蔵の手にあった。その書状をゆっくりと折り戻しながら、

「ともあれこれがうちにある以上、もはや御側衆にして影の本郷康秀の真《まこと》の死因などを探るものはおりませんな」

「敢《あ》えてだれも火中の栗《くり》に手を伸ばすものはおりますまい」

と信一郎が応《こた》え、おりんが、

「それでも不安が残るのはなんでございましょう」

と呟き、その呟きに応えるように総兵衛がいった。

「おりん、今宵《こよい》六つ半（七時頃）、浅草山谷の八百善に根岸鎮衛様からお招きを受けた」

「今宵にございますか」

おりんが目を剝《む》き、

「な、なんと」

光蔵の声が甲高くも響いた。

「いかにも今宵、それも根岸様はお忍びと申された」

「こちらも大層な供は連れていけぬというわけですな」

「大番頭さん、私ひとりで八百善を訪ねるつもりです」

総兵衛の答えを聞いた光蔵が信一郎とおりんを見た。

「どうしたものでございましょうな。いくらなんでもお一人でお行きになってはなりませぬ」

「根岸様がお忍びと申された以上、総兵衛様の供はそうは連れていけませぬ、おりんさん」

「後見、おりん、天松一人を連れて参ろうと思う。今宵のお招きはお互いの腹の探り合いと見た。まず内与力の田之内泰蔵様が大黒屋に姿を見せ、大黒屋の内情と私どもの反応を探っていった。その場での根岸様からのお招きは当然のことながら、根岸様と田之内様の前もっての話し合いがあってのことだ」

「腹の探り合いで終わりましょうか」

おりんが気がかりを口にした。

どうしたな、と総兵衛がおりんを見た。

「牢屋《ろうや》同心沢村伝兵衛を南町奉行所に引き抜いたのは根岸鎮衛様直々でございますそうな。一応、沢伝は市中取締諸色掛に配属されておりますが、八人の与力のだれにも所属せず、根岸鎮衛様直属と称して奉行所内外で脅しに使っているようにございます。なぜ南町奉行根岸様が町奉行所よりはるかに格下の牢屋敷の同心を南町に引き抜いたか、ご当人の考えではないとの噂《うわさ》がございます」

「おりんさん、根岸様にそのようなことを強いられる人物はだれか」

と信一郎が尋ねた。

「一人だけ思いあたる人物がございます。ですがもはや死人に口なし、確かめる手立てがございません」

「本郷丹後守康秀か」

「はい」

とおりんが信一郎に応じた。

「それで得心が行かぬか」

「総兵衛様、どういうことにございますか」

「もし本郷康秀が根岸様に命じて沢村某を南町に鞍替《くらが》えさせ、なんぞの役に立てようとしたのなら、思いがけない死の背景に関心を抱くのは当然のこと。そして、その死の場に行きあわせたという私に対面して、こちらの企ての真意を探ろうと思われても不思議はあるまい」

「いかにもさようかと存じますが、そう真っ正直に受け取るのもどうかと思います。天松ひとりを供にするのとは別に、八百善の内外に一族の者を入れることをお許し下さい」

光蔵が総兵衛に願った。

「大番頭さん、八百善は予約すら大変な繁盛店ですぞ、急には割り込めますまい。うちの名を使ったとしても無理でしょうな」

総兵衛は腹心の部下三人と次々に目を交わした。

「どうしたもので」

「その時はその時のことよ」

と大番頭の問いに主《あるじ》が言い切った。

ともあれ鳶沢一族の十代目の許しを得て、一族が今宵の会合に向けて慌《あわ》ただしくも動き出した。

第四章　化かし合い

一

　徳川幕府が始まって二百年、幕藩体制は行き詰まり、四海には異国の船が出没して内外ともに危機が迫っていた。だが、それに気付く人間は幕閣の中に数少かった。

　そんな折、蘭学者の志筑忠雄《しづきただお》がドイツ人ケンペルの著『日本誌』を抄訳して『鎖国論』として世に問うた。志筑の焦慮を、

「今の日本人が全国を鎖《とざ》して国民をして国中国外に限らず敢《あ》えて異域の人と通商せざらしむる事は実に所益あるによれりや否の論」

という長い副題が表していた。

この抄訳により鎖国の是非を世に問うたのは享和《きょうわ》元年（一八〇一）のことだった。この抄訳の影響があったかどうかは不分明だが、幕府は翌享和二年にロシアの進出を憂慮して蝦夷《えぞ》奉行を設置、東蝦夷地を幕府直轄《ちょっかつ》領にした。

だが、大半の幕吏も庶民も太平の世に酔い痴《し》れていた。

そんな風潮の中、浅草山谷に高級料亭八百善が店開きした。

主《あるじ》の八百屋善四郎の先祖は神田界隈《かいわい》に住み、江戸市中で消費される野菜を栽培していたとか。当の善四郎は俳諧《はいかい》を好み三味線も弾く風流人で、大田南畝《なんぽ》、酒井抱一《ほういつ》、渡辺崋山《かざん》らの文人墨客と交流を持っていた。

神田から山谷に移ったのを機会に吉原の客を相手に食べ物屋を始め、大変な繁盛ぶりに、高級料理茶屋八百善に模様替えして新たに店開きしたのだ。するとたちまち大流行の繁盛店になった。善四郎はなかなかの策士で演出に凝り、宣伝を大事にした。

初物をうたい文句に初がつお一本に二両二分の値を付けて供したり、茶漬けの水を十二里半（約五〇キロ）離れた玉川上水取水堰《ぜき》まで汲《く》みにいかせるいささか演出過剰なこだわりをなし、それが人の口から口に伝わり、大いなる賑《にぎ》わいを見せたのだ。

大黒屋総兵衛は、双鳶《ふたつとび》の五つ紋の羽織に仙台平の袴《はかま》を穿《は》き、小僧の天松だけを供に暮六つ（六時頃）に八百善の門を潜《くぐ》った。

番頭が玄関で出迎え、

「どちら様にございますな」

と尋ねた。

「富沢町の大黒屋総兵衛にございます」

「おや、富沢町の惣代《そうだい》にございましたか」

と予約の書き付けをめくる振りをして、

「大黒屋さん、予約は承《うけたまわ》っておりませんが」

と問うた。いや、予約はしていないと首を横に振る総兵衛に、

「このところ千客万来にございましてな、前もって予約をされたお方に限らせていただいております」

「私は予約をしておりませぬが、田之内泰蔵様の名で席はとってございません

か」

「おや、田之内様のお客様でしたか。いかにも承っております」

ようやく総兵衛は玄関から二階座敷に通された。むろん供の天松は供待ち部屋で待つことになる。

刻限が刻限だ。すでにどこの座敷も満席のようで賑やかに酒食を楽しむ客の声が響いてきた。

総兵衛が根岸を待つこと四半刻《しはんとき》（三十分）、せかせかと階段を上がる足音が響いて、

「大黒屋、早いのう」

と口調はのんびりだが、汗を額に光らせた田之内が姿を見せた。

「殿は御用繁多でな、なかなか終らぬ。まずわしが先にきた」

「ご時世がご時世、慌《あわ》ただしゅうございます。いかにも殿様は職務多忙にございましょうな」

と総兵衛が応じると田之内が、

「殿もそなたと会うことを楽しみにしておるでな、しばし待ってくれぬか」

と田之内が総兵衛に願った。

二人して一切南町奉行も根岸鎮衛《やすもり》も口にしなかった。

「むろんのことにございます」

そこへ女衆《おなごし》が姿を見せて料理の注文を聞いた。

「どういたすな」

田之内が総兵衛に判断を委《ゆだ》ねた。

「今宵《こよい》の座敷の主客様は私ではございません、殿様にございます。お待ちしましょうか」

と総兵衛が応じると女衆が、

「お客様、うちは食べ物の素材にも酒にも水にもこだわりをもって料理をしております。茶漬けでも水を遠くまで汲みにいく気くばりで誂《あつら》えますで、お客様がお揃《そろ》いになっての料理の注文ではだいぶ待たされることになりますが、宜《よろ》しゅうございますな」

とあからさまに注文を強いた。

「構いませぬ」

と総兵衛が平然と答え、えっと驚きの声を発した女衆が、

「あとで遅いと申されても知りませんよ」

と捨て台詞《ぜりふ》を言い残して廊下に出ていった。

客を客とも思わぬ繁盛ぶりでは八百善の座敷を覗《のぞ》くことすらできまいな、と光蔵らの困惑を総兵衛はちらりと考えた。だが、信一郎が指揮している以上、それなりの対策を考えようと思い直した。

「この世の中、いささかおかしな方向に向かっておるような。徳川様の御代も長くはないか」

田之内が八百善の横柄《おうへい》な応対を言外に非難して呟《つぶや》いた。

「田之内様は幕府が潰《つぶ》れると申されるので。それは困ります。うちの商いは徳川様のお許しがあってようやく成り立っておりますゆえ」

「総兵衛、そなたの口と腹はえらく違うようだな」

「とんでもないことにございます。真っ正直な考えを述べたまでです」

田之内と総兵衛、この日、二度目の対面であり、すでに話すべきこともない。さらに四半刻（三十分）も過ぎた頃合い、ゆったりとした足の運びで階段を上

がってきた人物がいた。その足音を聞いて田之内が居住まいを正し、総兵衛も座布団《ざぶとん》を下りて、軽く低頭して待った。

「待たせたかのう」

頭巾《ずきん》をかぶってのお忍びの根岸鎮衛が座敷に入り、まずは頭巾をとった。六十六歳にしては肌の張りも色艶《いろつや》も五十代のようで、髷《まげ》に白髪が混じっているのが却《かえ》って目立つほどだ。

総兵衛は初対面である。

大黒屋の十代目に就いた折、南北両町奉行所に挨拶《あいさつ》に出向いたがその折は、北町奉行には面会できたが、南町の根岸鎮衛には、

「御用繁多」

との理由で面会は叶《かな》わなかった。

「殿様、お初にお目にかかります。大黒屋総兵衛、本日のお招き恐縮至極にございます」

「十代目に就いて一年か。どうだ、江戸は慣れたか」

「はい、お陰様で御城がどこにあるか分かるようになりましてございます」

「その口に騙《だま》されると酷《ひど》い目に遭う。富沢町は一つ貌《かお》ではないからのう」

「いえいえ、古着問屋大黒屋以外にはなんの貌もございません」

ふっふっふ、と根岸が含み笑いを洩《も》らし、田之内がぽんぽんと手を叩《たた》いた。

だが、女衆が姿を見せる様子もない。

「お奉行、ご壮健のご様子ですが、いささか目がご不自由と田之内様にお聞き致しました」

「訴状を何刻も読み続けると字が霞《かす》んできてのう。十数年前からの老眼がこのところ一段と進んだように思う」

「根岸様には佐渡奉行ご在任の折から『耳嚢《みみぶくろ》』なる書き物を続けてもこられたと伺っております。公私にわたる目の酷使、さぞ両眼が疲労しておられましょう」

「うむ、それがしの密《ひそ》やかな道楽までも承知か」

「いえ、お奉行のご才筆は世評に高いもの、岩清水が巌《いわお》の隙間《すきま》をながれるように世間へと伝わるものにございます」

総兵衛は懐《ふところ》に入れてきた袱紗《ふくさ》包みを出し、

「異国から渡来の眼鏡にございます。プロイセンなる国の眼鏡職人が作ったものを三つお持ち致しました。試してご覧になりませぬか」

と包みを披《ひら》くと鹿《しか》皮にそれぞれ包まれた眼鏡が出てきた。

「ほう、異国の眼鏡はかような精緻《せいち》なものか」

根岸鎮衛が金縁の眼鏡をとり、目に掛けたが眼鏡自体が大き過ぎて鼻からずり落ちた。二つ目はぴたりと根岸の顔にあったが、鏡板《レンズ》が根岸の目とは合わなかった。最後の鼈甲《べっこう》縁の眼鏡はぴたりと根岸の顔に合い、

「これはしっくりとくる。掛け心地がなんともよい」

と満悦の様子の根岸が自らの掌《てのひら》を見て、

「おお、これはわが手の掌紋がよう見分けられるぞ。まるで二十のころに戻ったようじゃ」

と驚きの声を上げた。

「異国の眼鏡はこれほど優れておるか」

「長崎から入った眼鏡を京の店が仕入れたものにございます」

「ふっふっふ、わざわざそのような言い訳をせずともよかろう。大黒屋の船が

異国に参り、直に買い込んできたものであろうが」

「滅相もない」

「値はなにがしか」

「根岸様、大黒屋は古着商の鑑札を受けた商売人にございます。眼鏡を売り買いすることは致しません」

「眼鏡を南町奉行に贈ると申すか。町奉行の根岸鎮衛、賂《まいない》は受け取れぬぞ」

「世間には盆暮れに日頃世話になった方々へ儀礼の品を贈る習わしがございます。また南町奉行様が訴状を読み間違えては、天下の一大事にございます。ご政務が滞りなく進むのはわれら町人の等しく望むところにございます。公《おおやけ》の場で使われる道具が賂のはずもございません」

「わが道楽の文章を綴《つづ》るときは外せばよいか」

「わが父も眼鏡をよう外し忘れておりましたな」

「さよう、外し忘れたものは致し方ないな」

「真《まこと》にさようにございます」

総兵衛が鹿皮を根岸に渡し、残りの二つの眼鏡を、

「田之内様、奉行所で目の不自由なお方が他にもおられましょう。お持ちになって試して下され」

と残り二つの眼鏡を田之内の膝《ひざ》の前に押しやった。

「八百善、客をないがしろにしておりますな。私が帳場に掛け合《お》うて参ります」

と総兵衛がすいっと席を立った。帳場に行くと主の善四郎らしき人物が、

「お客様、なにか」

と尋ねた。

「いや、正客様が参られましたで料理の注文をなそうと手を叩きましたがな、どなたも注文を取りに来ぬのでな、こちらから出向いてきました」

「それは恐縮でしたな。ただ、この刻限、立て込んでおりましてな、順番に願うております。どちらの座敷でございますな」

「二階の角部屋じゃがな」

善四郎が註文《ちゅうもん》帳を確かめて、

「料理の注文はまだ受けておりませんな」

となんとなく軽んじた言い方をした。

「ならば酒など先に頂戴《ちょうだい》できませぬか、私が座敷に運びます。それから早くできる料理を頼みます」

「早いと言えば名物の茶漬けですが……」

と言いかけて総兵衛を見た善四郎が、

「そなた様は」

「富沢町の大黒屋にございます」

「古着問屋の大黒屋さんでしたか。余りにもお若いのでお見それ致しました。大黒屋さんの座敷なれば、もう少し気の利《き》いた料理を用意せんでよかろうか」

と呟いた善四郎が尋ねた。

「正客様はどなたで」

「お尋ねにならぬほうがよろしい」

「どういうことですな」

「藪蛇《やぶへび》になります」

「大黒屋さん、うちは真っ当な商いをしております、どなたであれ怖いことはございません。お聞かせ願いましょうか」

善四郎が総兵衛に詰め寄る体《てい》を見せた。

「ならば、申し上げます。南町奉行根岸鎮衛様」

「な、なんと」

善四郎が慌てふためいた。

「ですから申し上げた」

「ど、どうすれば」

「八百善さん、今宵はお忍びにございます。ゆえに格別な扱いを根岸様も望んではおられませぬ」

その言葉に善四郎がうんうんと頷《うなず》き、それでもひくっと大きなしゃっくりをしたが、その顔は蒼白《そうはく》で引き攣《つ》っていた。

食い物商いは八品商売人の古着屋のように町奉行所の厳格な監督下にあるわけではない。だが、江戸八百八町の治安と経済を預かる役所が町奉行所である以上、商売人としては一番気がかりな存在であり、怖い役所だった。

その奉行がお忍びとはいえ来店しているのを放っておくことが出来ようか、

善四郎の顔が迷っていた。

「ともあれ酒を」

「ただ今直《す》ぐに」

と応じた善四郎が自ら運ぶことを考えている節が見えた。

「主《あるじ》どの、私どもも少々内談がございます。酒を頂戴すれば私が運びます。そなた様にとってもここは知らなかった振りをなさるほうが万事都合宜しゅうございませぬか」

と総兵衛が重ねて言うと、しばらく考えていた善四郎が、

「いかにもさようです」

と慌《あわ》てて帳場から台所に向かって姿を消した。

廊下の暗がりに人の気配がした。

「南町の供は乗り物の陸尺《ろくしゃく》と提灯持《ちょうちんも》ちの若党一人だけにございます」

天松の声だ。

「相分かった」

「一番番頭様方は店の外に散っておられます」

承知した、と短く答えたとき、善四郎がお盆に燗徳利《かんどっくり》と杯三つを運んできた。

総兵衛が座敷に戻ると根岸と田之内が眼鏡をかけて畳の目を見ていた。

「よう見ゆるぞ、総兵衛」

「それはようございました」

総兵衛が二人の手に杯を差出し、燗徳利の酒を注《つ》いだ。

「八百善め、大黒屋の主に仲居の真似事《まねごと》をさせおるか」

「商いが昇り調子の時には、つい客の扱いが粗雑になるものにございます」

「そなた、若いが寛容よのう」

総兵衛の杯に田之内が酒を注ぎ、三人は沈黙のままに献杯し、酒を干した。

「大黒屋、御側衆《おそばしゅう》本郷康秀様のことじゃが、最前大目付本庄義親《ほんじょうよしちか》様と話し合うた。日光にて病死という決着が宜《よろ》しかろうというのだがどうだな、その方」

そうか、昼間の内与力田之内泰蔵様の大黒屋訪問も根岸鎮衛様からの八百善呼び出しも、大目付本庄義親様の助勢があってのことかと、総兵衛は得心した。ならば互いに腹蔵なく話し合うことだとも思った。

「根岸様、本郷様には聡明《そうめい》なる世子、十四歳の康忠様がおられるとのこと。その判断が一番無難な始末かと存じます」

「総兵衛、かげまなどが表に出ることはないな」

と念を押した。

「決してございません。また『日光代参本郷康秀閨房記《けいぼうき》』なる書付が世間に出回ることもございませぬ」

「相分かった」

根岸鎮衛の体から緊張が解け、顔が和んだ。

「お奉行、お尋ねしてようございますか」

「言うてみよ」

「本郷康秀様と根岸様の間になんぞ親密なるご交流がございますか」

根岸は空になった杯を眺めていたが、

「実はある」

「お話し下さいますか」

「もう相手が亡《な》くなったことだ。話してもよかろう」

と根岸が腹を固めたように言った。

「わしは天明四年（一七八四）春、佐渡奉行として転任した。佐渡奉行といえば聞こえはいいが、島流しに遭ったようでな、江戸から忘れられたような気がするものじゃ。佐渡赴任は三年数か月に及んだが、その間に老中田沼意次《おきつぐ》様が失脚し、松平定信《さだのぶ》様の政権が誕生しておった。ある意味では佐渡におったために田沼失脚騒ぎに巻き込まれずに済んだともいえる。ともあれ、わしは、なんとしても佐渡から江戸に戻りたいと思うた。そこでな、とある人の口添えで御側衆本郷様に江戸戻りを願ったことがある。それから半年もしないうちに江戸に戻ることが出来たばかりか、勘定奉行の席が待っておった。さらには三百石の加増があって家禄《かろく》五百石になり、その年の師走《しわす》には従五位下肥前守《ひぜんのかみ》叙任の沙《さ》汰《た》があった」

根岸の話は淡々としていた。それだけに真実味があった。

「佐渡赴任が本郷様のお力で短くなったのか、また家禄五百石、布衣《ほい》に就いたことにも本郷様の影響があったのか正直申して分からぬ。じゃが、わしが本郷様に助勢を願った事実は変わらぬ」

と根岸は潔《いさぎよ》く言い切った。

「根岸様、本郷様からなんぞ依頼ごとがございましたか」

ふうっ、と根岸鎮衛が吐息をついた。

「町奉行職に就いたあと、三、四あった」

「その一つに牢屋《ろうや》同心の沢村伝兵衛を南町奉行所の同心に転ずる件がございましたか」

「大黒屋、やはりそなたらは一介の古着問屋ではないな」

「根岸様はご存じにございましょう。初代総兵衛が家康様より古着問屋の権利を賜わって、富沢町に敷地を頂戴したことを」

「知っておる。つまりは古着問屋の背後にもう一つ貌《かお》があることもな」

「さてそれは」

根岸が薄く笑った。

総兵衛はそのとき、不思議なものを見た。

二階座敷の開け放たれた障子の向こうに青みを帯びた黄色の灯りが闇《やみ》に複雑な軌跡を描いて飛んでいた。もはや蛍の季節は終わりを告げていた。

（訝《いぶか》しいことよ）

と総兵衛は心に止めた。その耳に根岸の話が聞こえてきた。

「本郷様の注文は沢村伝兵衛を定廻り同心に就けることであった。しかし、そのような無理が簡単に通るわけもない。たしかに町奉行所の与力同心は一代かぎり、じゃが大過なく御用を務めれば、その子が職を継ぐのが習わしじゃ。いくら御側衆本郷様の注文とはいえ、わしとて、南町奉行所内に波風を立てるつもりはない。無役同心として沢村伝兵衛を受け入れた。だが、その後も本郷様から早い機会に定廻り同心に就けよとの命が再三再四あった。一方で沢村の残忍極まりない性情を危惧《きぐ》する声が与力同心から伝えられたのも事実であった」

「仔細《しさい》相分かりましてございます。もはや根岸様のご懸念《けねん》消え申しました」

「日光で病死されたでな。そなた、その場にあって確かめたか」

根岸の問いに総兵衛が小さく頷いた。

やはり、という表情を主従が見せた。そして、話題を先に進めた。

「その牢屋同心打役《うちやく》であった沢村伝兵衛が残っておるがどうするな」

「それはこちらにお任せ下されますよう。町奉行所同心として生きる術《すべ》が見付かるとよいのですが」

「あやつ、南町で一人だけ浮き上がっておってのう。なにをしでかすか分からぬ。こたびの本郷様の死によって後ろ盾を失うたのだ、大人しゅうなってくれるとよいが」

と田之内が願望を込めて言った。

「今一つ確かめたきことがございます」

「申せ」

「南町は大黒屋に昼夜を問わぬ見張りを配しておられますか」

「わしはそのような迂遠《うえん》な策はとらぬ。こうして当人に対面して質《ただ》す」

「相分かりましてございます」

と総兵衛が答えたとき、

「お待ちどお様にございます」

と女衆《おなごし》の声がして三つ、膳《ぜん》が運ばれてきた。

膳は蝶足《ちょうあし》の漆塗り、箸《はし》も輪島塗りとご大層なものだが、食い物は茶漬けと香のものが添えてあるだけだ。その他に茶が添えられてあった。

「ほっほっほ、これはこれは」

と根岸が呆《あき》れたような笑い声を上げた。

「総兵衛、八百善名物の茶漬け一杯一両二分を賞味せよ、根岸の持て成しじゃ」

「有り難く頂戴します」

さらさらと箸で何度か啜《すす》り込むと碗《わん》の底が見えた。

「腹の足しにもならぬな。じゃがこのことを口にすると野暮とか在所者がと蔑《さげす》まれるのがこの江戸よ。そなたには可笑《おか》しゅうてたまらぬであろうな」

根岸が言外に異郷生まれということを告げた。

「いかにも不思議な食いものにございますな。長崎辺りの異人なれば、これは前菜か汁《スップ》か、と尋ね返しましょうな」

「あとにも先にもこれしかないか。後学のため一度八百善にと考えて席を設けたがこれではのう。若いそのほうには腹の虫の抑えにもなるまいて」

「根岸様、この次は富沢町においでになりませぬか」

「美食が待っておるか」

「いえ、六代目総兵衛を真似て朝は粥《かゆ》を啜る暮らしゆえ、大した持て成しもできませぬが少なくとも一両二分の茶漬けより美味にございます」

ふっふっふ

と快笑した根岸が、

「総兵衛、富沢町もよいがそなたの持ち船で異国の馳走《ちそう》に預りたいものよ」

ふっふっふ

とこんどは総兵衛が根岸の言葉に笑い、

「根岸様が隠居なされた折にお招き致しましょうかな。ただ今のところは、そのことが幕閣に知れると根岸様の身に災いが降りかかりますゆえ」

「人間五十年　下天《げてん》のうちを比ぶれば　夢まぼろしの如《ごと》くなり　と幸若舞《こうわかまい》に謡《うた》われるが、それがし六十六にして未《いま》だ職を負うておる。そろそろ隠居してもよい頃かも知れぬ」

「わが船にお招きする日が近いことを願うております」

「そなたと話し合うてよかった」

根岸鎮衛が洩《も》らし、総兵衛も大きく頷いた。

二

八百善を先に出たのは南町奉行根岸鎮衛と内与力田之内泰蔵主従だった。しばし時を待って、総兵衛が二階座敷から辞去しようとすると女衆が顔を出し、

「勘定書きにございますよ」

と仏頂面《ぶっちょうづら》で突き出した。

根岸は接待と言いながら、結局こちらに勘定を払わせる魂胆かと、南町奉行の人物にいささか幻滅を覚えた。それでも平静な態度で、

「いくらかな」

と女衆に聞いた。

「高級料理屋八百善の茶漬け一杯一両二分が通り相場にございます。水をわざわざ玉川上水の先まで馬で取りに行かせているんですからね、そんじょそこらの茶漬けと茶漬けが違います」

「さようでしたか」

総兵衛は女の態度にいささか鼻白んで書付を受け取った。

「先のお二人は三両と酒代二分をお支払いになり、残りの一人前はそなた様からもらえと言い残されました。八百善に来る客には珍しい吝嗇《けち》にございますね、うちではああいうしぶちんの客を生姜《しょうが》と呼びます。身分のあるお武家様のようですがね、あれはなんでも野暮天侍ですよ」

総兵衛はこの女に根岸の身分を明かしたい欲求に駆られた。だが、その時の騒ぎを想像しただけで我慢した。

町奉行は江戸の治安ばかりか経済活動も指導した。当然、八百善は根岸の管理下にあるといえた。

「いえいえどうしてどうして、なかなかの人物にございますよ。私もお武家様を見倣《みなら》ってきっちりとお支払いしましょうかね。それから一両二分を払ったという書付を下さいな」

と言いながら満足の笑みを浮かべた総兵衛は、一両二分かっきりを女衆に支払った。

女衆が心付も渡さぬ総兵衛を呆《あき》れ顔で見て、

「富沢町の古着問屋の大黒屋さんと聞いたがさ、こりゃ、偽《にせ》の大黒屋さんだわ。心付を一朱も出さない気だね。うちは八百善ですよ、野暮天の客がくる料理屋といっしょにされちゃ叶《かな》わないよ」

と総兵衛の顔を睨《にら》みつけてあからさまな侮蔑《ぶべつ》の口調で呟《つぶや》き、一両二分を受け取った。

総兵衛が提灯持《ちょうちんも》ちの天松一人を連れて、浅草山谷の料理茶屋八百善を出たのは四つ（午後十時頃）過ぎのことだった。

普通なら山谷堀を新鳥越橋でわたり、浅草寺領の聖天《しょうでん》町を北から南に抜けて山之宿で浅草御蔵前通りに入るのが富沢町へ戻る近道だろう。

総兵衛は上機嫌の様子で、

「天松、大川はどちらに流れておりますな」

と尋ねたものだ。

「猪牙《ちょき》を拾うのでございますれば、山谷堀今戸橋の船宿あたりに柳橋へと戻る舟がいくらもおります」

「いえ、酔い醒《ざ》ましに歩くのです。大川の流れを見ながら歩きましょうかな」

と答えた総兵衛だが酔うほどに飲んでもおらず、また食べてもいなかった。なにしろ酒は猪口《ちょこ》で二杯ほど、食べ物は具も入ってないような茶漬けなのだ。

それより座敷の外に誘うように飛んだ蛍の灯りが気になっていた。むろん蛍とくれば川辺だ。

「えっ、酔狂にも歩かれるので」

「大川の流れの淵《ふち》には蛍などが飛んでおろう、蛍見物なとしておこうか」

「総兵衛様、蛍は夏のものにございます。もはや秋風が吹こうというこの時節、蛍が飛ぶものですか」

「人にも変わり者がおるように蛍にも時節外れが好きな蛍がおろう」

「そんな馬鹿《ばか》な。それでも浅草川の岸辺に出られますので」

「大川はこの界隈《かいわい》では浅草川とも呼ぶのか」

「総兵衛様、隅田川は上流にいけば戸田川、荒川と呼ばれ、この界隈では浅草川、下って大川と名を変えます」

「和人とはなんとも雅《みやび》な心の持ち主じゃな」

「総兵衛様の国では川の流れは上流から下流までおなじ名ですか」

と天松が声を潜めて訊《き》いた。

「ソン・ホン川はソン・ホン川、その他に名があると思えぬ」

ふーん、と返事をした天松は総兵衛が上機嫌な理由はなんだろうと顔を見た。

「浅草川には必ず蛍が私たちを待っておる、こうしてそぞろ歩けば蛍見物ができるでな。天松、腰を抜かすでないぞ」

総兵衛が言い張った。

「なんとおかしな総兵衛様か」

天松がぶつぶつと呟き、山谷町の通りから寺町の間を抜けて、浅草新町から今戸田圃《たんぼ》を見ながら、今戸町から浅草川の見える河岸《かし》道に出た。

天松がいう浅草川の右岸には寄洲《よりす》があって、夜釣りの船か、あるいは情を交わす屋根船の灯りか、ちらほらと見えた。

「ほら、もう川面《かわも》を秋風が吹き始めていますよ」

このところ深浦の船隠しでは三井越後屋《えちごや》の預かり荷などが連日イマサカ号と大黒丸の船倉を満たしていた。

むろん大黒屋の荷も混じっている。その他に大黒屋ではこたびの交易のために小判で十万両がイマサカ号と大黒丸に分散して積み込まれることになっていた。これはイマサカ号がツロンから積んできた工芸品、貴金属、美術品、絨毯《じゅうたん》、家具、シャンデリアなどの品々を江戸、金沢、京の三都で売り立てた金子と併せ、加賀藩に譲り渡した二十四ポンド砲砲弾付き二十門の代金、さらには大黒屋の所持金などが加えられての金額だった。

十万両、ただ今の円に換算すると五十数億円か。

「秋が深まればイマサカ号も大黒丸も深浦の船隠しから姿を消しますね」

と天松が淡々と言った。

もはや天松はこたびの交易に参加する望みを自らの考えで封印していた。そのことが声音に現れていた。しばらく沈黙したまま歩いていた天松が、

「総兵衛様、八百善の食べ物は美味《おい》しゅうございましたか」

「私の口には合いません。天松といっしょの旅で食べためしやうどんのほうがどれほど美味であったか。だいいち茶漬け一杯一両二分なんて法外な金子はどこもとりませんでしたな」

「えっ、茶漬けが一両二分ですか。三人前でなんぞお頼みになったのではありませんか」

「私だってそう思いたい。なれど一人前の茶漬けがその値段でした。呆れたものよ。天松、わが腹の中でちゃぷんちゃぷんと米粒が泳ぐ音が聞こえぬか」

と総兵衛が笑い、足を止めた。

寄洲にいた船がゆっくりと総兵衛と天松の立ち止まった河岸道に近付いてきた。

青みに黄色を混ぜたような灯りが急に増えて幻想的に揺れながら、船が総兵衛らのほうへとゆっくりと迫ってきた。

「ほれ、蛍の灯りを見ることが出来たではないか」

「総兵衛様、これは蛍の灯りではありません」

天松が警戒の声で答えたとき、総兵衛と天松の背後にも小さな青と黄色を混ぜたような灯りが無数点滅して輪を縮めてきた。

「総兵衛様、これは」

「蛍合戦です」

「そんな、秋口に蛍が交尾などするものですか」

と言いながら、天松が手にした提灯を足元におくと懐《ふところ》から鉤《かぎ》の手が付いた綾《あや》縄《なわ》を出した。

総兵衛は素手だ。

その代わりに袴《はかま》に差した白扇を手にした。

流れの上と今戸町の路地から現れた灯りの渦は蛍合戦さながらに飛び回り、揺れ動き、総兵衛と天松の集中心を掻《か》き乱し、二人の視界を幻惑した。

「天松、灯りを追ってはならぬ。己の心が描いた架空の一点に視線を定めるのだ」

と総兵衛が天松に注意した。

「はっ、はい」

総兵衛は瞼《まぶた》を閉じて心中に描く闇《やみ》を見据えた。

天松は両眼を見開いたままに虚空《こくう》の一点を凝視した。

ふわり
とうごめく灯りの輪から外れた一つが二人に襲いかかった。

総兵衛の片手に翳《かざ》した白扇が、
発止！

と灯りを叩《たた》き落とした。すると灯りが河岸道の地べたに落ちて炎が燃え上がり、天松の足元に置いた提灯に襲いかかった。提灯の灯りは蛍の灯りに飲み込まれて消えた。

天松が足蹴《あしげ》にした。すると炎がお仕着せの裾《すそ》に燃え移った。

「あ、熱い。そ、総兵衛様」

総兵衛が閉じた白扇を披《ひら》いてひと煽《あお》ぎすると炎が消えた。

「大黒屋総兵衛、本郷康秀様の恨みをはらす」

と灯りの外から声が響いた。

「どなた様かな」

「用人鶴間《つるま》元兵衛《もとべえ》」

「おや懐《なつ》かしき名かな」

「わが名が懐かしいとな」

「そなたの主《あるじ》、本郷様は日光にて病死なされた。日光に付き添うことなく江戸で留守していたでご存じあるまい」

「殿は病死などではない」

「ほう、病死でなければどういうことか」

「ぬかせ。大黒屋総兵衛、おまえが殿を殺《あや》めたに違いない」

「城中でも病死と触れが回ったとか聞き及んでおりますがな」

「策を巡らしたな」

「鶴間様、康秀様の日光での病死をうけて世子、十四歳の康忠様の跡継ぎが近々決まりそうとか。かようなことを企てられますと、本郷家のお取潰《とりつぶ》しにつながりませせぬかな。私は日光を訪ねた事実もなし、ゆえに本郷様の死に関わりもございません」

「よう言うたな、総兵衛。殿には老女のおすがが同行し、そなたらが密《ひそ》かに日光まで追ってきたことは知れておるのだ」

「鶴間様、もはや本郷康秀様は亡《な》くなり、棺《ひつぎ》の蓋《ふた》は閉じられたのでございますよ。死者を黄泉《よみ》の国から蘇《よみがえ》らせるなどできぬ相談、康忠様の相続を優先して本郷家の立て直しに邁進《まいしん》なされ」

「その前にそなたの命をもろうた。李黒《りこく》、こやつを始末せよ」

鶴間元兵衛が思わぬ人の名を呼んだ。

動きを止めていた蛍合戦の灯りが再び今戸町の河岸道に舞い、総兵衛と天松を幻惑の渦へと引きずり込もうとした。

総兵衛は片手に広げた白扇を立て、緩やかにも蛍の灯りの渦へと自ら入り込んでいった。すると灯りの渦が段々と輪を狭めて、襲いかかってきた。

だが、総兵衛の摺《す》り足の舞は典雅にも蛍の灯りの渦に惑わされることなく続けられた。

当初、総兵衛の動きを飲み込もうと灯りの渦が襲いかかったが、その内、総兵衛の動きに従うようにその背後に長く尾を引いてついてきた。

総兵衛の口から異郷の調べが洩《も》れてきた。すると蛍の灯りがその調べに合わせて右に左に高く低く舞った。

総兵衛の口から洩れる調べは謡曲のようでもあり、交趾《こうち》ツロンの舞歌のようでもあった。

今や青みを帯びた黄色の光りは総兵衛の意のままに操られていた。

右手の白扇が左から右に回されて、
ぱっ
と止まったかと思うと立てられた。
その瞬間、蛍の灯りが、
すうっ
と消えた。すると灯りの残光に鶴間元兵衛一人が茫然《ぼうぜん》と立ち尽くしている姿が浮かんだ。
「そなた、本郷康秀どのの後を追え」
総兵衛の宣告の声にはっと我に返った鶴間用人が後ずさりしてその場から逃げ出そうとした。
そのとき、綾縄小僧の手から鉤の手の付いた綾縄がするすると伸びて体に巻き付き、動きを封じた。
総兵衛の手の白扇が投扇となって飛んだ。虚空《こくう》にくるくると舞いながら飛翔《ひしょう》した白扇が、
ばあっ

と鶴間元兵衛の喉元《のどもと》を掻き斬《き》り、血飛沫《ちしぶき》を上げたのを最後に今戸町の河岸道は闇に閉ざされた。

しばし静寂が辺りを覆《おお》った。

「風水師李黒、なんの真似《まね》か。未《いま》だ本郷家に忠誠を尽くすとは思えぬが」

「日光での話は生きておる。じゃが、浮世の義理もあってのう、用人どのに膝《ひざ》詰《づ》め談判されてそなたに別れを言いにきた」

闇の中から李黒の声が響いた。ここにも御側衆本郷に義理を果たそうとした人物がいた。

「借りは返したか」

「用人どのが身罷《みまか》った瞬間に義理は消えた。消したのは大黒屋総兵衛、いや、鳶沢《とびさわ》総兵衛勝臣《かつおみ》よ」

「その言葉から察するに新たなる主のために働いておるようじゃな。鶴間元兵衛は願う相手を間違えたわ」

「であろうな」

「李黒、近頃、富沢町界隈に出没するは幸橋御門近くの屋敷の命であろうが。

うちの見張りを命じられたか」

薩摩藩江戸上屋敷は山城河岸の対岸、幸橋御門と山下御門の間にあった。

「ふっふっふ」

と李黒が嗤《わら》った。

「あまり調子に乗ると賀茂火睡の二の舞ぞ」

「精々気を付けようか。大黒屋総兵衛、次に相見《あいまみ》える場所はバタビア（ジャカルタ）かマラッカか」

「いかにもさよう」

「さらばじゃ」

と李黒の気配が消えて、今戸町の河岸道に灯りが戻ってきた。

李黒の言葉から察するに大黒屋の交易船団の出発が近いことを察し、また総兵衛が乗り込むことを推測している様子が考えられた。

鳶沢一族の忍び衣を着込んだ信一郎ら十数人が弩《ど》や刀を手に立っていた。その視線は鶴間元兵衛の骸《むくろ》に集まっていたが、

「坊主《ぼうず》の頭《かしら》、この者の始末を願う」

と信一郎が命じると大川に櫓《ろ》の音が響いて大黒屋の荷船が姿を見せた。

「後見、今一つ、今晩の内に始末をつけてほしい者がおる」

「老女おすがにございますな」

「いかにもさよう。日光の一件、おすがの話に薩摩辺りが動くやも知れぬ。それは本郷家にとって決してよいことではあるまい。薩摩より先に老女どのの口を封じる策を考えよ」

「命は取らずともよいと申されますか」

「無暗《むやみ》に人の命を奪うこともないでな。生かしておけば使い道もある」

「考えます」

と応じた信一郎が早走りの田之助と天松を呼び寄せ、何事か命じた。すると畏《かしこ》まった二人が闇に紛れるように消えた。

鶴間元兵衛の骸が船に乗せられ、

「総兵衛様、後見、骸といっしょじゃが、入堀口まで乗っていかれませんか。総兵衛様は十分に働かれましたでな」

大黒屋の荷運び頭の坊主の権造《ごんぞう》が言った。

「乗せてもらおう。いかにも茶漬け一杯でよう働かされた」

総兵衛と信一郎が飛び乗ると権造が棹《さお》で岸辺を突いて流れに出した。

「茶漬け一杯とはどのような意にございますな」

「後見、不思議な国じゃな。茶漬けが高ければ高いほど客が集まり、粋《いき》だなんだと嬉《うれ》しがる」

と前置きした総兵衛が南町奉行根岸鎮衛との会見と接待の模様を告げた。

「ほうほう、南町奉行の根岸様は自分方の茶漬け代と酒代だけを支払《しはろ》うて帰られましたか。つまり大黒屋に馳走《ちそう》になったわけでもなく、また反対に馳走をしたわけでもないと態度で示されたのでございますな」

「一文の賂《まいない》も受け取りたくもなければ贈りたくもないそうな。清廉《せいれん》潔白な幕吏どのか、はたまたなんぞ隠し事があってのことか」

「総兵衛様、この者が風水師李黒を動かして総兵衛様を襲うた事実、根岸様のお招きと関わりがございましょうかな」

と信一郎が胴ノ間に転がされた骸を見た。

「それも考えんではない。じゃが、今宵《こよい》は互いに腹蔵のない話をしたと思うておる。その話し合いをぶち壊す真似は南町奉行どのも為《な》さるまい」

「なんぞ確証がございますかな」

「根岸様が私を八百善に呼び出した背景には本庄の殿様の助勢があってのことじゃそうな。根岸様もしかと本庄様の名をあげて申されたでな」

「そうでしたか、本庄の殿様が間に入ってのことなればもはや南町はわれらの敵ではないと見てようございますな」

「落ち着いたら本庄の殿様にお礼に参ろう」

「それがようございます」

「残るは一人、沢村伝兵衛だけじゃ」

「あやつをどうしたもので、この際です。始末しますか」

「なんぞ使い道があるような気がしてな。もはや後ろ盾を失《うしの》うたのだ。あの者一人が慌《あわ》てふためいてもどうにもなるまい。しばらく放っておくがよい」

信一郎が頷《うなず》いた。

「深浦の荷積みはどうか」

「もはや八割方が船倉に収まりましたし、飲料水も食料も薪《まき》も諸々《もろもろ》積み込んでございます。あとは最後の荷積みと点検を残すのみ、船出の仕度はほぼ出来たといえましょう。総兵衛様、予定通りに先代の一周忌を済ませた後に船出を致します」

「安心した」

総兵衛が頷いた。

三

翌朝、総兵衛は鳶沢一族の江戸屋敷ともいえる大黒屋の中庭の地下大広間に下りた。するとそこには鳶沢一族の顔付きの面々がすでに朝稽古《げいこ》のために顔を揃《そろ》えていた。

「総兵衛様、お早うござる」

と一同が一族の総帥《そうすい》鳶沢勝臣に挨拶《あいさつ》した。

「昨夜はあれこれとあって就寝が遅くなった。かようなときはついうっかりと気を抜くものじゃ。怪我《けが》をせぬように神経を研ぎ澄ませて稽古に努めよ」

「はっ」

と一同が総兵衛の注意を受けて、朝稽古が始まった。

その中に田之助と天松、そして、坊主の権造の三人の姿がないことに総兵衛は気付いていた。その視線に一番番頭の信一郎が、

「総兵衛様、老女おすがの身柄は昨夜のうちに確保致しましてございます。あれこれ思案しましたが、あの女を深浦の船隠しに預けようと思いまして、田之助、天松に坊主の頭の船にて深浦に送り込ませましてございます。ために未《いま》だに帰っておりません」

「それはよいところに気付いたな。薩摩などに捕まり、日光での主《あるじ》の死を詮索《せんさく》されるのも迷惑至極、またおすがが余生を過ごすにはうって付けの場所かもしれぬ」

と総兵衛も信一郎の判断を支持した。

「後見、そなたが交易にでれば、しばらくそなたから祖伝夢想流の指導を受けられぬ。これから毎朝、出立までの限られた日数じゃが私の稽古に付き合うてくれぬか」

「総兵衛様、もはや私の教えることはなにもございません。十代目には剣術の

達人であった六代目の血が脈々と流れております。昨夜の玄妙な白扇の舞はそのことを示してございます。白扇一本で風水師李黒の蛍合戦の仕掛けを見事に破られました。あの舞いは十代目が独自の祖伝夢想流の解釈を確立された証《あかし》にございます。六代目が創案なされた落花流水剣に比する謡曲白扇の舞というべき技にございます。私め、ようも短い月日のうちに祖伝夢想流の奥義《おうぎ》を飲み込まれ、新しき秘技まで編み出されましたものと感嘆して拝見いたしました」

信一郎が総兵衛に言ったものだ。

「後見、そなたも見抜いていよう。昨夜の戦いは見せかけよ。李黒はただ本郷康秀から受けた恩義をかたちばかり、この総兵衛相手に返してみせただけのことじゃ。李黒の技には終始、こちらを斃《たお》そうという気迫も殺気も感じられなかったからな」

「それはそうかもしれません。ですが、途中から李黒も秘術を操る手に力が入ったのも確かにございます」

「いや、あれは李黒の一時《いっとき》の別れの挨拶であった」

と総兵衛が言い切った。

「別れの挨拶と申されますと李黒が身の振り方を決めたということでございますか」

「次に相見える先はバタビアかマラッカかと、イマサカ号と大黒丸が交易に出ることを摑《つか》んでおると示唆《しさ》しおった。李黒は私が交易の陣頭に立つと思い込んでおる節があった」

「総兵衛様が江戸に残ると知ったらがっかりしましょうな」

「その分、そなたらへの攻撃が激しくなるやもしれぬ」

「その時はその時のことにございます」

　と信一郎が総兵衛に応じ、

「総兵衛様、今いちど念を押すようで恐縮ですがお確かめしたい儀がございます」

「私に交易の先頭に立てと申すか」

「はい」

「いや、これは私が熟慮した結果である。交易の土台を築くことも大事じゃが、池城《いけぐすく》、今坂一族を受け入れた鳶沢一族の向後百年の方針、新しき武と商の有り方を思案することが先決である。それがこの際、なににも増して大事なことと思うのだ。後見、我がまま、許してくれぬか」

総兵衛は自論を曲げず、信一郎に願った。そこまで主《あるじ》に言われれば後見の肩書を持つ信一郎も応諾するしかない。

すでに木刀や棒を持っての実戦形式の稽古が始まっていた。主従二人だけが熱気ある稽古のただ中で会話を続けていた。

「寝しなに考えたことじゃが、李黒の思い違いを利することも一つの策かと思う」

「総兵衛様がイマサカ号に乗って出帆するということですか」

「いかにもさよう。李黒は間違いなくどこかからイマサカ号と大黒丸が南に舵《かじ》を取り、舳先《へさき》を向けるのを見ていよう」

「その確認を薩摩に伝えますな」

「新しい主は間違いなく薩摩島津家よ。しばらくの間でもイマサカ号に大黒屋の主が乗船していると薩摩に思わせるのも面白かろう」

「一族に総兵衛様乗船を伝えますか」

「いや、このままにしておけ。イマサカ号の主檣《メインマスト》のてっぺんに鳶沢一族の総帥の印旗《しるしばた》が翻《ひるがえ》り、舳先に私が立って観音崎を回り、浦賀水道を出ればそれでよかろう」

「総兵衛様、そのまま南に向かわれませぬか」

「なんど言わせる。私の役目は昨夜の李黒への返礼、李黒と薩摩への目くらましじゃ。こたびの交易はそなたの親父《おやじ》どの、仲蔵《なかぞう》と後見、そなたら父子に任せる。それともう一つ、この際だ、願うておこう。わが弟勝幸のことじゃが、こたびの交易航海で一人前の鳶沢一族に育ってほしいと願うておる。そのために仲蔵やそなたばかりか具円船長にも千恵蔵にも命じてある。よいか、こたびの航海中、勝幸を総兵衛の弟として遇してはならぬ。一水夫《かこ》として砲甲板に寝起きさせ、帆柱に駆け上がって帆を広げ、畳み、甲板を洗う作業をこなさせねばならぬ。むろん鳶沢戦士として武術の稽古には後見が率先して当り鍛え上げてくれ。そなたらの課す修行に耐えて鳶沢一族の運命を背負う若者に育ってほしいのだ。その結果、航海の途中に息絶えようともそれは勝幸が身に負うた天命よ。交趾ツロンを逃れたときに命を落としたと思えばよい」

総兵衛の切々とした言葉には実弟勝幸を思う気持ちゆえの厳しさがあった。

「畏《かしこ》まりました」

と信一郎が総兵衛の気持ちを受け、総兵衛は、

「指導を願い申す」

と弟子たる態度で、祖伝夢想流を継承してきた信一郎に重ねて願った。

総兵衛と信一郎は木刀を構え合い、祖伝夢想流の基本のかたちと動きを丹念になぞり始めた。それは時に攻め、時に守りに転じ、再び阿吽《あうん》の呼吸で攻勢に回る、ゆったりとした動きの稽古だった。

そんな稽古が一刻《とき》（二時間）も続き、静かに終った。

すでに一族の者は地下城の大広間から姿を消していた。

一礼し合った主従の内、信一郎が店へと姿を消し、総兵衛だけが初代の鳶沢総兵衛成元《なるもと》と六代目の総兵衛勝頼《かつより》の坐像《ざぞう》と向き合うように座した。

（いよいよ新生大黒屋の出発の日が近づいて参りました。ご先祖様、ご加護を賜りたく願いまする）

しばしの沈黙のあと、総兵衛の胸の中に言霊《ことだま》が響いた。

(わが夢が百年にしてかたちになるか)
(六代目総兵衛様の志をしかと継がせてもらいます)
(百年の無念が晴れるわ)
(一つだけ懸念《けねん》が残りました)
(影殺しじゃな。これぱかりはなんとも答えようがないわ)
(六代目も同じ宿罪を負うて生きてこられました)
総兵衛の胸には六代目の答えは返って来なかった。が、さらに遠い彼方《かなた》から
かすかに伝わって来る声があった。
(待て、待つしか方策はない)
初代総兵衛成元の声だった。
はっ、と総兵衛が受けた瞬間、胸の中を風が吹き抜けた。

総兵衛がおりんの給仕で朝餉《あさげ》と昼餉を兼ねた食事を終えようとしたとき、田
之助と天松が光蔵に連れられて報告にきた。
「深浦の船隠しまで坊主の頭の船で往来したそうな、ご苦労であったな」

「いえ、私どもは権造の頭が操船する小舟に乗っていただけにございます。格別になにをなしたというわけではございません」

と田之助が答えた。

「老女おすがの様子はどうか」

「海に出たときには海中に落とされて殺されると思うたようで念仏を唱えておりました。船が揺れ始めると船酔いにかかり、念仏どころではなく這《ほ》う這《ほ》うの体《てい》で深浦の入江に入ったのも洞窟《どうくつ》水路を抜けて静かな海に到着したのも知らぬげでぐったりとしておりました。天松が、老女様、おすがさん、着きましたよと言葉を掛けますと胴ノ間から顔を上げて、人が迎えに出た浜を見ておりましたが、『ここはあの世か、それとも異郷か』と呟《つぶや》いて茫然《ぼうぜん》と言葉をなくしておりました」

「老女どのは鳶沢一族の船隠しをあの世か異郷と見たか。今坂一族の女子供衆もおれば、イマサカ号、大黒丸の南蛮型の大船も泊っておるでな、異国の湊《みなと》と見間違うても致し方なかろう」

「総兵衛様、それが老女様、急に元気になったのでございますよ。おりんさん、なぜだか分かりますか」

と天松が話に加わった。

「どうしたことでしょう、見当もつかないわ」

「おりんさんのおっ母さんのお香さんの傍らにいた娘を見て、『お葉、そなた、どうしてこのようなところにおるのじゃ』と叫びましてね、二人して抱き合うやら早口で互いの身の上を喋《しゃべ》り合うやら、一時は大変な騒ぎにございましたよ」

「そうでしたそうでした、砂村お葉さんは本郷家の家来の娘でありましたな」

とおりんが応《こた》え、総兵衛も応じていた。

「過酷な運命を経験してきた娘だ、知り合いのおすがに出合うてよほど嬉《うれ》しかったのであろう。またおすがもお葉に会うて驚いたであろうし、安堵《あんど》もしたか」

柳沢家の六義園《りくぎえん》では柳沢吉保《よしやす》の遺言で百年の間、闇祈禱《やみきとう》が鳶沢一族に向かってなされてきた。その主宰者、陰陽師《おんみょうじ》賀茂火睡と風水師李黒に供犠《くぎ》として命を捧《ささ》げられた無辜《むこ》の娘が二人いた。その二人の娘を供したのは御側衆にして影であった本郷康秀だ。

一人は六義園の闇祈禱の場で殺されたが、砂村お葉だけは鳶沢一族の手で救出された。だが、衝撃の体験のために言葉を失っていた。

そんなお葉を深浦のお香のもとに預けよと命じたのは総兵衛だった。お葉が経験してきた裏切りと恐怖の記憶を癒《いや》すには世間から隔絶した静かな場と時が要ると思ったからだ。

「総兵衛様、お香さんの真心が通じたとみえて、近頃では少しずつですが深浦のだれとも話すようになり、お香さんの手伝いで今坂一族に読み書きを教えているそうにございます」

と田之助が告げ、

「老女さんもお葉さんが生きているのを見て、きっと元気を取り戻しますよ。そのうち、老女さんもお香さんの手伝いをするようになると思います」

と天松が推測を交えて報告を終えた。

「老女おすがを深浦に送ったのは後見の思い付きであったが、そこまで見通してのことであったか。砂村お葉もおすがも新しい生き場所を深浦に見つけてくれるとよいがのう」

と総兵衛の言葉がしみじみと聞く人の心に響いた。

お葉もおすがも鳶沢一族と敵対した影、本郷康秀の行状を知る大事な証人であった。

とくにおすがは、本郷康秀が日光で薩摩藩と密《ひそ》かに会談を持ったことを知る生き証人であった。さらに主の死後、重富文五郎薩摩藩江戸藩邸用人と花伊勢で会談し、薩摩藩と亡《な》き主が交わした書状がこちらの手にある以上、薩摩が本郷家の後ろ盾から手を引くことはできないと脅した人物でもあった。

江戸の本郷屋敷に放置しておけば、薩摩と影交流の生き証人は薩摩の手によって口を封じられる可能性もあった。

総兵衛はおすがが、本郷康秀と薩摩が交わした書状を本郷家に残したか、あるいは身につけているかを考えた。だが、おすがこちらに心を開くときまでそのことに触れないでおこうと思っていた。

鳶沢一族が砂村お葉と老女おすがの二人を深浦に保護していることは、万が一の場合、薩摩に対する脅威の切り札になるかもしれなかった。

「総兵衛様、母に代わってお礼を申し上げます」

「おりん、お香に代わって礼じゃと、なんのことかな」

「母もまた鳶沢村の隠居暮らしから深浦に来て、生き返った一人にございます。むろん鳶沢村は私どもの故郷にございます。ゆえに安息の地には違いはございません。ですが、富沢町で忙しくも奥を仕切ってきた母が鳶沢村に何十年ぶりに戻り、穏やかな暮らしに慣れるかどうか私は案じておりました、一気に齢《とし》をとって覇気をなくすのではと思うておりました。事実、その兆《きざ》しが見えたころに皆様方の発案で今坂一族に読み書きを教える御用を命じられ、日に日に若返り蘇《よみがえ》ったように見受けます」

「人は生き甲斐《がい》をなくしては老いるのも早いというでな」

「総兵衛様、たしかにお香様は会うたびに若くなられておられますよ」

と天松が言い、

「そのうちだれぞと所帯を持つなどと言われるかもしれませんよ」

と無責任な言葉を付け加えた。

「えっ、天松さん、母にそのような相手がいるの。もっともお父《とっ》つぁんの十三回忌も何年も前に終えたのだもの、不都合はないけど」

「おりんさん、相手なんていませんよ。それほど元気になって、私が富沢町に奉公に出てきたころ、『お香さんにひと睨《にら》みされたら男衆《おとこし》も三年命が縮まる』といわれたことを思い出したというだけの話ですよ」

「天松さん、驚かせないで」

おりんのほっとした言葉をきっかけに田之助と天松が下がった。その場に残ったのは大番頭の光蔵とおりんだ。

「十代目が就かれた日を九代目の一周忌と定めた法事にございますが、いよいよ七日後に迫って参りました。琉球の仲蔵さんはこたびの交易の仕度がございますで、琉球で待たれます。このことは前々から決まっていたことでございますが、駿府鳶沢村の分家がそろそろ江戸に参られようかと存じます。本日、私が菩提寺《ぼだいじ》の寿松院にあれこれ打ち合わせと挨拶《あいさつ》に参ってこようと思いますが宜《よろ》しゅうございますか」

「お願いしよう」

「昨年、九代目が亡くなられたときの事情が事情、慌《あわ》ただしく弔いを済ませましたが一周忌はそうもいきますまい、いってみればこたびの法事が江戸での本式の弔いを兼ねることになります。ために十代目がきっちりと喪主を務め、厳粛に執り行わねばなりません」

「長年、富沢町の事実上の惣代《そうだい》を務めてこられた大黒屋九代目の法事です。大番頭さんが申されるとおり、きっちりと回向《えこう》を致しましょうぞ」

「富沢町の名主《なぬし》方にはすでに意は伝えてございますが念を押しておきます」

と光蔵が総兵衛の居室から出ていった。

総兵衛がおりんの淹《い》れた茶を喫しようと思ったとき、店と離れ屋をつなぐ渡り廊下に再び光蔵らしいせかせかした足音が響いた。だが、足音は一つだけではなかった。

「おりん、客が来られる予定があったか」

「それはございませんが、大番頭さんの背後に従う足音の主は分かります」

「ほう、だれか」

「桜子様にございましょう」

「なに、坊城桜子様とな」

と総兵衛が顔に穏やかな笑みを浮かべたとき、こちらも満面の笑みの光蔵と緊張気味の桜子が廊下に立った。

「総兵衛様、ご無事のご様子、うちは安堵しましたえ」

と桜子が座敷に座るや総兵衛を見て言った。

「桜子様、お気遣いの文、嬉しく読ませてもらいました」

「迷惑やったんと違いますやろか」

「いいえ、迷惑などではございません」

笑みの顔で応じた総兵衛がおりんに合図した。するとおりんが仏間に入り、京のじゅらく屋から手に入れた二品が包まれた布包みを持参して総兵衛に渡した。

「文のお礼にございます。桜子様がこのようなものは、と言われぬとよいが」

と総兵衛が気にしつつ差し出した。

「なんでございましょう」

と桜子が受け取り、布包みを披《ひら》いた。すると錦古裂《にしきこぎれ》の袋に入った懐刀《ふところがたな》と思えるものが姿を見せた。もう一つは紙包みだ。

「懐刀にございますか」

と桜子が訝《いぶか》しそうに首を傾《かし》げながらも袋の組紐《くみひも》を解くと、平安時代に貴族の間に流行《はや》った飾剣《かざたち》の懐刀であった。蒔絵《まきえ》に散らされたのは、なんと桜の花びらだ。

桜子が飾剣の鞘《さや》を払うと刃渡り五寸二分（約一六センチ）余、刃には精緻《せいち》にしてなんとも優美な玉追龍《たまおいりゅう》が刻まれていた。

「桜子様の護《まも》り刀によかろうかと京のじゅらく屋さんに相談して見立てて貰《もら》いました。なんでも公卿《くげ》の嫁入り道具の一つにございましたそうな」

「うちに護り刀どすか、どないしよう。これまで持ったことはおへんのどす」

と呟いた桜子の顔は、どう考えればよいのか迷っていた。そして、はっと気付いたか、明らかに表情が変わった。総兵衛が桜子の護り刀を贈った真意を理解したのだろう。

「総兵衛様、生涯大事に致しますえ」

とはっきりと答えた。

「もう一つはなんでございましょう」

とおりんも興味津々《しんしん》に見守った。

桜子は気持ちを落ち着けるようにゆったりとした動作で飾剣を鞘に納め、錦

古裂の袋に戻した。そして、紙包みに触れ、両手に抱えた桜子がかすかな匂《にお》いとかたちで分かったか、

「ああ、分かりましたえ。三条の紅やはんの紅にございましょう」

と言いながら包みを解くと果たして板紅と筆が出てきた。板紅の模様は柘榴《ざくろ》の実が輝く図柄だった。

「うち、こないな高価な紅使うたことおへん。大事に使わせてもらいます」

と桜子の顔に固い笑みが浮かんだ。

「どうやら桜子様にはお気に入ってもらえなかったようだ」

と総兵衛が困惑の体で呟いた。

「総兵衛様、勘違いしはらんといておくれやす。うち、こないに立派なお品、貰うたことおへんのどす。びっくりしたんどす、大事に大事に使わせてもらいますえ」

「それならばよいが」

と総兵衛も少し表情を和ませた。

「旅はいかがどした」

と桜子が話題を変えた。

「上州路から越後路、能登路、加賀路と総兵衛には初めての土地ばかり、若狭の小浜で会ったじゅらく屋の十八代栄左衛門様に、京を知らずしてこの国を知ったとは言えぬ、ぜひ京においでなされと誘われました」

「京やったら、うちが案内してあげますえ」

といつもの天真爛漫《らんまん》の桜子の口調に戻って言った。

「麻子《あさこ》様がお許しになりますまい」

「うちかてもう一人前の大人どすえ。うちの生き方はうちが決めます」

「ふっふっふ」

と笑った総兵衛が、

「麻子様にやはりお断りしたほうがよさそうじゃ」

と呟《つぶや》いた。

「ならば九代目の法事の折に願われてはいかがです。麻子様も桜子様もお呼びしてございます」

とおりんが言い、総兵衛が頷《うなず》いた。

四

九代目総兵衛の一周忌を三日後に控えた富沢町に駿府の鳶沢村から鳶沢一族の三長老の一人にして分家の当主安左衛門《やすざえもん》が十四人の若者を引き連れて姿を見せた。光蔵と信一郎が出迎え、

「分家、ご苦労にございましたな。なんとも賑《にぎ》やかな江戸入りにございますな」

と信一郎がとぼけた顔で言ったものだ。

「光蔵さん、信一郎や、九代目の法事に出たいと皆が言うでな、江戸見物を兼ねて若い衆を引き連れてきました」

旅姿の十四人が本家の大番頭と一番番頭に深々と頭を下げて挨拶《あいさつ》した。

「よう江戸に出て参られた。まずは十代目の総兵衛様にご挨拶をなされ」

と言いながら、光蔵が十四人の顔付きを確かめるように見た。

十四人の中で一人だけが娘で、四番番頭重吉の末妹の十四歳の華だ。

そのお華がちらりと店の中を見て、兄の重吉が客の相手をしているのに目を

止めた。だが、重吉のほうはまったく妹の江戸店到着を気にしている風はない。

(兄さんは私に気付いておらぬのか)

と妹は思った。

だが、奉公人は仕事第一である。妹が江戸入りしたからといって大番頭から声が掛からないかぎり、肉親の情を表すなど許されなかった。

お華もおりんの下で奉公を積めば江戸の奉公人の理《ことわり》や仕来《しきた》りを覚えていくことになる。

残りの男衆《おとこし》十三人は十七から二十の若者で体付きがしっかりとしていた。江戸の大黒屋に奉公に出さず、鳶沢村にこの齢まで残していたのは、異国交易に従事させせようと育ててきたからだ。

もちろんこたびの江戸入りは九代目総兵衛の法事も江戸見物も名目、法事が終れば直ちに深浦に送られてイマサカ号、大黒丸の見習いとして乗り組む要員であった。

イマサカ号と大黒丸が交易の途次に鳶沢村の沖合に船を停泊させて十三人を受け入れることもできた。

だが、安左衛門は交易の実質的な責任者の信一郎と相談して、深浦の船隠しを出帆するときから乗り込ませ、一日でも早く大型帆船に慣れさせようという考えで連れてきたのだ。

十三人の中には天松の従弟《いとこ》の志之輔《しのすけ》も混じっていた。いずれも何かしら血のつながりがある者ばかりだ。だから新参者たちはちらりちらりと店の中に眼差しを送っていたが、だれ一人としてこちらに注意を向ける者はいなかった。

（江戸で奉公すると、かように冷たい人間になるのか）

と志之輔は考えたりした。

安左衛門に連れられた十四人は井戸端で手足を清めて旅塵《りょじん》を落とし、離れ屋に通った。

十四人のだれもが富沢町は初めてだ。中庭に巧妙に配された庭石や樹木が敵の侵入を妨げている配置になっていることに気付いた者はいなかった。

だが、鳶沢村にいるときから富沢町の大黒屋の商いやら住まいの配置は聞いていたから、

（聞きしに勝るお店と住まいじゃな）

と驚いていた。

総兵衛が安左衛門と十四人の同行者に会ったのは地下の大広間であった。その造りはまるで武家屋敷のそれで、板の間の一角に上段の間が設けられ、背後の壁には二羽の鳶《とび》が飛び違う家紋、

「双鳶」

が描かれ、右には神君家康公を祭神にした東照大権現《だいごんげん》の神棚があり、左には初代鳶沢総兵衛成元と六代目総兵衛勝頼の木像が置かれてあって、そこが鳶沢一族の武の中心の江戸屋敷であることを示していた。

総兵衛は双鳶の家紋を背に独り座していた。

上段の間の下に長老の一人、大番頭の光蔵と一番番頭の信一郎とおりんが控えて、鳶沢村からの訪問者を迎えた。

十四人の若者は十代目総兵衛と初めての対面であった。あまりにも若い主《あるじ》に十四人がぽかんと見詰めた。

「これ、低頭せぬか」

分家の安左衛門が同行者に命じた。慌《あわ》てて十四人の男女が平伏した。

「安左衛門、堅固か」

「お陰様にて息災に過ごしております」

「なによりである」

と答えた総兵衛の視線が若い男女に向けられた。

「面《おもて》を上げよ、許す」

と総兵衛の声に年長の波乗りの武七郎《ぶしちろう》らが顔を上げ、

（総兵衛様はわれとさほど変わらぬ齢《とし》じゃ）

とにっこり笑った。

「そなたの名は」

「総兵衛様、武七郎にございます」

「ふてぶてしい面魂《つらだましい》じゃのう」

四角い顔に頑丈そうな体付きで陽光に焼けていた。潮風にあたって黒く焼けた面魂から海で十分に鍛えられた体力と精神力が窺《うかが》えた。

「総兵衛様、こやつ、波乗りの異名を持ち、竹の帆船を拵《こしら》え、朋輩《ほうばい》二人と一緒にわしに無断で伊豆七島の神津《こうづ》島から三宅《みやけ》島に遠征して戻ってきた痴《し》れ者にございます」

「なに、竹の帆船で島巡りをしてきたとな。久能山海岸から神津島までどれほど離れておる」

「さあて、およその見当で石廊崎《いろうざき》を経て、片道三十数里（約一四〇キロ）にございましょうかな。往来に十数日を要しました」

「三十数里か、なかなかの船旅ではないか。手造りの竹の帆船でようも航海したものよ。なにを頼りに参ったな」

「なあに、沖合に出れば左手に伊豆の陸影が見えますでな、それを頼りに進みました。それに石廊崎の先には伊豆七島の島影が点々と見えますよ。それに大黒丸の舵方《かじかた》であった六兵衛爺《じい》に帆の扱いも磁石の使い方も、星やら天道様の見方も教わりました。その上、六兵衛爺の手描きの海図をたよりに一枚帆と弥帆《やほ》を上げたり下ろしたりで進みました。また波穏やかな天気の日を選んで、水も食いもんも十分積み込んで出ましたで、大した難儀もございませんでした」

「その朋輩はここにおるか」

「はい。わしの隣の石田の三六《さぶろく》、その隣の遠目の彦次の二人が同行いたしました」

と二人を指差して総兵衛に告げた。

「海が好きか」

「大好きでございます」

と三六が答えた。

背丈は低いが顔に元気が漲《みなぎ》っていた。彦次は無口そうだが、どんな苦難にも耐えられそうな聡明《そうめい》な眼差しの若者だった。

「そなたら、いきなり外海《そとうみ》を走る異国の大型帆船に乗り組むことになる。外海に出れば、伊豆七島の島めぐりのような呑気《のんき》な航海ではない。胃の腑《ふ》がひっくり返るほどの荒波が押し寄せ、大船を木の葉のようにもみしだく強風にも見舞われる。それでも乗り組む覚悟があるか」

「ございます」

と総兵衛の問いに十三人が一斉に返事をした。

「よかろう」

と総兵衛が信一郎を見て、

「この者どもも少しでも早く大船に慣れさせたほうがよかろう。坊主の権造に佃島まで急ぎ送らせよ。法事の日に戻ってくればよかろう」

と総兵衛が命じた。

「畏《かしこ》まりました」

と受けた信一郎が、

「こたびの交易は大黒屋と鳶沢一族の命運を掛けた航海となる。一年がかりの交易旅、総兵衛様が申されたとおり伊豆七島の島めぐりなど盥《たらい》の水遊びに過ぎぬ。足手まといとなる者は容赦なく海に叩《たた》き込む、その覚悟をいたせ」

と念を押した。

「信一郎様にわれらの命預けます」

と武七郎が応じて、

「よし、私に従え」

と信一郎が十三人の鳶沢一族の若い衆を伴い、大広間から出ていった。

「総兵衛様、十三人の若い衆の他の乗り組みの者は家族持ちにございますで、それら十五人は交易船が久能山沖に立ち寄った折に乗せます」

と光蔵が言い、

「残るはお華か」

とおりんを見た。

急に一人になって不安になったか、お華がきょろきょろと目をさ迷わせた。

「お華さん、四番番頭さんの末の妹でしたね」

とおりんが聞いた。

「はっ、はい」

おりんの言葉に安心したようにお華が応じた。

「私がそなたの身柄を預り、奥向きの御用を教えます。そなたも鳶沢村の生まれなれば一族の約束事を承知ですね」

「見ざる聞かざる言わざるの三猿《さんえん》の教えにございますか」

「いかにもさようです。富沢町の本業は古着問屋の大黒屋にございますが、私どもにはもう一つ隠された使命がございます。武と商と二つの使命にご奉公するのが私どもの役目です。よいですね」

「承知しております」

「兄さんの重吉さんは大黒屋にはおられませぬ。重吉という名の四番番頭がおられるだけです、奉公に兄妹の情は無用です」

しばし沈黙の後、お華が、

「分かりました。華には兄はおりません」

と潔《いさぎよ》く返事をした。


光蔵が店に戻ると信一郎が見知らぬ武家と応対していた。

「いらっしゃいませ」

と光蔵が会釈《えしやく》をすると、

「うちの大番頭の光蔵にございます」

と信一郎が壮年の武家に説明し、

「大番頭、薩摩藩島津様の納戸方《なんどがた》浜崎弥之助《やのすけ》様にございます」

「島津様のご家中の方にございましたか。うちでは島津様とのご縁がございません、なんぞお探しものにございますか、浜崎様」

と上がり框《がまち》に腰を下ろした浜崎に声をかけた。

島津家の家臣は武骨者を自慢にする戦国時代の武士《もののふ》のような人士が多かった。だが、浜崎は細面《ほそおもて》の色白の顔で定府《じょうふ》の家系かと、羽織の紐《ひも》の凝った身なりで光蔵は見当をつけた。

「大番頭どのか、いかにもこれまで薩摩と大黒屋には商い上の縁はなかった。だが、うちも江戸藩邸のお仕着せなどを呉服屋で誂《あつら》えていてはなかなかの物入りじゃ、中間小者陸尺《ろくしゃく》の数も多いでな、馬鹿にならぬ。富沢町で新中古と称するものがあると聞いたでな、かように邪魔をした」

「さようでしたか、薩摩様は西国の雄藩、勤番のご家中の人数も多うございましょう。一枚の看板の値が一朱でも安ければ、それだけで大変な金額になりますからな。むろん、これまで多くの大名諸家の御用を承ってきましたで、薩摩様にがっかりさせるようなことは致しません」

看板とは陸尺中間小者が着る紋所付きの法被《はっぴ》のことだ。

「大番頭、お仕着せを造る木綿地などを用意しておるか」

「何種かございます」

「見せてくれぬか」

「ただ今お持ちします」

と光蔵が手代らを見た。すると、

「あいや、大番頭、木綿地がどのように保管してあるか、蔵の中をみたいでな、われのほうから出向こう。それとも新規の客にはそのような勝手な真似《まね》はさせぬか」

「とんでもないことにございます。さすがに薩摩様の御納戸方にございますな。わざわざ埃《ほこり》っぽい蔵をご覧になりたいと申される、それこそ納戸方の鑑《かがみ》にございます。一番番頭さん、そなたがご案内なされ」

光蔵が即刻命じ、

「ならば浜崎様、ご無礼とは存じますがこちらから荷物蔵にご案内申します」

と信一郎が浜崎を奥へと導いていった。

信一郎が浜崎と店に戻ってきたのは半刻《はんとき》（一時間）後のことだった。

「大番頭、われら、古着問屋がいかなるものか知らずして、呉服屋のいいなりであれこれと誂えていた気がする。それがしが見聞したことを屋敷に持ち帰り、上役方と相談し、急ぎ返答をいたす」

と笑みを如才なく浮かべた顔で浜崎が光蔵に辞去の挨拶《あいさつ》をなした。

「そうそう、御用人の重富文五郎様はお元気にございますか」

「なにっ、大番頭、そなた、わが上役の重富を承知であったか」

「その昔、どちらかの宴席でお見かけし、ご挨拶申し上げたことがございます。酒席のことゆえ重富様はご記憶ではございますまい」

「屋敷に戻ったら、重富様によしなに伝える」

と言い残した浜崎が大黒屋から表へと出ていった。

その直後、手代の九輔《きゅうすけ》の姿が店から消えた。

帳場格子《ごうし》の中に戻った光蔵と信一郎が顔を見合わせた。

「薩摩の真意は那辺《なへん》にあると思うな」

「大黒屋偵察と見ましたが」

「十分に見ていったか」

「御蔵の中も関心を示しておりましたが、中庭の造園、離れ屋をちらりちらりと見て、総二階漆喰《しっくい》造りのロの字の店など見たこともないと、感嘆しきりにございました」

「いよいよ、薩摩が表立って私どもの前に出て来るか」

「これまで相手にしたどの敵よりも手強《てごわ》いですな」

「信一郎、これは前哨戦《ぜんしょうせん》、かけひきです。そなたらがまず薩摩の交易船団と南の海で本式に相見《あいまみ》えることになる」

「その折は心して当たります」

「総兵衛様が陣頭指揮しておられれば、なんの不安もございませんがな」

と思わず光蔵が本心を洩《も》らした。

「仲蔵、信一郎父子ではいささか頼りないと申されますか」

と信一郎が苦笑いした。

「いやいや、そうは言っておりませんぞ。総兵衛様が百年の大計のために江戸に残ると決められた決断です。鳶沢一族の力が交易組と江戸組に二分される隙《すき》を薩摩につかれることを恐れておるだけです」

光蔵が慌《あわ》てて言い訳した。

「百年前、六代目は大黒丸一艘《そう》で南の海へと乗り出されました。その折に比べ所有しております。こたび武七郎ら十三人が加わり、三檣《しょう》の大型帆船イマサカ号まで所有しております。こたび武七郎ら十三人が加わり、加賀藩よりの三人を含めると深浦の静かな海から碇《いかり》を上げるときには、大黒丸に三十余人、イマサカ号におよそ百余人の態勢となります。さらに家族持ちの鳶沢組十五人が加われば、およそ百五十余人となります。まだまだ人数不足は承知ですが、これで琉球にてさらに池城一族の助勢を受ければ、戦う商船団としてそれなりの力が発揮できましょう。薩摩がどれほどの海戦能力を有しているか知りませんが、お手並み拝見の出会いが楽しみにございますよ」

と信一郎が言い切った。

「そなたがそれほどまでに言うことも珍しい。となれば江戸組は総兵衛様をしっかり支えて、そなたらの帰りを待ちましょうかな」

「留守を宜《よろ》しく願います」

と信一郎が言ったとき、猫の九輔が、

「ただ今戻りました」

と大黒屋の大土間に姿を見せた。

大福帳を手に持った信一郎が帳場格子から立ち上がり、奥へと行く様子を見せた。手代の九輔は、

「おや、足利《あしかが》の父《とっ》つぁん、仕入れに参られましたか、久しぶりにございますな。野州辺りはただ今どのような古着が動いておりますか」

下野《しもつけ》上野《こうずけ》あたりが縄張りの担《かつ》ぎ商いに如才なく声をかけ、

「猫の九輔さん、手代さんから番頭さんに出世する話はないかね」

と馴染《なじみ》の担ぎ商いに冷やかされた。

「私の前に田之助さんが見習い番頭を狙《ねら》っておいでです。私は当分、手代にございますよ」

と答えた九輔が、

「ちょいと失礼しますよ」

と店から店座敷と呼ばれる上客との打ち合わせで使われる部屋に向かった。

そこでは光蔵と信一郎が対座していた。

「あの浜崎様を思案橋に一隻《せき》の屋根船が待ち受けておりまして、浜崎様が直ぐ乗り込まれ、日本橋川を大川へと下っていきました。生憎《あいにく》、近くに猪牙舟《ちょきぶね》も見

当たりませず、小網町の河岸《かし》道を船を追って走りましたが、取り逃がしてしまいました」

「屋根船には待ち人が乗っておりましたか」

「大番頭さん、恰幅《かっぷく》のよい武家が一人に剣術家と思えるなりの二人の、三人が乗っておりました」

猫の九輔が総兵衛の日光行きに同道しておれば、その恰幅のよい武家が用人重富文五郎と指摘することができたろう。

「やはり浜崎某はこちらの様子窺《うかが》いかな」

と光蔵が呟《つぶや》いた。

「大番頭さん、最前思い付きませんでしたが、これは本郷家から老女おすがが、姿を消したことと関わりがございませんか。納戸方浜崎はおすががうちにいるのではないかと、様子窺いにきたのではございませんか」

「うっかりしておりました。おそらく一番番頭さんの推量はあたっておりましような」

「この様子窺いをうけて、今晩あたりたれぞが忍び込んで参りませぬか。李黒からも地下城の様子が報告されておりましょうからな。忍び込むなれば、それだけの覚悟で乗り込んできましょうな」

「信一郎、今晩から不寝番を置きましょう」

「心得ました」

「そのお役、この九輔におまかせいただけませぬか」

「なに、そなたが志願なさるか」

「甲斐《かい》、信玄、さくらの出番にございますよ。あれこれと仕込んでございますので楽しみにございます」

「ようございます。猫の九輔が三匹の甲斐犬を操る腕前とくと拝見いたしましょうかな」

「初陣《ういじん》、必ずや手柄を立ててみせます」

と九輔が自信ありげに請け合った。

九代目総兵衛の一周忌を三日後に控えた夕暮れ前の出来事だった。

第五章　交易船、出帆

一

大黒屋の手代、猫の九輔が甲斐犬の仔犬《こいぬ》三匹といっしょに庭の一角に設けられた小屋で過ごす徹夜は二晩目を迎えていた。

薩摩の手勢が大黒屋に忍び込むと予測された昨晩、一睡もせずに甲斐、信玄、さくらと大黒屋の敷地内を巡回して回った。だが、不審な気配は明け方まで感じられなかった。

「九代目総兵衛様の一周忌を控えて、私どもいささか神経を尖《とが》らせ過ぎましたかな」

と大番頭の光蔵が、九輔から何事もなかったとの報告を受けたとき、一番番頭の信一郎に洩《も》らした。

「いえ、薩摩はうちが九代目の法事のあと、交易船を出すことを予測しています。薩摩は必ずやこちらに様子窺《うかが》いに姿を見せます」

信一郎が光蔵に応《こた》え、九輔に、

「犬たちはどうしています」

「餌《えさ》を台所で貰《もら》って、そのあとぐっすり眠り込んでおります」

「仔犬ですな」

と光蔵が笑みを漏らした。

「大番頭さん、甲斐犬恐るべしです、その証《あかし》を必ずお見せします」

と九輔が請け合い、信一郎が、

「九輔、昼まで二階で仮眠をなされ」

「いえ、一晩眠らずとも奉公に差し支《つか》えございません」

「今晩もございます。眠りが足りぬと思わぬしくじりをするものです。これは命令です」

信一郎は九輔に仮眠を命じ、その場に大黒屋の幹部二人だけになった。

「大番頭さん、薩摩がこちらの動静を窺わねばならない事情がもう一つございますぞ」

「本郷康秀《やすひで》の後がまの影様から連絡《つなぎ》がつけられることを見張っておると言うのですな」

「いかにもさようです。薩摩は御側衆《おそばしゅう》本郷康秀が影様の任を負っておると推測したゆえに手を結んだ。だが、両者が日光で手を結び、成約なった直後に総兵衛様が始末なされた。しかるにその死の原因も、次なる影様の指名も世に問うて知られることではない。となると、薩摩はなんとしても次なる影様の正体を摑《つか》みたいはずにございましょう」

「じゃが、それは影様がうちに連絡をつけてようやく分ること。薩摩としてはうちの動きを見て、幕閣内で目星をつけ、再び影様との連携をとりたいというわけですな」

「それもこれも大黒屋の資金力と鳶沢《とびさわ》一族の力を恐れ、新しい影様と相携えて鳶沢一族の滅亡を図りたいとの考えに立ってのことです。薩摩はうちがいなければ南の海の交易を独占できると考えておりましょう。それが薩摩の重富文五郎用人と影であった本郷康秀の日光会見の真相です」

信一郎の言葉に深く頷《うなず》いた光蔵が、

「影様はうちに連絡をつけてこられましょうな」

と問う言葉には迷いと不安があった。

「大番頭さん、この二百年の間、御用の声が掛からなかった時期はございました。ですが、影様は必ずおられたはずにございます。こたびも御用あらば必ずや連絡がございます」

「新たなる影様が影様と鳶沢一族に課せられた使命に忠実な理解者であることを願いたいものじゃ。それが鳶沢一族、ひいては幕府の命運にもかかってくる」

「鳶沢一族と影様に負わされた宿命です」

九輔が不寝番を始めて三晩目、夜半九つ（零時頃）の時鐘が石町《こくちょう》から響いてきた。

九輔は、小屋の中に敷かれた寝床で三匹が体を寄せ合って眠る光景をその片隅から見ていた。

大黒屋では甲斐犬の仔犬三匹のために出入りの大工に頼み、表店《おもてだな》と内蔵が接する角地に二坪半ほどの小屋を急ぎ拵《こしら》えてもらった。そこは光蔵が薬草を育てる畑の傍らで、夏を超えても生き残った蚊が飛んでいた。そんなわけで犬小屋では光蔵が育てた薬草の蚊よけに利《き》くという乾草《ほしくさ》が蚊やり代わりに燻《いぶ》されていた。

九輔は薬草の匂《にお》いを感じながら、ひたすら時が過ぎるのを待った。

九つ半（一時頃）の頃合い、信玄がむっくりと起きた。

「小便か」

と九輔が小声で呼びかけると甲斐もさくらも起き上がり、辺りを窺っていたが、小さな声で、

「ううっ」

と唸《うな》り、背中の毛を逆立てた。

三匹が見ているのは、大黒屋に接した三百余坪の空き地の方角だ。

かつて古着屋伊勢屋半右衛門の所有地だったが、だいぶ前に大黒屋の所有と変わっていた。

その後、店、屋敷が壊された空き地はそのままに盆踊りの会場になったり、古着大市では露店が出たりとあれこれと催しに使われていた。

その空き地の北側に銀杏《いちょう》の大木が富沢町を見下ろすように聳《そび》えて、この時節、独特の臭《にお》いを放っていた。

銀杏の実が落ちて通行人の草履で踏みつぶされて放つ臭いだった。

その大銀杏の高枝から鉤《かぎ》の手が付いた縄が虚空《こくう》に垂らされて、小さな影が下りてくると縄を振り子のように左右に振り始めた。黒衣の振り子は段々と大きく揺れて、ついには大黒屋の二階の屋根の上に迫った。すると小さな影が縄から手を外すと、
ふわり
と大黒屋の屋根に下り立った。

その手に縄の端が握られ、大銀杏の高枝と屋根の棟瓦《むねがわら》の間に斜めにぴーんと張られた。するとその縄を伝い、二人目がするすると下りてきた。

（来た来た）

と九輔が笑みを漏らした。

「よいな、そなたらの初陣《ういじん》だぞ。手柄を立てるかどうかで、これからのそなたらの扱いも変わってくるぞ」

九輔が三匹の甲斐犬に言い聞かせ、頭分の甲斐の頭を撫《な》でて待機させた。さらに何本かの縄が大銀杏の高枝から飛んできて、するすると大黒屋の屋根に三人目、四人目と下り立った。

九輔は、屋根上に五つ、いや、六つの影を数えた。

屋根からこんどは大黒屋の中庭に向かって二本の別の縄が次々に投げられ、それを伝って庭へと下りてきた。さらに二人が続き、もう一人が従い、二階の屋根には最初に屋根に姿を見せた小さな影だけが残った。九輔は女忍びかと推測しながらも、

（こちらの壺《つぼ》に嵌《はま》って老女おすがを取り戻しにきた）

とほくそ笑んだ。そして甲斐、信玄、さくらを静かに小屋から出した。だが、三匹は直ぐには行動しなかった。命を待っているのだ。九輔が最後に小屋を這《は》

い出ると、

「行け、そなたらの初陣ぞ！」

と改めて小声で嗾《けしか》けた。

三匹の甲斐犬が大黒屋の中庭の庭石や樹木を巧妙に伝いながら、黒い影が下り立った庭へと吠《ほ》え声も上げずに突進していった。

侵入者が犬の気配に気付いたとき、時を失していた。慌《あわ》てて用意していた眠り薬をまぶした猪肉《いのししにく》を投げたが、甲斐らは他人が与える餌は食べないように厳しい躾《しつけ》がなされていた。

黒い影に数間と迫ったとき、頭分の甲斐が唸り声を初めて上げて一人の影に飛びかかった。それはまだ仔犬の威嚇《いかく》だった。

だが、侵入者は犬に気付かれた時点で、潜入が失敗に終わったことを察し、必死で屋根から垂らされた縄に飛び付き、屋根へと戻ろうとした。最初の二人はなんとか縄へと飛び付いて逃れたが、中庭で順番を待つ三人は甲斐、信玄、さくらに吠えたてられ、大黒屋の壁に追い詰められて、腰に差した薩摩忍びが用いる十字鍔《つば》の剣を抜いた。

その瞬間、九輔が甲斐らに、

「下がれ！」

の合図の指笛を吹き鳴らした。

すうっ
と三匹が侵入者から間合を開け、その間に侵入者がなんとか縄に取りついて屋根へと逃れようとした。

蓑虫《みのむし》のように縄を伝い上がる三つの黒い影に強盗提灯《がんどうぢょうちん》の灯りが照射され、その姿を浮かび上がらせた。

中庭の庭石の陰で小僧の天松が強盗提灯を構えていた。

三人の逃亡者は、背に矢が突き立つことを覚悟し、戦慄《せんりつ》した。

だが、灯り以外どこからも飛来するものはなかった。這《ほ》う這《ほ》うの体《てい》で二階の屋根に戻った侵入者が今までいた庭を見下ろした。だが、強盗提灯が照らされているばかりで、犬は気配を消していた。

ふうーっ
と思わず侵入者の一人が息を吐き、大銀杏の高枝から垂れ下がった縄に飛び付くと、大黒屋の西側に接した古着屋海渡屋の屋根へと次々に飛んで姿を消した。最後に小さな影が闇《やみ》に溶け込んで、富沢町に静寂が戻ってきた。

天松はそれを見届けると強盗提灯を吹き消した。

一方九輔は、上々の初陣を飾り、小屋に戻った仔犬三匹に、

「よいな、今晩は格別だぞ」

と言い聞かせながら台所に連れていった。すると天松が好物の煮干しと削った鰹節《かつおぶし》をまぶした飯を用意し、

「それ、褒美《ほうび》だぞ」

と与えてくれた。そして、

「猫様、このような賢い犬がいたんでは、私どもが手柄を立てる機会がなくなりますよ」

と不満を述べた。

「ひょろ松、今晩はわが犬たちの初陣、挨拶《あいさつ》よ。薩摩忍びも黒衣を食い破られたくらいでさほどの手傷は負うておるまい」

「それにしてもうちの連中、だれも起きてきませんよ」

「甲斐、信玄、さくらが天松より頼りになることを知っているからさ。総兵衛様を始め、ぐっすりと眠っておられるのだよ」

「起きておるのは猫様と私だけですか」

「これからも私と天松が犬の世話掛じゃからな」

「だれが犬の世話掛を私に命じたのですか」

「大番頭さんがうちで一番閑《ひま》なのはひょろ松です。仔犬の世話掛によかろうと命じられたのだよ」

「なんてこった」

「天松、それより少しでも寝ておけ。今日は先代様の一周忌法要で忙しいからな」

と九輔が天松に命じ、三匹を小屋に連れ戻した。

「なんだか綾縄《あやなわ》小僧の天松様を始め、鳶沢一族は仔犬にお株を奪われそうだな」

ぶつぶつつぶやきながら天松が奉公人の寝間へと戻っていった。

離れ屋では総兵衛が寝床の中で、

(ひと騒ぎは終わったか)

と猫の犬作戦が効を奏したことに安堵《あんど》し、
（薩摩との長い戦いの幕が切って落とされたな）
と考えつつ眠りに落ちた。

翌朝、明け六つ（六時頃）の刻限、大黒屋の通用戸が開き、小僧の天松が表に姿を見せると、
ふあっ
と大欠伸《おおあくび》をした。するとその後ろから三匹の甲斐犬が飛び出してきて、天松の足にじゃれついた。一本の引き綱は途中から三本に分かれ、それぞれの仔犬の首輪に付けられていた。
「おい、おれはほんとうは犬が苦手なんだよ。おまえたち、勘違いするなよ、おまえらの飼い主は猫様、手代の九輔さんだからな」
と言い聞かせた。
だが、仔犬たちは構わずお仕着せの裾《すそ》を噛《か》んで引っ張ったり、足に絡《から》んだり、さくらなどはぴょんぴょんと跳ねながら、天松の帯を噛んでぶら下がったりし

た。

「九輔さん、どこにいるんですよ。この犬たちをなんとかして下さいよ」

と通用戸の奥へ声をかけた。するとのっそりと姿を見せたのは大番頭の光蔵だった。

「大番頭さん、おはようございます」

「小僧さん、おはよう」

「この天松、犬の世話掛なんて志願した覚えはございません」

「九輔は、犬小屋の掃除と餌《えさ》の仕度をしています。天松、朝起きぬけに大欠伸なんぞをしているおまえが犬の散歩に行ってきなされ」

と光蔵が天松に引き綱を渡した。

「えっ、私一人でこいつらの散歩に行って糞《ふん》を拾ってくるんですか」

「他にだれがいます。犬たちもおまえを好いておるようです。ほれ、引き綱をしっかり持って」

光蔵に命じられてしぶしぶ引き綱を手にした天松が、

「いいか、猫様ほどおれは犬が好きじゃないんだぞ。鳶沢村にいた頃、鍛冶屋《かじや》の犬に尻《しり》っぺたを嚙まれて、今でも犬は怖いんだからな。だからといって、小僧の天松様を舐《な》めるとお仕置きをするからな」

と言い聞かせた。

だが、仔犬三匹は天松の言葉などどこ吹く風で入堀に植えられた柳の根元に走って天松を引きずるように連れて行き、それぞれが小便を始めた。

「ほれ、小僧さん、散歩ですよ。この町内を一回りしてきなされよ。今日はそうでなくとも先代の一周忌ですからね。菩提寺《ぼだいじ》に大勢のお客様が参られます。その前にやるべきことはいくらもありますでな」

光蔵の言葉に追い立てられるように天松は三匹に引っ張られて河岸《かし》道を大川の方角へ走っていった。

初代総兵衛成元《なるもと》以来、浅草元鳥越町にある寿松院が大黒屋の菩提寺であった。

この日の昼前から続々と乗り物や船が新堀川沿いの寿松院の門前に到着し、武家や大店《おおだな》の主《あるじ》、番頭などを下ろし、門前に控えた大黒屋の奉公人の出迎えを受けた。

門前では大黒屋の法被《はっぴ》を着た一番番頭の信一郎と田之助ら手代が次々に到着する九代目総兵衛の一周忌参列者を丁重に迎えていた。なにしろ江戸二千余軒の古着屋を大黒屋が長年束ねてきたのだ、その主な客だけでも大変なものだ。長い行列が出来て、大黒屋の屋号が入った法被の奉公人が声をからして案内に勤めていた。

折しも一挺《ちょう》の乗り物が姿を見せた。

「本庄の殿様、恐れ入ります」

と信一郎が山門前に横付けされた大目付首席にして道中奉行・宗門御改《あらため》を兼帯する本庄豊後守《ぶんごのかみ》義親の乗り物に駆け寄り、声をかけた。

供の小姓が引戸を開き、陸尺《ろくしゃく》が草履を揃《そろ》えた。

「信一郎、金沢では前田光義どのと会《お》うたそうじゃな」

と乗り物から出た本庄が笑みの顔で言った。

「大番頭さんから知らせが行きましたか。いかにも前田家の皆々様、ご壮健にございました」

およそ百年前、本庄家の娘の絵津《えつ》が加賀金沢藩の重臣人持《ひともち》組の前田家に嫁に入り、以来、金沢の前田家、江戸の本庄家、そして、大黒屋の三者は親類同様の付き合いをなしてきた。

「十代目が長老の長様方《ちょうさまがた》とお目通りを許されましたゆえ、新たなる付き合いが始まります」

「なによりであった。では、線香を手向《たむ》けさせてもらおう」

本庄義親が山門を潜《くぐ》っていくのを見送り、次なる来訪者はと、信一郎が振り向くと、南町奉行根岸鎮衛《やすもり》の内与力田之内泰蔵がせかせかとした足取りで独り姿を見せた。その手首には数珠《じゅず》があった。

「なんと田之内様」

「なんじゃ、一番番頭、わしが法事に姿を見せて驚いたか」

と答えた田之内の額には汗が光っていた。

「さぞ先代の総兵衛も当代の総兵衛も喜びましょう」

「亡《な》くなった九代目はさておき、十代目とは茶漬けを啜《すす》った仲である」

「値は一両二分でございますそうな」

「世も末じゃとお奉行も言うておられた。じゃが、茶漬け一杯が一両二分ゆえ取り締まるというわけにもいくまい。客は承知で八百善の罠《わな》に引っかかっておるのだからな。ともあれ、常のように殿は御用繁多、わしに線香を上げてこよと命じられた」

「根岸様のお心遣い、主を始め、大黒屋奉公人一同決して忘れるものではございません」

信一郎は手代の田之助を呼んで、田之内を本堂へと案内するよう命じた。

九代目の早過ぎる死は跡継ぎがいなかったせいで、いよいよ鳶沢一族と大黒屋に暗い翳《かげ》を落とし、その死はしばらく伏せられた。慌ただしい弔いの後、その亡骸《なきがら》は早々に駿府の鳶沢村に運ばれた。

その危機を救ったのは、なんと六代目が異郷の交趾《こうち》ツロンに残した胤《たね》の末裔《まつえい》だった。

その十代目総兵衛が就位を決心した日を九代目総兵衛の命日として、本日一周忌法会《ほうえ》が盛大に営まれることになった。

富沢町近辺には惣代格の大黒屋を中心に六軒の古着問屋があって、古着問屋組合を形成していた。

その古着問屋とは元浜町山崎屋《やまざきや》助左衛門《すけざえもん》、同武蔵屋《むさしや》庄兵衛《しょうべえ》、橘町《たちばなちょう》江口屋太《えぐちやた》郎兵衛《ろべえ》、長谷川町井筒屋《いづつや》久右衛門《きゅうえもん》、高砂町秋葉屋《あきばや》半兵衛《はんべえ》、そして大黒屋の六軒であった。

江戸の古着問屋の主五人が十代目総兵衛のお披露目のように居並んで客を迎え、分家の安左衛門、大番頭の光蔵らも羽織袴《はかま》で客一人ひとりに挨拶した。そして大事な客は本堂へと導かれた。

女客の中で人目を惹《ひ》いたのは、坊城麻子と桜子の母娘《おやこ》だ。京の公卿《くげ》の中納言《ちゅうなごん》坊城家の血筋だけに東女《あずまおんな》とは雰囲気が異なり、親子して顔立ちから仕草まで雅《みやび》な雰囲気を漂わせていた。

「だれだえ、あの黒羽織の女はよ」

「おや、ご存じないのか、網屋の旦那《だんな》」

「こちとら、しがない柳原土手の高床商いだ。富沢町で長いこと仕入れをしているが、あの女は知らねえな。大奥のお女中かえ」

「違うよ。根岸の里に居を構えた公卿商い人を知りませんか」

「ああ、聞いたことがある。京におられる天皇さんの近臣坊城家の血筋だってな。噂《うわさ》には聞いたがお目にかかるのは初めてだ」

「大黒屋とは昔から家族同様の付き合いだとよ」

「おれっちなんてえ下々とは縁がねえぜ。それにしても娘の様子はどうだ、まるで雛《ひな》人形が生きて歩いているようだぜ」

と柳原土手の商人らが噂し合う中、二人を総兵衛自らがにこやかに迎えた。

「おや、ああして並ぶと男雛《おびな》と女雛《めびな》だな、本堂が急に明るくなったぜ」

本堂に羽織姿の参列者が一杯になり、本堂前に設けられたお香台に長い列が山門の外まで並ぶ中、読経《どきょう》の声が響き、大黒屋九代目総兵衛の一周忌法会が始まった。

大黒屋の奉公人もそれぞれの持ち場で頭を垂れて、九代目を偲《しの》んだ。一番番頭の信一郎は山門の外で本堂に向かい、黙想した。するとその袖《そで》を引く者があった。

信一郎はそれがだれか目を明けずとも分かった。

おこものちゅう吉の臭《にお》いだった。

「おや、ちゅう吉さん、なんぞ急用にございますか」

と目をちゅう吉に向けた。

「一番番頭さん、それはねえだろ。祝儀《しゅうぎ》はよ、招かれてもねえ客が邪魔しちゃいけねえのが世間の仕来《しきた》りだがよ、法事は亡き人へのお悔やみだ。おこもが来ちゃいけねえって決まりはねえからよ。それとも大黒屋はおこもの参列はお断りかえ」

「とんでもない。まさかちゅう吉さんがお見えになるとは思いませんでしたからね、ちょいと驚いただけですよ」

「大黒屋の一番番頭はやり手と巷《ちまた》で評判だがよ、まだまだ人間が練れてねえな」

ちゅう吉が菅原道真《すがわらみちざね》の折り紙人形を差し出し、信一郎に握らせた。その中に固いものが入っていた。

「なんでございますな」

「なんでございますはねえだろ、おれは法会に来たんだぜ。香典に決まっているじゃねえか。おこもが包む金子だ、慶長大判とはいかねえがよ。一朱で我慢してくんな」

「ちゅう吉さん、おまえさんという人は……。ささっ、前に進んで線香を手向けて下さいな」

「おこもの気持ちは門外まで。中に入れば大黒屋に迷惑がかかる。ここでご供《く》養《よう》をさせてもらうよ」

ちゅう吉は爪《つめ》が伸びた手を合わせ、瞑目《めいもく》した。

それを見た信一郎は胸が熱くなって、不覚にも瞼《まぶた》が潤《うる》み、言葉が口から出なかった。

二

九代目総兵衛の一周忌法会を終えた十代目総兵衛と大黒屋の奉公人一同が富沢町に戻ったのは夕刻六つ（六時頃）の刻限だった。

斎《とき》の場に親しい人々が百数十人残ってくれて、亡き人の思い出を語り合った。

総兵衛は先代とは一面識もなかっただけに皆が話す九代目の人柄や言動をただ黙って聞いていた。それでいてその場がいつしか和んでいるのだ。

総兵衛は相手の話に無理に合わせようなどとせず、鷹揚《おうよう》に頷《うなず》き、顔に微笑を

絶やさず、辺りに温《ぬく》もりを醸《かも》し出した。ために、一軍一統を主導する才をお持ちだ)

(十代目は育ちがいい。生まれながらにして一軍一統を主導する才をお持ちだ)

と考える人がいた。

それはそうであろう、異国とはいえ交趾ツロンで和人の血を引く名家の嫡男《ちゃくなん》グェン・ヴァン・キ公子であり、安南《アンナン》政庁の総兵使にして交易商人として大勢の人々に傅《かしず》かれてきた身だ。生まれながらの、

「風格と気品」

を有していた。それが一語も口にせずして皆に伝わったのだ。

そんなわけで和気藹々《わきあいあい》のうちに時が流れた。

施主に辞去の挨拶《あいさつ》にきた坊城麻子と桜子母子を総兵衛だけが門前まで見送った。そして、辺りに誰もおらぬのを確かめた麻子が、

「近々京にいかれますそうな」

と言い出した。

「じゅらく屋の十八代目に京を知らずして商いはできないと小浜の入江に停め

たイマサカ号で二晩ほど懇々《こんこん》と諭されました。交易船を出した後、早い機会に京に参ろうかと存じます」

「総兵衛様は交易には行かれませんのでございますか」

と麻子が以前から気にしていたことを尋ねた。こたびの交易には麻子からも注文があり、それなりの金子が託されていた。

「麻子様、極秘のことにございます。私はこの地に残り、大黒屋百年の計を考えようと決心しました。こたびの交易の総責任者は琉球の仲蔵と信一郎の父子に任せます。いえ、私が同道しないといって不手際《ふてぎわ》はございません」

「それは思い切ったご決心にございますね」

「確かに江戸三井越後屋、加賀御蔵屋、京じゅらく屋様方、さらには麻子様の依頼も入れて大金を掛けての交易にございます、私自身が陣頭指揮するのが当然かと存じます。異国交易には莫大《ばくだい》な投資をするだけに儲《もう》けも莫大、同時に海賊船や嵐《あらし》に遭《お》うて船をなくせば、元も子も失うどころか、大黒屋は多額な借財をおって潰《つぶ》れましょう。ためにそれだけの仕度はして参りました。私が一人加わったところで、大黒屋の前に立ち塞《ふさ》がる難儀がどう変わるというものでもありません。それより皆の力を信じてこちらに残り、あれこれと勉強しとうございます」

「それで京に参られますか、話をお聞きして悪《あ》しき判断ではなかろうと思います」

「麻子様にお分かり頂き、ほっと安堵《あんど》しました」

「総兵衛様、桜子に京の案内人が務まりましょうかな」

「京行きにお連れしてようございますので」

「いささか風変りな娘にございます。それでよければお連れ下さいまし」

「母御がそう申される。桜子様、ご一緒に私の船に乗りますか」

「えっ、うちは京に行くのと違いますのん」

総兵衛が坊城親子になにやら耳打ちし、しばらく言葉を失っていた桜子が、

「総兵衛様といっしょやと退屈せえへんどすなぁ」

と呟《つぶや》いたものだ。

総兵衛と分家の安左衛門とおりんの三人が大黒屋の離れ屋に戻るとお華が、

「総兵衛様に申し上げます。半刻《はんとき》（一時間）前から飼い犬たちがなにかを警戒して吠《ほ》えております」

と報告した。

「なに、仔犬《こいぬ》らが鳴きおるか。なにか異変を感じてのことであろうか」

「総兵衛様、つい最前のことにございます。涼やかな鈴の音がどこからともなく響いて、ようやく犬たちが鳴き止《や》みました」

とさらにお華が言い足した。

「涼やかな音をよう聞き届けられましたな、お華」

とおりんが褒め、総兵衛の顔を見た。

頷き返した総兵衛が隠し階段へのからくり索を引き、本家と分家の主《あるじ》二人が鳶沢一族の本丸へと下っていった。そして、おりんが光蔵と信一郎に異変を知らせに向かった。

総兵衛は大広間上段の間にある神棚に一通の書状が載せられてあるのを認め、手にした。表書きも裏書もない、芳《かんば》しい香の匂《にお》いが書状から漂ってきた。ただ一つ、はっきりしていることは今朝方まで神棚になかった書状であるということだ。

「総兵衛様、影様からのつなぎ文ですな」

と安左衛門がいうところに光蔵と信一郎とおりんの三人が駆け付けてきた。

「影様からのつなぎにございますな」

光蔵の問いに総兵衛が書状を披《ひら》くと、

「やはち」

の崩し文字が記されてあった。やはちとは初代の影、本多正純《まさずみ》の通称、

「弥八郎《やはちろう》」

に由来する。頷く総兵衛に、

「新しき影様からのつなぎ、祝着至極《しゅうちゃくしごく》にございます。九代目の一周忌法要が済むのを影様は待って下されたか」

と光蔵が洩《も》らした言葉には安堵があった。

「総兵衛様、つなぎ文には他になんぞございますか」

と信一郎が訊《き》いた。

「川越仙波《せんば》東照大権現《ごんげん》宮、と対面場所の指定がある」

「日にち刻限はいかがにございますか」

「ない」

と一言総兵衛が応じて、影様からのつなぎの文を懐《ふところ》に納めた。

「こたびのお呼び出しは江戸ではなかったか」

と安左衛門が、

「川越城下まで十三里（約五二キロ）であったな」

とだれにということなく呟いた。

「後見、川越へ逸早《いちはや》く駆け付ける手立てはなにか」

「まず川越街道を陸路、早駕籠《はやかご》か早馬で走ることが一つです。もう一つの方法は、浅草花川戸から川越城下へと運行する船が出ております、上り船で二日を要します。いずれにしても今晩じゅうには間に合うかどうか」

「影様は九代目の一周忌法要を務め上げたわれらにつなぎを下された。すべてを承知でこちらの動きを見ておられるのではなかろうか」

「今夜半の対面はいかなる方法を使ったとしても無理にございます」

信一郎の言葉に総兵衛が沈思した。

「後見、われら一族を試しておられるのだ。ならば最善の方法で川越に急ぎ出向かねば影様の願いに応《こた》えられぬ。夜を徹しての早馬を仕立てるか」

「薩摩が見張っておることを考えるといかがなものかと」

「後見、策があるか」

「まだ大黒丸の面々が店に残ってございますし、助《すけ》船頭達高の快速帆船が大川の中洲《なかす》に隠してございます。まず帆を使って荒川を行けるところまで遡上《そじょう》し、あとは徒歩で川越に走ることが総兵衛様の体力を消耗させないで川越に最も早く辿《たど》りつける策かと存じます」

「後見、なぜ途中で達高の小型帆船を捨てるな、帆船は櫓《ろ》も使えよう」

「琉球型の帆船は、海を航海するように建造されております。喫水の深い帆船が遡上できるのは浅草花川戸河岸《がし》を出て、千住河岸、尾《お》久《ぐ》河岸、熊《くま》ノ木《き》河岸、野新田河岸、赤羽河岸、川口河岸、浮間河岸、小豆沢《あずさわ》河岸、戸田河岸、蠣殻《かきがら》河岸、赤塚河岸、早瀬河岸、芝宮河岸、大野河岸、新倉河岸までにございます。この先、平底船の川越舟運は、荒川を離れて新河岸川に入ります。川幅も狭まり、九十九《つづら》曲りの難所が待ち構えておりますので、そこで琉球型の小型帆船では船底が川底に閊《つか》えます」

と信一郎が立ち処《どころ》に川越舟運の立ち寄りの河岸の名を上げて、理由を説明した。

「達高助船頭の下に一族の六人を配し、帆と櫓を使えば、新倉河岸まで夜明け、いや、未明には到着しましょう。その間、総兵衛様は体を休めておくことができます」

信一郎は今朝方から総兵衛が一瞬たりとも神経を休められなかったことを承知していた。ために船行を勧めたのだ。

「新河岸川に入り、九十九曲りの難所を超えると流れはどうなる」

「長閑《のどか》な風景の中、緩やかな流れが川越城下外れの仙波河岸までおよそ七里半（約三〇キロ）続いております」

「よし、急ぎ達高らに小型帆船の仕度をさせよ。だが、薩摩の見張りに気取られてはならぬ」

「総兵衛様、供は」

「天松一人でよい」

「天松は川越を知りませぬ」

「流れが川越までわれらを連れていこう。後見、この際、われらがふだん通りの暮らしをなすことが薩摩の見張りを油断させることにならぬか」

「それはもう」

「ならば、今晩奉公人一同に酒食を出し、九代目総兵衛様一周忌法要が無事終った慰労の宴を賑《にぎ》やかに催せ」

「畏《かしこ》まりました」

とおりんが答えた。

「達高助船頭らは大川の中洲に帆船を待機させ、私と天松が地下路《じげみち》を使って行くのを待て。後見、今一つ、達高の帆船に二人乗りの海馬《かいば》を積み込ませよ。新河岸川の激流を避けて、海馬を天松と二人で担《かつ》いで河岸道を行く。流れが緩やかになったところで海馬を使おうと思う。この方が歩くより随分と早いでな。明日の朝前には川越に着いておろう」

「海馬を使いますか、考えられましたな」

海馬は六代目総兵衛が鳶沢一族にもたらした交趾土産の一つで、軽舟《カヤック》だ。

「その足で仙波東照宮に詣《もう》でよう」

「総兵衛様、われら鳶沢一族は家康様の亡骸《なきがら》を久能山東照宮霊廟《れいびょう》から日光にお移しした折、従いましたな。その折、家康様の遺骸《いがい》は川越にて四夜を過ごし、ために仙波東照宮が建てられました経緯がございます。それ以来の縁が一族と仙波東照宮にはございます。また寛永十五年（一六三八）の正月に東照宮が火事のために焼失した時も大黒屋は再建資材を川越に送り、川越仙波の東照宮とはさらに親しい付き合いの間柄になりましてございますよ。総兵衛様、九代目の一周忌法要が終った祝いに、仙波東照宮になにがしか寄進するのです。ならば、堂々と明日の昼にも仙波東照宮の本殿奥宮に入ることができましょう」

と光蔵が言った。

「最前申したが、こたびの影様のつなぎは、われらがいかに迅速に対応するかどうかを問うておられると見た。ただ今の話を急ぎ手配せよ」

総兵衛の決断に信一郎、おりんが鳶沢一族の地下城大広間から姿を消し、光蔵が、

「天松一人の供ではいささか頼りなくはございませんかな」

「大番頭さん、こたびの呼び出し、幕府に異変が生じてのことと思われるか」

と総兵衛が念を押した。

「いえ、影様と鳶沢一族の主の対面が主眼かと」

「私もそう思う。ならば、大黒屋は九代目の一周忌法要を無事終え、ふだんの商いに戻ったことを世間に、富沢町に知らせるのがまず大事じゃ。また一方で深浦の出船準備は粛々と行い、最後の点検をおささ怠りなくせよ」

総兵衛は言外に十万両の積み込みに触れ、光蔵が頷《うなず》いた。

「総兵衛様、わしも急ぎ鳶沢村に戻り、イマサカ号と大黒丸立ち寄りの仕度を致しましょう。総兵衛様は江尻湊《えじりみなと》で下船されますな」

と安左衛門が総兵衛に確認した。

「いかにもさよう。九代目の墓に参り、その足で京に向かう」

「ほう、京に参られますか」

と光蔵がいささか驚いた表情で問うた。

「供はだれに致しますか。その折も小僧の天松一人にございますか」

と段々と総兵衛の気持ちを分かりかけた光蔵がさらに訊いた。

「いや、京行きは手代の田之助を連れていこう」

「それだけで」

「京の案内人はおるでな」

「おや、桜子様が同道なされますか」

「信一郎を筆頭に三番番頭の雄三郎、見習番頭の正助、手代の華吉《かきち》、満次郎らが交易同道で店を抜け、富沢町の陣容が手薄になっておる。ゆえに京行きは出来るだけ短く切り上げる」

と答えた総兵衛が、

「京行きの件じゃが、いくもいかぬもすべては川越での影様との対面次第と思いなされ」

と光蔵に釘《くぎ》を刺した。

夜四つ（十時頃）過ぎ、総兵衛と天松の二人は、旅慣れした身軽な仕度で永代橋と新大橋の間、大川右岸の河岸道に立った。

双鳶《ふたつとび》の五つ紋の羽織袴《はかま》の総兵衛の腰には葵典太《あおいでんた》の異名を持つ三池典太光世《みいけみつよ》と

六代目所縁の脇差来国長《わきざしらいくになが》の大小が、そして懐には影様の水呼鈴《すいこれい》に応える火呼鈴《ひこれい》とつなぎの文が入っているだけだ。また天松は背に竹籠《たけかご》を負い、弩《ど》など武器を隠していた。

主従二人の影を見た琉球型小型快速帆船が近づいてきて沈黙のうちに乗り込ませた。

櫓を使い、中洲の流れから大川本流に入った琉球型快速帆船は帆を張った。するといきなり細身の船体が少しばかり斜めに傾きながら、上流部に向けて走り始めた。

「達高、海とはいささか勝手が違うが新河岸川の合流部まで送ってくれ」

「総兵衛様、ご苦労に存じます。この川越舟運、よう存じております。今晩はいい風が吹いておりますでな、八つ（午前二時頃）の刻限には新倉河岸に着けてみせますよ」

と答えた達高が、

「おりん様が重箱と酒とどてらを船に載せてくれましたよ。腹も空いておられましょう。少し物を腹に入れて、酒を飲んで体を休めて下され」

達高が舵棒《かじぼう》を操りながら総兵衛に願った。

おりんも達高も総兵衛らが法要の場で大勢の参列者と言葉を交わし、挨拶《あいさつ》する忙しさに朝から一口も食べていないことを承知していたのだ。

「いかにも腹が空いた」

「総兵衛様、まずは酒をどうぞ」

と天松が総兵衛に貧乏徳利《どっくり》と大きめの酒器を差し出した。

「達高、そなたら、あとでな、手が空いた折に食せ」

総兵衛の酒器に天松が酒を注《つ》ぎ、

「総兵衛様、煮しめと握り飯を頂戴《ちょうだい》してようございますか」

と断った。

「天松、そなたも忙しゅうて食べる暇もなかったであろう」

「はい、いえ、総兵衛様こそなにも飲み食いなさらずに気ばかり遣《つこ》うておいででした。一家の主《あるじ》は大変ですね」

握り飯を手にした天松の言葉に達高が笑った。

「小僧さんが主様に気を遣うておられるわ」

「助船頭、可笑《おか》しいですか」

「そういうな、天松。おれはな、ようもこたびの交易に出たい気持ちを抑えたものよと感心しているのだ」

「だって、助船頭さん、総兵衛様も大番頭さんも江戸に残っておられるのです。交易も大事ですが富沢町のお店も大事です、私たちの本丸ですからね」

「総兵衛様のお供頼んだぜ」

「この天松に任せて下さいな」

「ふっふっふ」

と幸地達高が笑った。

総兵衛は一族の者たちに囲まれて至福の時を感じた。手にしていた酒をゆっくりと飲み干し、思わず、

「美味《うま》い」

と洩《も》らしたものだ。そして、おりん心尽くしの菜と握り飯を食し、新河岸川の合流部に向かって疾走する帆船の胴ノ間でどてらを被《かぶ》り、横になった。

眠りに落ちる瞬間に影様の文の謎《なぞ》を考えた。だが、答えが出る前に眠りに落

ちていた。

夜明け前、川越城下外れの五河岸の中でも最も城下に近い仙波河岸に舟足の速い軽舟が近づいていた。むろん総兵衛と天松が櫂《かい》を操る海馬で、尖《とが》った舳先《へさき》が新河岸川の流れを突き刺すように掻《か》き分けて、

すいすい

と進んでいた。

達高助船頭が舵を握った琉球型小型快速帆船は、走りに都合のよい風を受けて荒川に注ぎ込む新河岸川の最初の新倉河岸に約束どおりの八つ前に到着していた。

小型帆船を新倉河岸に舫《もや》った幸地達高らは、九十九曲りの難所の瀬を迂回《うかい》して船引き道を配下の朋親《ともちか》らに海馬を担がせ、海馬が遡上《そじょう》できる流れの緩やかな河岸まで運んでくれたのだ。

ために快速帆船を下りて四半刻《しはんとき》（三十分）後には、主従二人は海馬に乗り込み、月明かりを頼りに川越に向かって遡上していた。

海馬の前に天松が乗り、後ろに総兵衛が乗って息を合わせて櫂を操るのだ。早飛脚が走る以上の舟足で七里半（約三〇キロ）を一刻半（三時間）足らずで漕《こ》ぎ上がり、朝靄《あさもや》の漂う仙波河岸に到着した。

「総兵衛様、この足で仙波東照宮に参られますな」

「訪ねる」

「ならば河岸の船問屋の伊勢安に海馬を預け、東照宮のある喜多院の場所を聞いて参ります」

船問屋の伊勢安は大黒屋と古い付き合いだ。

天松は腰に一剣を帯びた総兵衛を、大黒屋主人と紹介する面倒をさけて自ら一人で交渉にあたるために走った。

総兵衛は天松が日光から加賀、若狭への道中で大きく成長していることに気付いて満足の視線をその背に送った。

天松は直《す》ぐに背負子《しょいこ》をかたかたさせて、総兵衛が独り佇《たたず》む河岸に戻ってきた。

伊勢安は海馬を預かることを請け合い、仙波東照宮の場所がそう遠くないことを教えてくれたとか。

朝靄が漂う川越城下を総兵衛と天松は疾駆して、未《いま》だ夜が明けやらぬ仙波東照宮のある喜多院に到着した。

森閑とした境内に人の気配はまだなかった。

「天松、警戒にあたれ」

と山門に天松を残して命を与えた総兵衛が独り、未だ眠りから覚めぬ喜多院の境内へと姿を没するように消えた。

三

同じ刻限、手代の九輔は三匹の甲斐犬《かいけん》を引き連れて、その昔旧吉原があった駕籠屋《かごや》新道から玄冶店《げんやだな》へと散歩をさせていた。

細い路地に稲荷社の赤い鳥居があって、不意に人影が姿を見せた。稲荷社の掃除をしていた体《てい》の男は、箒《ほうき》と塵取《ちりと》りを手にしていた。

「おや、大黒屋の手代さん、今朝はお一人で犬の散歩かね」

この界隈《かいわい》に住む住人のなりだった。

「へえ、昨日、法事がございましてね、奉公人一同にも労《ねぎら》いの場がうちで設けられたもんですから、小僧たちもぐったりとまだ寝床の中ですよ」

「それはご苦労なことだ。九代目の総兵衛さんの一周忌だってね、なかなか盛大な法要だったと聞いているよ。十代目もこれでひと安心されたろう」

「いかにもほっとして、昨夜はだいぶ酒をきこし召して、今朝は頭が上がりますまいな」

「大事な法事の施主を無事務め上げられたんだ。今日一日くらいのんびりするがいいよ」

「きっとそうなると思いますね」

と笑って答えた九輔が、

「さあ、甲斐、信玄、さくら、ひと廻りしますよ」

と足元でじゃれ合う三匹を立たせると、芝居小屋のある堺町横丁へと入っていった。その背に男の視線がいつまでも残っていることを感じながら、九輔が、

(薩摩の使い走りが、富沢町を知らな過ぎるよ)

と胸の中でうそぶいた。

久能山、日光と並んで三大東照宮の一つが川越におかれている、川越仙波東照宮だ。

それは元和《げんな》三年（一六一七）に家康の遺骸を久能山霊廟《れいびょう》から日光に移す際に川越喜多院に四日間逗留《とうりゅう》し、家康の信厚かった天海僧正の手で法要が営まれたことに由来する。このことをうけて寛永十年（一六三三）に東照宮が喜多院境内に創建されることになった。

この家康の遺骸日光移送には鳶沢一族が久能山衛士《えじ》として随行していた。

この朝、総兵衛は、鳶沢一族の総帥《そうすい》として五つ紋の羽織袴《はかま》に葵典太を腰に帯びていた。

朱色の随身門を潜《くぐ》り、石の鳥居へと進んだ。すると濃い朝靄の向こうで何者かが蠢《うごめ》く気配を感じた。

だが、総兵衛は意に介さない。急な石段を数段上ると、平唐門《ひらからもん》があって拝幣殿と本殿を瑞垣《みずがき》が取り囲んでいた。

しばし立ち止まって平唐門を見上げていた総兵衛は、平唐門を抜けると神君家康が祭神の神域に入り込んだ。

草履を脱ぎ捨てると本殿への階《きざはし》を上がり、奥へと進んだ。すると御簾《みす》の奥におぼろな光が灯《とも》され、無人の空間が浮かんでいた。

総兵衛は腰の一剣を鞘《さや》ごと抜き、膝《ひざ》の前において座した。

水呼鈴と火呼鈴が呼応する前に総兵衛はつなぎ文に焚《た》き込められた香の匂《にお》いと同じ芳《かんば》しい匂いを感じていた。

無為の時がしばし流れた。

影様の登場を告げる神韻縹緲《しんいんひょうびょう》とした水呼鈴の妙音が響き、総兵衛勝臣の腰に下げた火呼鈴が力強く呼応した。

御簾の中に十二単《ひとえ》と思《おぼ》しき衣装に身を包んだ女人が姿を見せた。老女でもない、といって娘でもない。女盛りを重ねられた衣服に隠していた。

歴代の影様に女性《にょしょう》は存在しない。それが十代目総兵衛勝臣の代になって初めて影様として姿を見せた。

(格別の意味が在るのか)

総兵衛はその考えを脳裏から吹き払った。男であれ女であれ、影様は影様だ。

十二単の女人が典雅な挙動で御簾の中央に座した。

「総兵衛勝臣どの、九代目の一周忌法要、恙《つつが》なく務められた由《よし》、祝着至極《しゅうちゃくしごく》に思います」

玉を転がすような声だった。

「影様、お心遣い、鳶沢総兵衛勝臣、恐縮至極にございます」

と平伏した総兵衛は、その姿勢で胸の中の戸惑いを口にした。

「正直な気持ち、申し上げます。影様が女人とは総兵衛勝臣、想像だに致しませんでした」

「鳶沢一族を率いる一軍の将の体に異人の血が流れておるように時代とともに諸々《もろもろ》が変わります。そうではありませぬか、勝臣どの」

「いかにもさようかと存じます」

総兵衛は顔を上げた。

だが、御簾の中の影様の顔は背後からおぼろな灯りが差し込むせいで暗く沈み、顔立ちなどを見分けることができなかった。ただ長いおすべらかしの髪が艶《つや》やかに輝いているのが見えたのみであった。

「ただし、それがしの出生、駿府鳶沢村の分家の血筋の鍛冶《かじ》職人弥五郎が父、母はいくとしてご記憶下され」

「徳川幕府が始まって二百年、影と鳶沢一族も数多《あまた》代替わりしてきました。そなたが日光東照宮の本殿に残した水呼鈴を私が受け継ぐことになったのは、そなたが十代鳶沢一族の頭に就いた事情と同じく天の運命《さだめ》でありましょう。この際、私やそなたの出自を問うたとて、なんの意味がありましょうや」

「いかにもさようにございます。影様、それがしが日光で犯した所業、お許し下さいますか」

「総兵衛勝臣どの、あれはそなたが生涯負うていく宿業です。私たちはどなた様かの意思によってこの場にあるのみ」

「それがし、徳川幕府安泰を考え、影様殺しの罪を負いましてございます」

総兵衛は重ねてそのことに触れた。

「そなたが決断し行った所業、影たる私がうんぬんすることは控えます。いえ、そなたが行ったには理由《わけ》があったと信じます」

ございました、と総兵衛は心の中で叫んでいた。

「影様、一言申し上げてようございますか」

「勝臣どの、なにか」

「あなた様の先代たる影様は他の勢力と結託し、己たちの利欲のために、鳶沢一族に家康様が授けられた武と商の二つの力を削《そ》がんと動かれました。ゆえにわれら、影様殺しに走りました。影様とわれら一族には家康様より与えられた使命が厳然とございます。先代はそれを明らかに逸脱なされた。それが日光東照宮奥宮の影様殺しの真実にございます」

「先代の影が結託した他の勢力は残ったと言われるか」

「残りましてございます。われら歴代の鳶沢一族が敵対してきた数多の勢力をはるかに超えた脅威にございます」

総兵衛は影様に警告していた。

薩摩の島津重豪《しげひで》が江戸城大奥に送り込んだ正室、寔子《ただこ》は今も厳然と江戸城の大奥にあることを。その寔子は右大臣近衛《このえ》経熙《つねひろ》の養女となったうえで家斉《いえなり》と婚姻の内祝いが整い、晴れて御台所《みだいどころ》として江戸城大奥に入る手続きを踏んだことを。また十四歳で将軍家斉の正室になった寔子の背後には常に薩摩藩と島津重豪が控えていることを……今一つ、総兵衛は寔子を養女として受け入れた右大臣近衛家がこの件に深く関わりを持っているのではないかとひそかに疑っていた。

「承知しております」

とだけ影様が答えた。

「こたびあなた様がこの任に就かれたには、このことと関わりがございましょうか」

「さあてのう。家康様のご神意により役を命じられたと答えるしかありませぬ。総兵衛勝臣どの、そうではないか」

「いかにもさようにございます」

「まだ申すことがありますか」

「影様、われら徳川幕府の安泰を願うために影様の忠実な僕《しもべ》になることをお誓い致します。あなた様の危機はわれら鳶沢一族の危機にございます」

「そなたは私に、影に危機が迫っていると言われるか」

「あるいは先代がそうであったように何処《いずこ》からか誘惑の手が」

「伸びてくるか」

「はい」

「楽しみなことよ」

と影様がころころと声を出して笑った。

「影様、総兵衛は考え過ぎにございましょうか」

「そなたが一番承知であろうが。われらは、影と鳶沢一族は一心同体であらねばならぬ」

「いかにもさようでございます」

「勝臣どの、そなたを頼りにしております」

影様の言葉に総兵衛の胸の内は晴やかな風が吹き抜けたようであった。

「影様のご信頼に応《こた》えるべく、この鳶沢総兵衛勝臣、力のかぎりを尽くします」

「それでよいのです」

と影様が応じた。そして、十二単の重ね着の衣擦《きぬず》れの音がして、影様が立ち上がりかけた。

「総兵衛勝臣どの、私どもがかように会う機会が少ないことが、なにより徳川幕府の安泰の証拠です。じゃが、時世が時世、そうもいくまいと思う」

「どうやらそのようでございますな」

仙波東照宮本殿奥宮にひたひたと押し寄せる殺気があった。

「影様、しばしこの場にお留《とど》まり下され」

影様と鳶沢一族の総帥が対面する場に初めて危機が迫っていた。

総兵衛は考えていた。

(われらが仙波東照宮に不逞《ふてい》の輩《やから》を連れてきたか)

いや、それはないと思えた。となると影様の周りにも薩摩の勢力がいて、見張っていたことにならないか。

総兵衛は、羽織を脱いだ。

膝《ひざ》の前においた三池典太光世《みいけでんたみつよ》を引き寄せ、腰に差した。

「なんぞ御用か」

と本殿奥宮を囲んだ気配に問うた。

「鳶沢総兵衛勝臣、そなたの命、貰《もら》い受けた」

その言葉にいささか安堵《あんど》した。影様に対しては周囲を囲んだ者たちの敵意はないことをこの言葉で察したからだ。

総兵衛はゆったりと立ち上がった。

「お相手致す」

四周から迫る殺気との間合いを計りつつ、総兵衛は、葵典太を抜いて左手に寝せるように構え、右手で白扇を抜くと、

ぱあっ

と広げた。

影様には、刀と白扇を構え、腰を落とした総兵衛が能楽師にでも変身したように思えた。

仙波東照宮本殿に奇声が響き渡った。

「ちぇーすと！」

薩摩島津家の御家流儀、示現流《じげんりゅう》特有の気合声だった。

本殿にたゆたう空気を揺るがして虚空《こくう》に飛び上がった者がいた。それも一人二人ではない。四周から四人の影が跳躍し、総兵衛の頭上から重《かさ》ねの厚い刀を振るって落ちてきた。

薩摩示現流では迅速なる太刀打ちを大事にした。一枚の紙を錐《きり》が表から裏に貫く時間を、

「雲耀《うんよう》」

と呼び、雲耀の間の太刀打ちの技を会得《えとく》することを究極の目的として立ち木打ち一日一万回の猛稽古《もうげいこ》を繰り返す。

四人の薩摩者は雲耀の会得者で、その太刀打ちで総兵衛を破壊しようと四方から迫った。

総兵衛がすり足で舞い始めた。

雲耀の刹那《せつな》が幽玄の刻《とき》の流れに変わった。

白扇が緩やかに閃《ひらめ》き、襲撃者を招いた。

委細構わず襲撃者は総兵衛の弧を描くように舞い動く長身に必殺雲耀の刃《やいば》を届かせようとした。

その瞬間、総兵衛の右手の白扇が、

ふわり

と虚空に飛ばされ、優美にも舞い踊った。

襲撃者は一瞬、白扇の動きに気を留めた。

薩摩示現流の太刀打ちの迅速の最中、白扇に注意がいった。だが、四周から振り下ろされる太刀打ちは間違いなく総兵衛の脳天を襲った。

影様は、総兵衛勝臣が緩やかな動きを止めることなく、左手の葵典太を虚空に差し上げたのを目に止めた。

雲耀の太刀打ちを幽玄微動の葵典太が次々に弾《はじ》き飛ばして、いや、刃が生み出す微風が阻《はば》んで流し、次の瞬間、頭上から飛びかかる襲撃者の胴や胸を斬撃《ざんげき》して仙波東照宮本殿の床に次々に叩《たた》きつけていた。

なんとも優雅にして非情の剣技だった。

「休ませるでない」

と本殿の闇《やみ》から新たな命が下った。

苛立《いらだ》った声だった。

再び新たな襲撃者たちが総兵衛を斃《たお》さんと、虚空から床下から拝殿の背後から飛び出そうとした。

その瞬間、周囲のあちらこちらからぴーんと張った硬質の弦《つる》の音が響きわたり、短矢が飛んできて襲撃者たちの動きを封じ込めた。
一瞬の裡《うち》に二番手の刺客たちも胸や喉《のど》を短矢に射抜かれて、くねくねと体を揺らすと、
どさりどさり
とその場に斃れ込んでいった。
瞬の間、死の静寂が仙波東照宮本殿を支配した。
短い沈黙が永久に思えた頃合い、退却を告げる呼子が鳴り響き、襲撃者の気配が消えた。
ふうっ
と影様が吐息を洩《も》らした。そして御簾《みす》の向こうから影様の気配が消えた。
仙波東照宮本殿にどこからともなく幸地達高が弩《ど》を構えて姿を見せた。同時に襲撃者に変わって鳶沢一族の面々が姿を現し、総兵衛の前に控えた。琉球型小型快速帆船で総兵衛と天松を新河岸川の新倉河岸まで送った面々だ。その中に弩を構えた天松も混じっていた。
「達高、助かった」

とまず総兵衛が礼を述べ、

「そなた一人の考えで川越まで出向いてきたか」

と詰問《きつもん》した。

「一番番頭さんが、なにがなんでも総兵衛様の川越往来の間じゅう、陰警護を勤めよと命じられました。主様《あるじ》の命に背いた罰、いかようにも総兵衛様に後見が願うそうでございます」

ふうっ

と総兵衛が息を吐き、力を抜いた。

「後見の考えに未《いま》だ至らぬか」

信一郎の手配がなければ影様を危うい目に遭わせるところだった。そのことを総兵衛は悔いていた。

「助かった」

と総兵衛は再び洩らした。

「天松、達高らが追ってくることを承知していたか」

「いえ、知りませんでした」

首肯した総兵衛がもう一つの疑問を誰にともなく質《ただ》した。

「なぜ仙波東照宮の神官どの方は朝の務めをなさろうとはせぬ」

「襲撃者どもが神輿蔵《みこしぐら》に押し込めて外から鍵《かぎ》をかけて軟禁しております。助け出しますか」

「危害は加えられておらぬのじゃな」

「寝込みを襲われて蔵に押し込められただけと思えます」

「ならばもう少し辛抱してもらおう」

と応じた総兵衛は、

「これらの骸《むくろ》を片付け、血の汚れを拭《ぬぐ》い落すのだ」

と達高らに命じた。

「畏《かしこ》まりました」

弩を背に負った達高らが血で穢《けが》した神殿の清掃にかかった。

総兵衛は本殿から拝幣殿に身を移し、瞑想《めいそう》して興奮を鎮《しず》めた。

どれほどの時が流れたか、総兵衛の胸の中にこれまで何度か体験した感じが沸き起こった。

（影が女とはのう）

（家康様も努々《ゆめゆめ》お考えもされなかったことにございますか）

含み笑いが総兵衛の胸に響いた。

（鳶沢一族の総帥《そうすい》が異人、影が女子《おなご》か。夢想もせなんだわ）

ふっふっふ

と総兵衛が笑った。

（そなたら、われが身罷《みまか》って二百年近く、随分と楽しませてくれるわ）

（家康様、あなた様の末裔《まつえい》の正室に薩摩が布石を打ちましたぞ。これは想定のうちにございますか）

（京を仲介にした外様大名の島津重豪の娘が江戸城の大奥に入り、わしが企てた策にあれこれ楯突《たてつ》くとは、なんとも腹立たしいことよ）

（ご心底承《うけたまわ》りました）

（長くも激しい戦いになろう。鳶沢勝臣、必ずや勝利せよ）

はっ、と総兵衛が畏まり、胸の中の気配が消えた。

達高らが骸を始末して仙波東照宮本殿の浄《きよ》めが終ったと告げ知らされた総兵衛は本殿に戻り、祭神に騒ぎを詫《わ》びると百両を寄進し、ついで達高らに神輿蔵の鍵を開けよと命じ、静かに立ち去った。

四

総兵衛はこの日の昼下がり、根岸の里へ坊城桜子を迎えに行き、旅仕度の桜子を駕籠《かご》に乗せると千住大橋へと向かった。

桜子の胸元には総兵衛が江戸を留守にした土産として贈った飾剣《かざたち》があった。そして、唇には紅が薄く掃かれていたがそれも総兵衛がそのとき一緒に贈ったものだ。

千住大橋の船着き場には一隻《せき》の猪牙舟《ちょきぶね》が待っていて、総兵衛と桜子の二人を乗せた。

猪牙舟の船頭は坊主《ぼうず》の権造《ごんぞう》だ。

舟には重箱や酒が用意され、荒川両岸の赤く染まった紅葉《もみじ》を愛《め》でながら大川河口へと下っていくことになった。すると、やや離れて総兵衛の行動を注視し

ていた薩摩の見張り方があわてて船着き場に駆け寄り、他の客が乗り込もうとしている猪牙舟に強引に割り込むと、

「いっと急ぎん用があるやって借り受ける。下りよ」

と命ずると、

「おはん、あそこに行く小舟ば追わんか」

と船頭を半ば脅して舟を出させ、総兵衛の乗る舟を追いかけていった。

総兵衛らは尾行者があることなど知らぬげにゆっくりと荒川から浅草川、さらには大川と名を変える流れの両岸の紅葉を楽しみながら下っていく。

権造船頭の猪牙舟が不意に仙台堀へと曲り、上之橋を潜って今川町と永堀町の間に口を開けた堀へと舳先《へさき》を突っ込ませた。

尾行する薩摩者を乗せた猪牙舟が続こうとすると仙台堀を大川へと向かってきた筏《いかだ》が堀の口を塞《ふさ》ぐように進路を変えようとして土手に衝突した。なにしろ長い筏だ。そう簡単に動きがとれない。

猪牙舟の薩摩者が、

「筏をどけよ、おいどんの道を開けよ」

と怒鳴ったが、木場から来たと思える筏がくの字に曲がって進路を断ったまま
まで、川並《かわなみ》(木場の筏師)が、

「お侍さんよ、先乗りが新参者だ、許してくんな」

と平然と答えて、あわてる風もなく新参者に兄貴分が手伝い、なんとか薩摩者が乗る猪牙舟の進路を開けた。むろん二人の川並は坊主の権造の配下の顎《あご》の源造と見習いの達二だ。

筏が追跡する舟の進路を塞ぐ間に権造の猪牙舟は一気に舟足を上げて堀を北から南に抜けると、越中島を横目に大川河口に出て、正面に見える人足寄場へと漕《こ》ぎ寄せ、佃島住吉社に設けられた大黒屋の船着き場で待ち受ける琉球型小型帆船に横付けした。そこで総兵衛が桜子の手をとって乗り換えた。

琉球型の快速帆船には大番頭の光蔵とおりんがすでに乗船していて、幸地達高らが直《す》ぐに舫《もや》い綱を解き、水路を抜けると江戸湾に出た。そして、帆が張られると船体の細い琉球船は一気に加速して、江戸湾口に向かって南進し始めた。

「桜子様、船はいかがにございますか」

とおりんが聞いた。

「嵐山で川下りしたのんと今日、総兵衛様と大川下りをした二度だけどす。海はまだ知らへんどす」

桜子が答えたとき、快速帆船が力を発揮し始めた。

「なんやら爽快《そうかい》な気持ちどす」

と桜子が髪を風に弄《なぶ》らせて、顔を輝かせたものだ。

その様子を光蔵が満面の笑みで見詰めていた。

「大番頭さん、ご機嫌ですね」

とおりんが冷やかした。

「このところ胃の腑《ふ》が不快で気分が優れませんでした。いくら秘伝の薬草を煎《せん》じて飲んでも治りませんでしたがな、急にこの秋晴れの空のようにすっきりしました」

「またそれはどうしたことで」

「おりん、知れたことです」

光蔵の表情をおりんが読んで、

「桜子様がご機嫌麗《うるわ》しい様子だからですね」

と言ったが、むろん本心は異なった。

川越から戻った総兵衛によってもたらされた報告は光蔵、信一郎、おりんの三人に驚愕《きょうがく》を与えた。影様が女人であったためしはこれまでなかったからだ。特に光蔵の驚きは格別で、

「女人ですと、それはなにかの間違いではございませぬか」

と総兵衛の言葉を疑ったものだ。

だが、香が焚《た》きこめられたつなぎの文を受け取ったときから感じていた訝《いぶか》しさから、仙波東照宮で会った十二単《ひとえ》の女人の印象と交わした会話を総兵衛が事細かに三人に告げると、

「二百年、影様が女人であった前例はございません。まさか鳶沢一族が女子に仕えるとは」

と光蔵が茫然《ぼうぜん》と呟《つぶや》き、いつまでも衝撃から立ち直れない様子であった。

「大番頭さん、影様が女人であっては不都合ですか」

「そりゃ、おりん」

と言いかけた光蔵が、

「おりんも女でしたな」

「えっ、おりんは女の端にも入れてもらえませんので」

「そういうわけではないが」

「大番頭さん、初代本多正純様以来の課せられた使命を逸脱し、薩摩と結託して鳶沢一族と敵対しようとした影はかげま好みの男でございました。総兵衛様がこたび仙波東照宮でお会いした女人は、影様と鳶沢一族は一心同体と明言なされたとのこと、本郷康秀によって歪《ゆが》められた影様の使命がそのお方が新しい影様に就くことによって正常に復したことを意味しませんか」

「まあ、それには違いないが」

「大番頭さん、影様が男であれ女人であれ、われら鳶沢一族に課せられた任務を果たすのみです」

と信一郎が言い切った。うんうんと頷《うなず》いた光蔵が、

「城中に影様の役目を果たすような女人がおられようか」

と自問するように呟いたものだ。

「大番頭さん、影様の正体を詮索《せんさく》することはわれらの使命に非《あら》ず、いつの時か

命じられたことを速やかに果たすのみぞ」

「はっ、はい。いかにもさようでございました。光蔵もいささか焼きが回りましたかな」

と総兵衛に言われて光蔵も不承不承得心した。

「それより気に掛かるのは影様を薩摩の手勢が見張っていたことだ」

「いかにもそのことが気になります」

と信一郎が即座に応じた。

「川越からの帰路、われらが薩摩を連れてきたかと何度も考えた。だが、後見が陰護衛に命じた幸地達高も天松も私もその気配を一切感じとれなかった。となると影様が薩摩によって見張られていたとしか考えられぬ」

総兵衛の疑いは鳶沢一族にとって重大事であった。

「薩摩が本郷康秀をいったん取り込んだように女人の影様に手を伸ばしますか、あるいは意のままにならぬときは抹殺《まっさつ》するか」

「後見、そのことを危惧《きぐ》しておる。私が会った影様は賢明なお方であった。影様自身は自らが薩摩を連れてきたと感じておられよう。となれば二度と同じ間違いはなさるまい」

「影様が危機に落ちたとき、われらに助けを求められましょうな」

とおりんが総兵衛に聞いた。

「私の言葉を聞き届けて下されよう」

「この際、影様の身許《みもと》をわれらが洗うことはせんでよろしいと申されますか」

信一郎の問いに総兵衛は、

「止《や》めておけ」

と即答した。

影様に、鳶沢一族信ずるに足らずと思われることを恐れたからだ。そして、総兵衛は、京行きで女人の影様の正体が知れるのではないかという漠然とした予感を持っていた。

江戸城に女人がいるのは大奥という将軍のみに許された隔絶社会だけだった。また家斉様の正室の寔子様が右大臣近衛経熙の養女であった事実に総兵衛は謎を解く秘密があるのではないかと考えていた。ならば京に女人影様の秘密を解く鍵《かぎ》があると思ったのだ。だが、そのことを腹心の光蔵、信一郎、おりんにも言わなかった。今のところ思い付きであったし、なにより総兵衛は天皇を抱く京の朝廷を知らなかった。まず京に行き、それからのことだと考えていた。

「……それにしても大番頭さんのご機嫌麗しいのはどうしたことでございましょう」

とおりんが首を捻《ひね》った。

「いえね、一番番頭さんにちゅう吉さんが寿松院の九代目一周忌法要に見えた話を聞きましてね、私は密《ひそ》かに胸が熱くなって涙を流しましたんですよ。十二のおこもさんがですよ、自ら折った菅公の護符に一朱包んで香典を持参したばかりか、山門の外から合掌して戻ったそうな。ちゅう吉さんは、世間というものをよう承知ですよ」

「人を齢《とし》やなりで判断してはなりませんね」

とおりんが即座に自分に言い聞かせるように呟いた。

「そこでな、総兵衛様にお許しを得て、ちゅう吉さんの香典をかように本日は持参致しました」

と光蔵が懐《ふところ》から菅原道真公《すがわらみちざね》の折り紙人形を取り出し、

「おりん、中に一朱がそのまま入ってございます。ちゅう吉さんの護符をイマサカ号の主檣《メインマスト》の筒元《つつもと》に張り付けて下され。必ずやちゅう吉さんの護符が交易航海の安全を守ってくれますでな、おまえさんの手から一番番頭さんに渡して願って下されや」

「おや、なぜ大番頭さんの手から渡されませんので」

「異国の船は女じゃそうな。私よりおりん、おまえさんが渡したほうが信一郎も喜びますでな」

と光蔵がおりんの手に菅公の折り紙人形を渡した。

「総兵衛様、深浦の断崖《だんがい》が見えてきましたぞ」

と幸地達高が叫び、琉球型の快速帆船は帆に風を受けたまま、断崖の間に切り込まれた隙間《すきま》へと舳先を向けた。

この夕刻、静かな海に面する総兵衛館ではイマサカ号と大黒丸に乗り組む信一郎以下、百三十余名の歓送会が鳶沢、池城、今坂の三族のすべての老若男女を集めて催された。この中には加賀金沢藩の大筒方の佐々木規男、田網常助、石黒八兵衛の三人が加わっていた。

宴には南蛮料理、交趾料理、唐人料理、和国料理の大皿がいくつも並び、酒も異国の酒から灘《なだ》、伏見の下り酒までふんだんに用意されてあった。

総兵衛に代わって光蔵が酒杯を手にして一同に短く挨拶《あいさつ》した。

「大黒屋が百年ぶりに出す交易船団の門出です、一人ひとりがその使命を全《まっと》うして一年後にこの地で再会できることを願っておりますぞ」

酒が干されてイマサカ号の音楽隊が異国の調べを奏した。

桜子は初めて見たイマサカ号の大きさに言葉を失った。そして、大黒屋が百年近くの歳月をかけて造り上げた、

「隠し異郷」

に驚愕した。

桜子が異国の物品を通じて想像する異郷がこの深浦の静かな海にあった。安南人や唐人や琉球人や和人が和やかに暮らしている世界が江戸近くにあるなど夢にも考えられないことだった。

それにしても大黒屋とはなんたる交易商人か。そして、この一族を率いる総兵衛の風格と気品とその一身に負わされた重荷を楽しむ若き総帥《そうすい》に改めて驚きを隠し得なかった。

「桜子様、楽しんでおいでか」

と、交易船団の新しい役職副頭《ふくとう》の地位に就いた鳶沢信一郎ら、一年の交易航海に出る百三十余人を激励してきた総帥が桜子の傍らにきて話しかけた。二艘《そう》の巨船はまず鳶沢村久能山沖に立ち寄り、新たに十五人の鳶沢一族を乗せ、さらに琉球に寄港して、池城一族の海人十数人を乗せることになっていた。

「桜子はあの大船に乗り、異国に行きとうなりましたえ」

「いつの日か必ずこの総兵衛が案内します」

「こたびは京訪問で我慢せよと申されますのんか」

「大黒屋の向後百年を考えたとき、京を知ることが大事と思うたのです」

「総兵衛様、京の案内やったらなんなりとお申し付けくださいませ」

「願います」

と答えた総兵衛が桜子の手を引くと総兵衛館を抜け出し、静かな海の船着き場に誘った。

「桜子様、あの船に案内しましょうか」

「明日の朝かと思うておりました」

総兵衛は船着き場に舫われていた小舟に桜子を乗せると櫂《かい》を操り、イマサカ号の簡易階段に横付けした。

「足元に気をつけて下されよ」

と注意をした。だが、簡易階段は夜の暗闇《くらやみ》で揺れて桜子を竦《すく》ませた。

「ご免下され」

総兵衛がひょいと桜子の体を抱き上げると簡易階段に飛び、身軽にも登っていった。桜子は余りの驚きに言葉もない。甲板に上がると不寝番がいて、総兵衛が娘を抱いて突然姿を見せたことに目を丸くして驚いていた。

「ご苦労である、異常はないか」

「ございません」

総兵衛は桜子を抱いたまま、最上後甲板の真下にある船主の続き部屋に桜子を連れていくと静かに下ろした。言葉を失っていた桜子の顔が恥ずかしさに紅潮していた。

「失礼にございましたな」

と詫《わ》びた総兵衛が、

「桜子様、そなたにわが出自の証《あかし》をはっきりとお教えしとうて無礼を働きました」

「総兵衛様の出自の証にございますか」

総兵衛勝臣の自室に案内された桜子は、壁一面に異国の万巻の書物が詰められた造り付けの本棚に圧倒された。広々とした部屋の調度はすべて異国の品で、吟味されたものばかりだった。

総兵衛が本棚の一角を横へとずらした。すると一枚の絵が飾られてあった。

六代目総兵衛勝頼《かつより》とソヒが舟遊びに興じる絵だった。

「どなたにございますか」

「六代目総兵衛様とわが曾祖母《そうそぼ》ソヒにございます。この隠し棚にはもう一枚絵が飾られてありました。それはすでに桜子様は見ておられます」

桜子がしばし考えて答えた。

「富沢町の茶室に掛けられてあった三枚扉《とびら》の絵やおへんか、真ん中は総兵衛様と母上様の二人像でございました」

「いかにもさようです。桜子様に私の秘密のすべてをお見せしました。二枚の絵を知る者は桜子様だけにございます」

「なぜうちだけに」

「この国で独り秘密を抱えて生きていくのは辛《つら》いことです。桜子様に辛さの半分を負うて頂きたくご覧に入れました。迷惑にございますか」

桜子が総兵衛を見上げた。

桜子は総兵衛の告白を受け入れた。

「いえ、これ以上の幸せはございませぬ。うちに総兵衛様の重荷の半分を背負わせてくださいませ」

総兵衛は頷く代わりに桜子をわが胸に抱き寄せた。

翌早朝、未明の浦賀水道を二艘の大型帆船が南下していた。むろん大黒屋所有のイマサカ号と大黒丸が初めて二艘体制で海外交易に出立する光景だった。

三浦半島の先端に差し掛かったとき、東の空が白んできた。

イマサカ号の舳先《へさき》に、表地が黒、裏地が真っ赤な天鵞絨《ビロード》の長衣《マント》の裾《すそ》を風に翻《ひるがえ》した若武者が大海原を独り見詰めていた。

「総兵衛様」

とイマサカ号が剣崎沖を横目に通り過ぎようとしたとき、桜子の声がして舳先への梯子段《はしごだん》を上がってきた。

「怖くはございませんか」

「総兵衛様といっしょなれば異国へなりとも地獄へなりともお供します」

「参られよ」

総兵衛が桜子を自らのマントの中に引き寄せて、

「ご覧なされ」

と双鳶《ふたつとび》の船首像が波を切り裂いて突き進む光景を桜子に教えた。

「総兵衛様の船は風の船でございますね」

「いかにもイマサカ号は風の船です。ですが、総兵衛一人の船ではございません。鳶沢一族の希望の船にございます」

イマサカ号に六万両と江戸、金沢、京の三都の技術と粋を集めた工芸調度品が積み込まれ、僚船の大黒丸にも四万両と預り荷が詰まれていた。そのことを桜子もおよそ承知していた。

一年の交易のあと、それらの金品がどれほどの利を生んでくれるか。

「桜子様、このイマサカ号は桜子様の船でもございます」

「うちの船やなんて……」

「桜子様は総兵衛の秘密の重さの半分を負うてくれるただ一人の女子です」

桜子が顔を上げて総兵衛を見上げた。

「うち、この瞬間《とき》を生涯忘れはしまへん」

と桜子が呟いたとき、剣崎に狼煙《のろし》が上がった。そして、その狼煙は伊豆大島の北端乳ガ崎からも望遠され、新たな狼煙が石廊崎《いろうざき》へと伝わっていき、次々に狼煙が上げられて南下していくことになる。それは薩摩の見張りが、総兵衛の搭乗する大黒屋の交易船団が異国を目指して出航したことを薩摩へと伝える狼煙であった。

大黒屋は六代目総兵衛勝頼の野望を百年ぶりに実現するために大海原へ、南へ舵《かじ》を切った。

享和三年（一八〇三）晩秋のことだった。

あとがき

今春、寒さと雨がいつまでも続き、梅も桜も例年より遅かった。そのせいで思いがけなくもわが家の染井吉野としだれ桜の満開に間にあった。いえ、どこかに出かけていたわけではない。四月初旬、例年、泊りがけの人間ドックがある。そこでいつも桜の満開を北里研究所病院の十階の窓から眺めるのが習わしになっている。ところがこの私、白衣の医師どころか看護師さんの姿を見ただけで血圧がぴょんと跳ねあがる臆病者《おくびょうもの》、典型的な白衣高血圧症である。そんな私が胃カメラや大腸内視鏡検査に平然としていられるわけもない。いつも早く人間ドックが終らないかと、怯《おび》えて見る桜が華やかに映るはずもない。

例年、桜の満開と人間ドックが重なり、桜を愛《め》でる余裕がない。

だが、今年の検査結果はまあまあよし、齢《とし》相応の五体であったようだ。ただし、主治医に「家で測って一三〇以下になるように塩分を控えめに」との注意を受けた。それもこれも白衣のせいである。自宅に戻って定期的に測ると一三

○前後の数値だ。

そんなわけで熱海《あたみ》のわが家の満開の桜を楽しむことが出来た。

この年齢になると先輩ばかりか同輩や後輩までもが西方浄土に旅立つ知らせが多くなる。亡《な》くなった友人の奥方と話すと、決まって「来春の桜が見られるかな」と闘病中の夫が洩《も》らしていたという。桜って日本人にとってなんなのだろうね。桜は、「生きてあること」を日本人に意識させる格別な花なのかもしれない。

「又平に逢《あ》ふや御室《おむろ》の花盛り」

俳人与謝蕪村《よさぶそん》の句だそうな。

又平とは『洛中洛外図屛風《らくちゅうびょうぶ》』を描いた土佐光信の末流と称した風俗画、浮世絵の祖、岩佐又兵衛のことである。

摂津国《せっつ》の伊丹《いたみ》城の城主荒木村重の子として生まれるが、村重は主《あるじ》の織田信長に叛逆《はんぎゃく》を企て、失敗する。落城の際、一族は悉《ことごと》く惨殺されるが二歳の又兵衛は乳母に救われ生き残り、石山本願寺に保護され、姓を岩佐に改める。

又兵衛は桜の下で酔い痴れる日本人の浮かれぶりを多く描いた。桜の名所の御室の仁和寺《にんなじ》を訪ねた蕪村が花見客の浮かれぶりをまるで又兵衛の絵のようだと嘆息した一句だそうな。桜は日本人に春の芽吹きや生命力を感じさせ、それが浮かれさせるのだろう。

さて桜の季節も去り、また一年が始まる。新・古着屋総兵衛も四巻を数え、『南へ舵《かじ》を』のあとがきをこうして書いている。国学者本居宣長《もとおりのりなが》の、「敷島の大和心を人問はば、朝日ににほふ山桜ばな」の心境に異郷生まれの十代目総兵衛が達するのはいつの日か。総兵衛は、大型帆船イマサカ号の交易にも加わらず、大和の地をしばらく逍《しょう》遥《よう》しながら、この心境に到達するのを静かに待つしかないか。そんなことを考えているこの頃である。

平成二十四年四月好日　熱海にて

佐伯泰英

本書は新潮文庫のために書き下ろされた。

佐伯泰英著

死闘

古着屋総兵衛影始末 第一巻

表向きは古着問屋、裏の顔は徳川の危難に立ち向かう影の旗本大黒屋総兵衛。何者かが大黒屋殲滅に動き出した。傑作時代長編第一巻。

佐伯泰英著

異心

古着屋総兵衛影始末 第二巻

江戸入りする赤穂浪士を迎え撃て――。影の命に激しく苦悩する総兵衛。柳生宗秋率いる剣客軍団が大黒屋を狙う。明鏡止水の第二巻。

佐伯泰英著

抹殺

古着屋総兵衛影始末 第三巻

総兵衛最愛の千鶴が何者かに凌辱の上惨殺された。憤怒の鬼と化した総兵衛は、ついに〈影〉との直接対決へ。怨徹骨髄の第三巻。

佐伯泰英著

停止（ちょうじ）

古着屋総兵衛影始末 第四巻

総兵衛と大番頭の笠蔵は町奉行所に捕らえられ、大黒屋は商停止となった。苛烈な拷問により衰弱していく総兵衛。絶体絶命の第四巻。

佐伯泰英著

熱風

古着屋総兵衛影始末 第五巻

大黒屋から栄吉ら小僧三人が伊勢へ抜け参りに出た。栄吉は神君拝領の鈴を持ち出したのか。鳶沢一族の危機を描く驚天動地の第五巻。

佐伯泰英著

朱印

古着屋総兵衛影始末 第六巻

武田の騎馬軍団復活という怪しい動きを摑んだ総兵衛は、全面対決を覚悟して甲府に入る。柳沢吉保の野望を打ち砕く乾坤一擲の第六巻。

雄飛
古着屋総兵衛影始末　第七巻
佐伯泰英著

大目付の息女の金沢への輿入れの道中、若年寄の差し向けた刺客軍団が一行を襲う。鳶沢一族は奮戦の末、次々傷つき倒れていく……。

知略
古着屋総兵衛影始末　第八巻
佐伯泰英著

甲賀衆を召し抱えた柳沢吉保の陰謀を阻止せんがため総兵衛は京に上る。一方、江戸ではるりが消えた。策略と謀略が交差する第八巻。

難破
古着屋総兵衛影始末　第九巻
佐伯泰英著

柳沢の手の者は南蛮の巨大海賊船を使嗾し、ついに琉球沖で、大黒丸との激しい砲撃戦が始まる。シリーズ最高潮、感慨悲慟の第九巻。

交（こうち）趾
古着屋総兵衛影始末　第十巻
佐伯泰英著

大黒屋への柳沢吉保の執拗な攻撃で美雪はある決断を下す。一方、再生した大黒丸は交趾を目指す。驚愕の新展開、不撓不屈の第十巻。

帰還
古着屋総兵衛影始末　第十一巻
佐伯泰英著

薩摩との死闘を経て、勇躍江戸帰還を果たした総兵衛は、いよいよ宿敵柳沢吉保との決戦に向かう——。感涙滂沱、破邪顕正の完結編。

血に非ず
新・古着屋総兵衛　第一巻
佐伯泰英著

享和二年、九代目総兵衛は死の床にあった。後継問題に難渋する大黒屋を一人の若者が訪ね来た。満を持して放つ新シリーズ第一巻。

藤沢周平著
用心棒日月抄
故あって人を斬り脱藩、刺客に追われながらの用心棒稼業。が、巷間を騒がす赤穂浪人の動きが又八郎の請負う仕事にも深い影を……。

藤沢周平著
竹光始末
糊口をしのぐために刀を売り、竹光を腰に仕官の条件である上意討へと向う豪気な男。表題作の他、武士の宿命を描いた傑作小説5編。

藤沢周平著
時雨のあと
兄の立ち直りを心の支えに苦界に身を沈める妹みゆき。表題作の他、江戸の市井に咲く小哀話を、織麗に人情味豊かに描く傑作短編集。

藤沢周平著
冤（えんざい）罪
勘定方相良彦兵衛は、藩金横領の罪で詰め腹を切らされ、その日から娘の明乃も失踪した……。表題作はじめ、士道小説9編を収録。

藤沢周平著
橋ものがたり
様々な人間が日毎行き交う江戸の橋を舞台に演じられる、出会いと別れ。男女の喜怒哀楽の表情を瑞々しい筆致に描く傑作時代小説。

藤沢周平著
密謀（上・下）
天下分け目の関ケ原決戦に、三成と密約がありながら上杉勢が参戦しなかったのはなぜか？　歴史の謎を解明する話題の戦国ドラマ。

南《みなみ》へ舵《かじ》を

新・古着屋総兵衛　第四巻

新潮文庫　さ－73－15

平成二十四年八月一日発行

著者　佐《さ》伯《えき》泰《やす》英《ひで》

発行者　佐藤隆信

発行所　株式会社新潮社

郵便番号　一六二－八七一一
東京都新宿区矢来町七一
電話　編集部(〇三)三二六六－五四四〇
　　　読者係(〇三)三二六六－五一一一
http://www.shinchosha.co.jp

価格はカバーに表示してあります。

乱丁・落丁本は、ご面倒ですが小社読者係宛ご送付ください。送料小社負担にてお取替えいたします。

印刷・株式会社光邦　製本・株式会社植木製本所

ISBN978-4-10-138049-0 C0193